BASTEI
LÜBBE
STARS

Juliet Hastings

Crash Kurs

Erotischer Roman

Ins Deutsche übertragen von
Annalisa Boari

BASTEI
LÜBBE
STARS

BASTEI LÜBBE STARS
Band 77176

Vollständige Taschenbuchausgabe

Bastei Lübbe Stars in der Verlagsgruppe Lübbe

Titel der englischen Originalausgabe: CRASH COURSE
© 1995 by Juliet Hastings
Published by arrangement with Virgin Publishing Ltd.
Dieses Werk wurde vermittelt durch die
Literarische Agentur Thomas Schlück GmbH, 30827 Garbsen
All rights reserved
© für die deutschsprachige Ausgabe 2000 by
Verlagsgruppe Lübbe GmbH & Co. KG, Bergisch Gladbach
Einbandgestaltung: Bianca Sebastian
Titelbild: © PhotoAlto
Satz: Fotosatz Steckstor, Rösrath
Druck und Verarbeitung: Ebner & Spiegel GmbH, Ulm
Printed in Germany, März 2007
ISBN 978-3-404-77176-9

Sie finden uns im Internet unter
www.luebbe.de

Der Preis dieses Bandes versteht sich einschließlich
der gesetzlichen Mehrwertsteuer.

Erstes Kapitel

»Also gut«, sagte Kate und versuchte, die Müdigkeit aus ihrer Stimme zu verbannen. »Ich werde am Montag in einer Woche bei der Planungskonferenz dabei sein. Ich freue mich.« Sie legte den Hörer auf die Gabel und sagte zum Telefon: »Ich habe gelogen. Ich freue mich überhaupt nicht, euch alle wiederzusehen.«

Draußen vor ihrem Büro ging die Sonne unter. Die schräg einfallenden Strahlen leuchteten durch die Fenster und wurden auf dem Bildschirm ihres Computers reflektiert. Entsetzlich, dachte sie, kein Wunder, dass ich Kopfschmerzen bekomme. Ich sollte die Rolläden herunter lassen. Aber es kam ihr wie ein Frevel vor, die Sonne auszusperren.

Kates kleines, modernes Büro lag zur Nordostseite, und die Sonne kroch erst spät am Tag um die Ecke, als ob sie ihr sagen wollte, dass es Zeit wäre, nach Hause zu gehen. Ein Solarwecker der originellen Art, dachte sie.

Sie seufzte und schob den Bericht, der vor ihr lag, beiseite. Ihr Gehirn war vollgestopft mit Informationen. Es war, als sagte jemand in ihrem Kopf: *Belegt. Kein Zimmer mehr frei.*

Freitagabend. Es hat keinen Sinn mehr, weiterzulesen, wenn ich derart müde bin, dachte Kate. Ich muss nach Hause, mich ausruhen.

Als sie sich über den Schreibtisch beugte, um die Maschine auszuschalten, piepte es dreimal. Sie ging rasch die elektronischen Nachrichten durch. Wie sie erwartet hatte, tauchte am unteren Rand des Bildschirms ein Wort auf. MAIL.

Sie hatte keine Lust, die Nachricht zu lesen. Sie würde von jemandem stammen, der ihr mitteilte, sie müsste etwas tun, wozu sie keine Zeit hatte. Sie betrachtete ihren Schreibtisch und schüttelte den Kopf. Drei Berichte lagen da, die auf ihre abschließenden Kommentare warteten. Sie blätterte lustlos die Vorlagen durch.

Ein Bericht für eine bekannte Anwaltskanzlei trug den Titel ›Seminar zur Entwicklung besonderer Fähigkeiten‹. Ziel des Seminars war, junge Juristen dazu zu bringen, sich selbst besser zu verkaufen. Die zweite Vorlage betraf einen Bericht über das Seminar ›Büro-Innovation‹, eine ziemlich langweilige Darstellung über ein Seminar, das jungen Managern verbesserte Gehälter bescheren sollte, wenn man ihnen das Rüstzeug vermittelte, die Geschäftsführung davon zu überzeugen, wie tüchtig sie waren. Diese beiden Berichte sollte Kate nur nach Stil und Präsentation beurteilen; an der Entwicklung dieser Seminare war sie nicht beteiligt gewesen.

Der letzte Bericht behandelte jedoch ein Seminar, das die Gruppe unter ihrer Leitung entwickelt hatte – ein langes, zähes Dokument für eine Computerfirma, die Richtlinien für die Führung des Unternehmens erarbeitet haben wollte.

Im Seminar hatte Kate die Manager mehreren Tests unterzogen, die von neutralen Experten ausgewertet worden waren, damit die Geschäftsleitung eine unabhängige Einschätzung über die Stärken und Schwächen ihrer Führungskräfte erhielt. Es war wirklich eine interessante Auswertung, die Kate mehr als einen Monat beschäftigt hatte – natürlich war auch das Honorar entsprechend gewesen.

Auf jedem Deckblatt der drei Berichte klebte ein pinkfarbener Zettel. Die Farbe hatte keinen guten Ruf in Kates Gruppe – sie signalisierte: NACHRICHT VON BRYONY. Bryony war Kates Boss, und sie hatte schon seit einigen Wochen durchblicken lassen, dass Kate mehr Projekte übernehmen sollte. Als ob sie nicht schon mehr als genug zu tun hätte!

Als Kate das Ansinnen scharf zurückgewiesen hatte, war Bryony hart geblieben. In ihrer festen walisischen Stimme hatte sie gesagt: »Kundenarbeit bringt Geld. Wenn Sie nicht genug Zeit haben, schränken Sie die Fortbildung unserer Leute ein. Dafür erhalten wir nämlich kein Geld.«

Natürlich hatte sich die Bryony nicht von Kates Argument überzeugen lassen, Fortbildung bringe auf Dauer sehr wohl Geld und den Leuten eine Form der Befriedigung, die sie aus der Arbeit mit Kunden nicht ziehen könnten. Fortbildung bedeutete Aktion, Abwechslung, Praxis, Vermittlung von Erfahrung. Kate war leidenschaftliche Lehrerin, sie liebte es, anderen Menschen Wissen und Praxis zu vermitteln.

Sie wusste, was auf den Klebezetteln stand, ohne den Text gelesen zu haben. ›Geht das morgen raus?‹ ›Warum habe ich darauf drei Tage warten müssen?‹ Etwas in der Art. Es war wirklich nicht zum Aushalten. Zuviel Druck, zu wenig Bestätigung. Das Gehalt war gut, aber es war den Ärger nicht wert.

Sie lehnte sich im Sessel zurück, ignorierte den Stapel der Berichte und zog den Stellenmarkt der TIMES aus der oberen Schublade ihres Schreibtischs. Es gab drei Positionen, die sie interessierten. Sie hatte sie schon rot angekreuzt. Direktor der Abteilung Fortbildung und Entwicklung, hieß eine Position. Computerfirma. Dienstwagen der gehobenen Klasse. Anruf unter . . .

Das würde mir gefallen, dachte Kate. Anderen Leuten zu sagen, was sie zu tun haben. Wer will schon nur Beraterin sein? Das bin ich jetzt seit sieben Jahren – mir reicht's. Die Leute schreien erst dann nach fremder Beratung, wenn die Probleme unlösbar geworden sind.

Mein eigener Chef sein. Ja, warum nicht? Es wäre eine Herausforderung für sie, der sie sich gewachsen fühlte.

Sie betrachtete die Anzeige etwas länger. Sie schürzte die vollen Lippen. Die dunklen Brauen senkten sich über die grün-grauen Augen. Das schräg einfallende Sonnenlicht ließ ihr Gesicht leuchten und strahlte auf ihre Haare. Das Wetter war seit einigen Wochen schön, und Kates sonst eher weiße Haut hatte eine attraktive leichte Bräunung angenommen, Ergebnis des fast täglichen Sonnenbadens auf dem geschützten Dachgarten ihres Apartments. Leider allein.

Kate faltete die Zeitung zusammen und legte sie auf den Schreibtisch, als ihr ein Gedanke kam. Sie ging zu ihrer Bürotür, die einen Spalt offenstand, und schaute hinaus in das Großraumbüro. Es war schon spät, aber einer ihrer Leute arbeitete noch. Sie zögerte, die Hand auf dem Türknopf, biss sich auf die Unterlippe und betrachtete den jungen Mann vor dem Bildschirm. Er schien ein Problem zu haben und fuhr sich mit beiden Händen durch die Haare.

Kate tat einen tiefen Atemzug und ging zu ihm. »Ist was nicht in Ordnung, Alex?«

Er zuckte zusammen und schaute zu ihr hoch. »Nein, nein, schon gut.« Er hatte lange dunkle Wimpern, und hinter den runden Brillengläsern strahlten haselnussbraune Augen. Seine blasse Haut lag im Schatten seiner Bartstoppeln.

Die aufgerollten Ärmel gaben den Blick auf muskulöse Arme frei. Der Hemdkragen stand offen und zeigte seinen blassen Hals. Er war ein jüngeres Mitglied des Teams, erst 24 Jahre alt, mehr als fünf Jahre jünger als Kate. Sie fand ihn in diesem Moment so begehrenswert, dass sich ihre Nackenhaare aufrichteten.

»Ehrlich, mir geht es gut. Ich habe das Ding fast geknackt.« Er deutete auf den Schirm. »Da ist die Matrix«, sagte er. »Sie wollen die ganze Welt. Das wollen sie immer. Kunden geben sich nicht mit weniger zufrieden.«

»Du mit deiner Ausdauer bist ein Vorbild für alle«, sagte Kate. »Aber bleibe nicht mehr zu lange. Tina wartet bestimmt schon auf dich.«

»Ach, sie hat sich daran gewöhnt«, antwortete Alex. Kate sah ihn lächelnd an. Sollte sie ihn fragen, ob er mit ihr einen Drink nehmen wollte? Frage ihn, drängte eine innere Stimme. Wie oft hast du die Gelegenheit, allein mit ihm im Büro zu sein? Frage ihn, verdammt!

»Übrigens, Kate . . .« Alex wandte sich ihr zu. »Was ich dich fragen wollte . . . Bist du okay? Das ganze Team fragt sich das. Du machst den Eindruck auf uns, dass du mächtig unter Druck stehst.«

»Ich?« Kate versuchte, überrascht zu klingen. »Nun ja, es steht eine Menge auf dem Spiel. Und Bryony setzt die Daumenschrauben an.«

Alex blickte auf die geschlossene Tür des großen Büros, das die Etage dominierte. »Ach?«, fragte er gedehnt. »Himmel, sie ist eine Kuh. Neben ihr nimmt sich Margaret Thatcher wie Mutter Teresa aus. Weißt du, sie braucht nur einen anständigen . . . du weißt schon.«

Sage ihm, dass du genau weißt, was er meint, aber dass du genau das auch brauchst. Und sage ihm, dass er genau der Mann ist, der ihn dir geben kann. Aber sie sagte all das nicht, sie lachte nur. »Stellst du dich freiwillig zur Verfügung, Alex?«

»Ich, Himmel, nein!« Alex schüttelte den Kopf. »Ich meine, sie sieht gar nicht schlecht aus, aber ich hätte das Gefühl, es mit einem Eisblock zu treiben. Keiner von uns würde es freiwillig mit ihr tun.« Er sah sie an, und seine haselnussbraunen Augen leuchteten. Einen Augenblick hoffte Kate, dass er hinzufügen würde: ›Im Gegensatz zu dir, Kate. Mit dir würden wir es alle gern tun.‹ Aber das sagte er nicht. Er sagte nur: »Nun, wenn ich irgendwie helfen kann . . .«

Komm mit in mein Büro und besorge es mir, formulierte Kates innere Stimme. Sie stieß einen Seufzer aus. »Nein, Alex. Schon gut. Ich brauche nur ein entspannendes Wochenende, das ist alles.« Sie legte eine Hand kurz auf seine Schulter, dann ging sie in ihr Büro zurück und schloss die Tür.

Ihre Hand juckte. Jedesmal, wenn sie ihn sah, spürte sie diese Reaktion. Ein Kribbeln im Bauch, was ihr verriet, dass sie für einen Mann bereit war. Vor kurzem hatte sie ihre Gruppe zum Bowling eingeladen, und dabei war Alex in höchst ungewöhnlicher Kleidung erschienen. Im Dienst kleidete er sich konservativ, aber zum Bowlen hatte er so enge Jeans getragen, dass man wusste, er konnte unmöglich noch etwas darunter tragen. Himmel, dachte sie jetzt: Es ist fast ein Wunder, dass ich ihn nicht angefallen habe. Sie sah schon die Überschrift in der SUN: ›Chefin vergreift sich am jüngsten Mitarbeiter‹.

Aber warum sagte sie ihm nie, wie attraktiv sie ihn fand? Warum stand sie nur hechelnd hinter ihm? Ihre Aufgabe war es, Seminarteilnehmern einzuhämmern, wie wichtig es war, mit offenen Karten zu spielen. Aber wenn es um Alex ging, war sie scheu wie ein Teenager. Sie war wütend über sich selbst.

Sie lehnte sich mit dem Rücken gegen die Tür, legte den Kopf zurück und schloss die Augen. Ihre Hand griff nach dem Schlüssel und drehte ihn um. Sie setzte sich in ihren Sessel und machte es sich bequem. Sie fuhr sich mit dem Kamm durch die Haare. Wenn sie schon nicht den Mann haben konnte, nach dem sie sich sehnte, musste eben ihre Phantasie ausreichen.

Durch die dünne Seide des T-Shirts berührte sie sanft ihre Nippel. Das letzte Mal, als sie sich im Büro befriedigt hatte, war es früher Morgen gewesen. Um sieben Uhr konnte sie sicher sein, nicht erwischt zu werden, dachte sie. Aber als sie sich zu einem heftigen Orgasmus gestreichelt und die Kleidung wieder geglättet hatte, war sie vom Schreibtischsessel aufgestanden und hatte gerade noch den Lift des Fensterputzers nach unten verschwinden sehen.

Nun, jetzt arbeiteten keine Fensterputzer mehr; sie war allein mit ihrer Phantasie. Sie spreizte die Beine und ließ ihre Hand über den Körper gleiten.

Ihr Gehirn signalisierte ihr, dass es an die Tür klopfte, und dann sah sie auch schon Alex' dunklen Wuschelkopf in der Tür. Er schien verstört zu sein und noch blasser als sonst. »Kate, bist du beschäftigt? Oder hast du einen Augenblick Zeit für mich?«

»Ja, klar. Komm herein und setz dich.« Sie stand auf und schloss die Tür. »Du siehst genervt aus, Alex. Ist alles in Ordnung?«

»Nun, ich . . .« Er war verlegen. »Ich . . .«

»Raus mit der Sprache.« Sie drehte den Schlüssel im Schloss und setzte sich neben ihn, damit der Schreibtisch nicht mehr zwischen ihnen stand. »Was ist los?«

»Es ist dumm«, murmelte er und wich ihrem forschenden Blick aus. »Ich kann draußen nicht darüber sprechen, die Jungs würden mir das Leben zur Hölle machen. Es geht um Tina. Sie sagt . . .« Er sah sie flehend an. »Sie sagt, der Job killt unsere Beziehung. Sie sagt, ich liebe sie nicht mehr.«

»Und?« fragte Kate direkt.

»Natürlich liebe ich sie noch. Es ist nur ... manchmal verselbstständigen sich die Probleme des Jobs. Mir fällt auf, dass ich auch zu Hause noch über bestimmte Dinge meiner Arbeit nachdenke, und über andere Sachen ...«

»Was sind das für andere Sachen?«, fragte Kate weich. Sie lehnte sich ein wenig vor. Der Ausschnitt des Seidentops rutschte und gab den Blick auf ihre vollen Brüste frei, wie sie von den Körbchen des dünnen Spitzen-BHs umschmiegt wurden. »An was denkst du?«

Alex' Lippen waren trocken und leicht geöffnet. Er fuhr mit der Zunge über die Lippen, um sie anzufeuchten. Kate starrte auf die Zungenspitze und spürte einen leichten Schauer über den Rücken rieseln, als sie sich vorstellte, wo sie diese Zunge am liebsten spüren würde.

Alex schluckte, als fiele ihm das Sprechen schwer. Schließlich brachte er heraus: »Ich kann nicht ...«

»Du musst es mir sagen«, murmelte Kate und beugte sich noch ein wenig weiter vor. Sie ließ jetzt auch ihre Zungenspitze zwischen den Zähnen sehen. »Ich bin dein Boss. Ich muss wissen, wenn du ein Problem hast. Vielleicht kann ich dir helfen.«

»Das bezweifle ich«, würgte Alex hervor. Es geht um dich.«

Die Hände in seinem Schoß zitterten, die Finger verhakten sich nervös. Kate sah ihn ruhig an, obwohl ihr Herz vor Erregung klopfte. »Es geht um mich? Mache ich irgend etwas falsch, Alex?«

Alex schüttelte den Kopf und schluckte wieder. Eine hektische Röte legte sich über sein blasses

Gesicht. »Du machst nichts falsch, Kate«, murmelte er heiser und blickte zu Boden. »Nichts. Es ist nur, dass ...« Er hob den Kopf. Sein Mund war wieder trocken, die Lippen zuckten verzweifelt. Er schien sich jedes Wort abringen zu müssen. »Es ist nur ... jedes Mal, wenn ich dich sehe, denke ich ...« Er stockte noch einmal, dann kam es in einem flüssigen Satz über seine Lippen. »Ich will dich, ich begehre dich, das ist alles.«

Er saß mit verschränkten Armen da, defensive Körpersprache. Kate spürte einen heißen Schwall aus Freude und Verlangen. Sie ergriff seine rechte Hand und legte sie auf ihren Körper. Alex schaute auf seine Hand, dann in Kates Gesicht. Ungläubig.

»Das ist kein Problem«, sagte sie lächelnd. »Das ist eine Chance.« Sie fasste wieder seine Hand an und legte sie auf ihre Brust. Alex schnappte nach Luft und blickte gehetzt zur Tür. »Sie ist abgeschlossen«, sagte Kate und drückte seine Hand gegen ihre Brust. »Fühl mal. Meine Nippel sind ganz hart. Alex, sage mir, was dir durch den Kopf geht.«

Plötzlich drückte Alex ihre Brust, ohne dass sie ihn dazu auffordern musste. Seine Augen glänzten, und seine Stirn war vor lauter Konzentration gefurcht. »Ich denke an dich«, presste er hervor, »du gehst mir durch den Kopf. Und was ich alles mit dir machen möchte ...« Er brach ab, fürchtete, zu weit gegangen zu sein, und schaute ihr ängstlich ins Gesicht.

»Ich würde gern deinen Mund spüren«, sagte Kate und spürte, wie die Warze unter seiner Hand anschwoll. »Danach kannst du alles machen, wovon du geträumt hast.«

Axel starrte sie immer noch an. Dann, ohne ein Wort, rutschte er vom Stuhl und kniete sich vor sie. Er hob die Hände, griff in ihr T-Shirt und zog es ihr über den Kopf. Er schob den langen Rock hoch und glitt mit den Händen über ihre Schenkel, über den Saum der Strümpfe, über die nackte Haut.

Immer näher kam er, dichter an das Delta der Schenkel. Aber er drang nicht weiter vor, noch nicht. Er fuhr mit den Händen über ihren Bauch, streichelte ihre Brüste. Er zog die Körbchen herunter und schaute fasziniert auf die dunkelbraunen Warzen. Beinahe andächtig berührte er sie, fuhr ganz leicht mit den Handflächen darüber. Dann nahm er sie zwischen Daumen und Zeigefinger und zwickte sie, erst sanft, dann härter, bis Kate die Luft anhielt.

Sie wollte seinen Mund zwischen den Schenkeln spüren. Sie legte ihre Hände auf seine weichen Haare und drückte seinen Kopf nach unten, während sie auf dem Stuhl nach vorn rutschte, bis er ihren Slip mühelos über die Schenkel ziehen konnte.

»Du bist schön«, flüsterte er. »Ich kann es nicht glauben. Deine Haut ist so sanft . . .«

Kate wisperte: »Ich will deine Zunge spüren.« Einen Augenblick geschah nichts, aber dann spürte sie seinen Hauch, ein langer, kalter Atem, der fast wie ein Pfeifen war, und sie schrie auf, als sie die Kühle auf ihrer heißen Haut spürte. Seine Hände drückten die Schenkel auseinander. Kate konnte es kaum noch erwarten. Sie stöhnte in Erwartung, und im nächsten Moment war seine Zunge da, ein langer, langsamer Strich mit der spitzen Zunge über ihre Labien.

»Oh!«, rief sie. »Oh, wie wunderbar!«

Alex lachte stolz, und sie konnte den Atem spüren, der die Härchen um ihre Vulva streifte. Seine kräftigen Hände packten jetzt ihre Hüften. »Sei still, sie werden dich hören«, sagte er leise, bevor er den Mund wieder auf sie drückte. Er war warm und feucht, und er verschlang ihr ganzes Geschlecht. Ihre Klitoris

14

pochte, schmerzte, wartete auf seine Berührung, und die Muskeln der Vagina zuckten in hilfloser Gier. Er bewegte den Mund hin und her, saugte sanft, leckte, saugte stärker.

In diesem Augenblick berührte er die schwellende Knospe ihrer Klitoris mit der Zungenspitze, und sie erschauerte. Ihr Kopf ruckte von einer Seite zur anderen, die Lippen waren leicht geöffnet, und sie keuchte und hechelte, während er immer wieder über den kleinen Knopf leckte, der das Epizentrum ihrer Lust war.

Seine Zunge war so einfühlsam und erfindungsreich, wie sie es sich erträumt hatte. Manchmal tupfte er nur leicht über die Kuppe, dann leckte er mit der ganzen Länge der Zunge darüber. Er variierte ständig, fing die zuckenden Labien mit seinen Lippen auf und sog sie tief in den Mund, dass ihr ganz schwindlig wurde. Ihre Hände glitten zu ihren Brüsten und streichelten sie, drückten sie immer härter, während sie das Becken hob, seinem Mund entgegen. Sie spürte an dem Zittern, das ihren ganzen Körper erfasste, wie nahe sie dem Orgasmus war. Er begann in ihren Zehen. Sie kribbelten und brannten, und dieses Feuer loderte die Schenkel hoch, bis zu ihrem klaffenden Schoß. Aber bevor es ihr kam, hörte er auf, ihren Kitzler zu lecken, er stieß seine Zunge tief in sie hinein und erforschte die seidigen Wände ihres Innern.

Als ob er ihre Sehnsucht ahnte, schlüpfte ein Finger zwischen die glitschigen Lippen ihres Geschlechts, und dann stieß er tief in sie hinein. Sie keuchte und wand sich auf seinem wirbelnden Finger. Ihre Muskeln spannten sich um den Finger, umklammerten ihn. Er lächelte und senkte den Mund wieder auf den gereizten Kitzler. Gleichzeitig schob er einen weiteren Finger in sie hinein, dann noch einen.

»Oh, ja, Alex, oh, ja!« Ihre Finger zupften hektisch an den Brustwarzen, zogen sie in die Länge. »Ja, ja, hör nicht auf!« Er hörte diesmal nicht auf und leckte kräftiger, stieß die Finger rhythmisch in sie hinein, bis sie einen gewaltigen Schrei ausstieß, seinen Kopf mit beiden Händen packte und festhielt, während sie das Becken ruckend gegen seinen Mund rammte, und dann kam es ihr, die Wellen der Lust schlugen über ihr zusammen.

Er blieb eine Weile hocken, während er die Auswirkungen ihres Orgasmus studierte und wartete, bis sich ihr Atem normalisiert hatte.

Er erhob sich. »Jetzt bin ich dran«, sagte er und öffnete seine Hose.

Kate schüttelte benommen den Kopf, als müsste sie erst einmal zurück in die Wirklichkeit finden, dann schaute sie neugierig auf das, was bisher seine Hose versteckt hatte. Sie lehnte sich vor, griff an seine Hose und half ihm, sie nach unten zu ziehen. Sie lächelte, als sie seinen Penis sah, lang und erigiert. Sie beugte sich noch weiter vor und berührte ihn mit den Lippen.

Er war heiß und gespannt, glatt unter ihren Fingern. Sie wollte ihn mit ihrem Speichel benetzen, sie wollte ihn schmecken. Sie öffnete den Mund, um ihn aufzunehmen, aber er hielt sie an den Haaren fest. »Nein«, sagte er. »Ich will dich ganz.«

»Das will ich auch«, sagte sie heiser, lehnte sich auf dem Stuhl zurück und spreizte die Beine noch weiter. »Ich will, dass du mich nimmst.«

»Aber nicht so«, stöhnte Alex. Er hob sie vom Stuhl hoch. Ihre Beine waren wie Pudding, und sie lehnte sich gegen ihn und spürte die Hitze seines eifrigen Penis durch ihre Kleider. »Nicht so. Ich will dich auf dem Schreibtisch haben. Auf deinem Schreibtisch. Das habe ich mir immer in meinen Träumen vorgestellt.«

Mit einem Arm wischte er den Schreibtisch leer; Papiere, Memos und Schreibgeräte flogen auf den Boden. »Das ist die aufregendste Art, Vorgänge zu erledigen«, behauptete er grinsend, dann drückte er sie über die harte Oberfläche. Ihre Beine hingen über der Kante, gespreizt, zitternd, auf ihn wartend.

»Oh, Himmel, auf diesen Tag habe ich gewartet, seit ich hier angefangen habe«, flüsterte er heiser. Er lehnte jetzt über ihr und senkte seinen Mund über ihren. Die Lippen trafen sich, und sie spürte die agile Zunge in ihren Mund schlüpfen, ihn tastend erforschen. Er schmeckte nach Salz, nach Sex, nach ihren eigenen Fingern, als sie onaniert hatte. Seine Hände waren auf ihren Brüsten, seine eckigen Fingernägel schabten leicht über die Nippel.

Sie lechzte nach ihm, überwältigt von ihrem Verlangen, ihn in sich zu spüren. Sie wartete auf die Penetration, wollte sie willkommen heißen. Aber nun war er es, der sich Zeit ließ. Seine Hand glitt an ihrem Körper hinunter, über den zerknautschten Rock, dann zwischen die Beine.

»Du bist so nass«, flüsterte er. »So nass. Sage mir, dass du mich willst.«

»Ich will dich«, antwortete sie, ohne nachzudenken. Sie hob das Becken an, seiner Erektion entgegen. »Ich will dich, Alex. Nimm mich, bitte.«

»Ich nehme dich«, raunte er, und sie spürte die Eichel, die sich zwischen den feuchten Labien ihrer schmerzend leeren Muschi rieb. »Oh, Kate, jetzt besorge ich's dir.« Seine Stimme klang dumpf vor Lust, und sie zitterte vor Vorfreude. Seine Hände griffen unter ihren Po, packten ihn fest, hielten ihn, und dann drang er mit einem glatten, zügigen Stoß in sie ein, streckte und dehnte sie, und seine weichen Hoden klatschten gegen die Kerbe zwischen ihren Backen.

»Oh, verdammt«, ächzte er, die Augen geschlossen, als hätte ihn die Wonne verzaubert, als wollte er sich selbst vergewissern, dass er Kate wirklich besaß. »Oh, verdammt, Kate, ich habe es geschafft, ich habe dich, bin in dir drin, endlich! Oh, Kate, Kate . . .«

Kate krümmte den Rücken und stöhnte und spürte den Schaft, wie er ein und aus fuhr. Ihre Körper schlugen aufeinander. Sie öffnete die Augen und schaute ihn an, wie er sie nahm. Sein Gesicht war beseelt von Lust und Sehnsucht, oder auch schon erfüllter Sehnsucht. Sie wusste nicht, wann sie etwas so Schönes schon einmal gesehen hatte. Lust, reine Lust durchflutete sie, Welle um Welle baute sich in ihr auf.

»Ich komme«, keuchte sie und starrte in sein Gesicht. »Ich komme. Bitte, hör nicht auf.«

Er stieß härter zu, bis sie spürte, dass der Orgasmus anschwoll und sie überwältigte. Hilflos erschauerte sie unter ihm, und weil sich ihre Scheide um seinen Schaft verkrampfte, kam auch er, er stieß einen Schrei aus und ergoss sich zitternd in ihrer feuchten Tiefe.

Kate rutschte auf dem Stuhl herum, während sie die Klitoris immer härter mit dem Mittelfinger rieb. Sie schob zwei Finger der anderen Hand in ihre Scheide, trieb sie hinein und heraus. Sie keuchte, spürte den Orgasmus nahen, stellte sich Alex' schlanken Schwanz vor, und das genügte, um sie über den Berg zu bringen.

Es dauerte eine Weile, bis sie sich in der Wirklichkeit wieder zurechtfand. Sie richtete sich auf dem Sessel auf. Niemand hatte an die Tür geklopft, niemand schaute durchs Fenster rein – ihre erotische Vision war effektiver gewesen. Sie leckte ihre Finger ab und genoss den moschusartigen Geschmack ihrer eigenen Erregung, dann wischte sie die Finger an den Innenseiten ihrer Schenkel ab.

Bloß eine Phantasie? War sie enttäuscht? Eigentlich konnte sie nicht enttäuscht sein. Was hatte sie denn dafür getan, dass ihre Phantasien mal Wirklichkeit wurden? Nichts. Vielleicht, dachte sie, vielleicht gehe ich nächste Woche den ersten Schritt auf Alex zu. Wenn ich den Nerv dazu habe. Er kann nicht so eng mit Tina verbandelt sein, dass für mich nichts mehr übrig bleibt.

Die Türklinke ging nach unten und schnellte wieder hoch. »Kate?«, klang eine Frauenstimme. »Kate, bist du da?«

»Himmel!«, rief Kate. Sie zog den Rock hinunter, fuhr durch die zerzausten Haare und schritt durchs Zimmer. Die Haut im Ausschnitt ihres T-Shirts war vor Leidenschaft errötet, und schützend legte sie eine Hand darüber, ehe sie die Tür aufschloss.

Bryony stand draußen. Sie hielt einen Bogen Papier und einen dicken Umschlag in der Hand und sah wie das leibhaftige Donnerwetter aus. Sie war eine hübsche, zierliche Frau, höchstens einssechzig groß. Kate war auch nur knapp einssiebzig, aber trotz der hohen Absätze ihrer Vorgesetzten sah sie auf Bryony hinab. Man sah ihr die keltischen Vorfahren an, helle Haut und rotblonde Haare, und trotz des geringen Wuchses (oder deshalb?) war sie sehr, sehr ehrgeizig. Kate verglich sie in ihren Gedanken oft mit einem Wiesel, ein kleines, kompaktes Paket Wildheit, das sich vor nichts fürchtete.

»Warum war die Tür abgeschlossen?«, wollte Bryony wissen.

»Ich arbeite an Personalgutachten«, sagte Kate. »Ich weiß, dass Alex draußen ist, und ich wollte vermeiden, dass er plötzlich neben mir steht und mir über die Schulter schauen kann.«

»Nimm sie mit nach Hause, wenn du absolute Vertraulichkeit brauchst«, sagte Bryony in scharfem Tonfall. »Aber schau dir das hier an.«

Bryony hielt ihr die Hand mit dem Papierbogen hin, und Kate nahm das Blatt an sich. Eine Aktennotiz von ganz oben. Als Kate den Namen las, schürzte sie die Lippen und setzte zu einem unhörbaren Pfiff an. Die Notiz kam vom Generaldirektor.

»Nächste Woche ist ein Kurs zur gezielten Fortentwicklung besonderer Fähigkeiten angesetzt«, sagte Bryony. »Der Kursleiter ist plötzlich krank geworden, und der erste Gedanke war, den Kurs abzusagen. Bob wandte sich an mich, weil er wusste, dass du diesen Kurs schon ein paarmal abgehalten hast. Ich will, dass du ihn übernimmst.«

»Nächste Woche?«, wiederholte Kate. Sie reichte Bryony die Notiz des Generaldirektors zurück. Ihr war nach Widerspruch zumute. »Bryony, erst gestern hast du mir gesagt, ich sollte die internen Schulungen einschränken, weil sie nur Geld kosten. Und dass ich mich mehr um Klienten bemühen soll. Und jetzt soll ich alles stehen und liegen lassen und einen internen Kurs leiten?«

»Bob hat ausdrücklich nach dir gefragt«, sagte Bryony langsam und deutlich, als hätte sie es mit einem schwerfälligen Kind zu tun, und ein roter Fingernagel zeigte wie zur Bekräftigung auf Bobs Unterschrift auf der Aktennotiz. »Willst du ihn vor den Kopf stoßen? Du musst wissen, dass sein Protegé an diesem Kurs teilnimmt.«

»Ich habe viel zu tun«, sagte Kate, und das entsprach der Wahrheit.

»Ich werde dafür sorgen, dass deine laufenden Arbeiten erledigt werden.« Bryony presste die Lippen aufeinander und drückte Kate den braunen Umschlag in die Hand. »Da«, sagte sie. »Das sind die Unterlagen über die Teilnehmer. Ich rufe Bob jetzt an und sage ihm, dass du gern einspringst.« Sie wollte sich schon abwenden, sah Kate dann aber noch einmal stirnrunzelnd an. »Du siehst erhitzt aus«, sagte sie mit einem anklagenden Unterton. »Was ist denn los?«

»Nichts«, antwortete Kate und bemühte sich um ein unschuldiges Lächeln. Bryony warf ihr einen letzten skeptischen Blick zu, dann stakste sie davon. Kate hörte Bryonys Bürotür zuknallen. Sie grinste und schaute auf den braunen Umschlag in ihrer Hand. Sie murmelte ein paar nicht druckreife Flüche und ging hinaus.

Alex schaute von seinem Computer hoch. »Das hört sich nach einer Gelegenheit an, die man nicht verpassen darf.« Seine haselnussbraunen Augen sahen sie grinsend an. »Es macht dir Spaß, alle Termine umzuwerfen, nur weil man Mr. T. einen Gefallen tun will.«

»Sehr komisch«, entgegnete Kate knurrend. »Das kommt mir so gelegen wie eine ungewollte Schwangerschaft. Drei Projekte im Berichtsstadium, ein weiteres gerade begonnen, und ich muss alles abbrechen, um den Schoßhund des Direktors zu verhätscheln.«

»Es wird dir Spaß machen«, behauptete Alex. »Es muss besser sein, als hier zu darben. Und vielleicht gefällt dir der Schoßhund des Direktors.«

»Kann schon sein.« Kate schüttelte den Kopf und wedelte mit dem Umschlag. Plötzlich fragte sie: »Was ist mit dir? Wirst du ohne mich überleben?«

»Ich weiß es nicht«, sagte Alex lächelnd. »Das weiß ich wirklich nicht.«

Einen Augenblick lang hörte es sich so an, als meinte er es ernst. Sie zögerte und wollte ihm sagen, dass sie ihn höllisch attraktiv fand, und er sollte zu ihr ins Büro kommen, sich auf ihre Knie setzen und ein Diktat aufnehmen. Aber ihr Mut verging. So war es immer.

»Du wirst es schon schaffen«, sagte sie und ging in ihr Büro zurück. Sie fragte sich, ob Bryony den Geruch ihrer Erregung wahrgenommen hatte.

Heute abend, dachte sie, brauchte sie Gesellschaft. Sie dachte kurz nach, dann griff sie zum Telefon. Sie drückte eine Kurzwahl ein, hörte den Ruf abgehen und kurz darauf das Einschalten des Anrufbeantworters.

»Verdammt«, sagte Kate. Die Maschine sagte: »Hi, es tut mir leid, dass ich nicht ans Telefon gehen kann. Gib mir nach dem Pfeifton eine Nachricht durch, dann rufe ich zurück.«

»David«, sagte Kate nach dem Pfeifton, »ich bin's, Kate. Es tut mir leid, dass ich dich nicht erwische, aber ich dachte . . .«

»Kate!«

Sie zuckte zusammen und starrte auf den Hörer. Es war Davids Stimme, warm und fröhlich, überhaupt nicht verlegen. »Wie geht es dir?«

»David, ich bin froh, dass du da bist.« Sie kam sich jetzt ein bisschen albern vor, aber nach einem Seufzer fuhr sie fort: »Ich habe einen entsetzlichen Arbeitstag hinter mir, und ich wollte nur wissen, ob ich mich bei dir zum Essen einladen kann. Ich habe einfach keine Lust, nach Hause zu gehen und alles in mich hinein-zufressen.« Sie seufzte. »Aber wenn du natürlich etwas anderes vorhast, brauchst du es nur zu sagen.«

»Nein, wunderbar!« David schien tatsächlich be-geistert zu sein, und Kate spürte ein wärmendes Gefühl im Magen. »Ich würde dich gern sehen. Ich habe die Entwürfe für die neue Show, und ich möchte gern dein Urteil hören. Wann kannst du hier sein?«

»Ich weiß nicht. Eine halbe Stunde? Ich könnte jetzt sofort fahren.« Zu ihrer Überraschung spürte sie, dass ihr Herz schneller schlug. »Soll ich beim Imbiss vor-beifahren und was holen?«

»Nein, nein, das lasse ich nicht zu. Ich koche selbst für uns«, protestierte David.

Kate lächelte. Es musste wunderbar sein, einen Job zu haben, der einem genug Energie übrig ließ, um am Freitagabend noch ein Essen zu zaubern. »Das hört sich großartig an«, sagte sie. »Bis nachher.«

»*Ciao, bella.*«

Kate legte den Hörer auf und fühlte sich schon besser. Sie zog ihr Jackett über, nahm die Tasche und steckte den braunen Umschlag mit einem resignierenden Seufzer in die Tasche. Sie ging zur Tür, zögerte aber noch. Rasch ging sie zum Schreibtisch zurück und zog die TIMES aus der Schublade heraus. Sie warf den Redaktionsteil in den Papierkorb und steckte den Anzeigenteil ebenfalls in die Tasche.

»Gute Nacht«, rief Alex, als sie ihre Bürotür schloss und zum Aufzug ging. Kate verharrte im Schritt und wartete, ob sie den Mut aufbrachte, ihn zu einem Essen nach ihrer Rückkehr einzuladen. Wie immer schüttelte sie den Kopf, seufzte und sagte: »Gute Nacht und ein schönes Wochenende.«

Zweites Kapitel

Kate ging davon aus, dass David etwas Exotisches kochte. Als sie zusammenlebten, waren seine *Cordons-bleus surprises* sein ganzer Stolz gewesen, und seit sie beschlossen hatten, ihre eigenen Wege zu gehen, schien er noch mehr bemüht, sie mit seinen Koch-künsten zu überraschen. Deshalb wollte sie sich ihrer-seits auch Mühe geben – unterwegs hielt sie beim Weinhändler an. »Einen Perrier-Jouet für heute abend«, sagte Kate dem Weinhändler. »Zwei Flaschen, bitte, gut gekühlt. Können Sie sie so einpacken, dass sie mir im Auto nicht warm werden?«

Während der Weinhändler nach hinten ging, um den Champagner zu holen, betrachtete sich Kate im Fenster. Sie sah so erschöpft aus, wie sie sich fühlte. Der Druck ihres Jobs forderte seinen Tribut. Sie schob ein paar Locken aus der Stirn und betrachtete sich kri-tisch. Wenigstens trug sie Sachen, die David mochte. Er selbst war ein Künstlertyp und fand Kates Büro-kleidung unwiderstehlich prüde. Heute aber, mit dem cremefarbenen T-Shirt aus Seide unter dem strengen Kostüm, würde er zufrieden sein.

»Darf ich?«, fragte Kate und holte einen kleinen Spiegel und Mascara aus der Handtasche. Im Spiegel sah sie die Falten auf ihrer Stirn. Sie hatte interessante Augen, die meistens strahlten, aber jetzt sahen sie müde aus, umgeben von kleinen Fältchen. Die Farbe veränderte sich von grün zu grau – das hing von ihrer Stimmung ab. Jetzt waren sie grau, was Kate nicht überraschte. Sie fuhr mit dem Mascarastift über die langen Wimpern und befeuchtete die Lippen mit der Zunge.

»Haben Sie was Besonderes vor?«, fragte der Weinhändler, als er ihr die eingepackten Flaschen reichte. Kate gab ihm ihre Kreditkarte.

»Nein, eigentlich nicht. Ich besuche nur einen alten Freund.«

»Das kann sehr entspannend sein. Ich wünsche Ihnen einen schönen Abend – bis bald.«

Die letzte Wegstrecke fuhr sie viel zu schnell, sie riskierte Radarfallen und hörte der CD von *Don Giovanni* zu. Die bedrohlichen Akkorde passten zu ihrer Stimmung. Kurz vor neun Uhr erreichte sie den Parkplatz vor dem umgebauten viktorianischen Lagerhaus, in dem David wohnte. Der Sicherheitsmann lächelte ihr auf dem Weg zum Lift zu. »Soll ich ihm sagen, dass Sie unterwegs sind?«

»Bitte«, sagte Kate. Die Lifttüren schlossen sich, und Kate fuhr in die sechste Etage. Sie dachte an die Zeit zurück, als diese Wohnung auch ihre gewesen war. Es hatte nicht geklappt. Ihrer beider Leben waren zu unterschiedlich – sie ein Büromensch mit fester Arbeitszeit, an der allerdings Konferenzen und Tagungen rüttelten, und er ein Künstler, der nur arbeitete, wenn es ihm passte. Die Leute, mit denen er zu tun hatte, waren wie er. Mit dem Begriff ›Termine‹ konnten sie nichts anfangen.

Sie freute sich zwar, jetzt eine eigene Wohnung zu haben, denn sie bedeutete Unabhängigkeit und Selbstständigkeit, aber wann immer sie zu den Docklands zurückkehrte, erinnerte sie sich an die schönen sechs Monate, die sie hier gemeinsam verlebt hatten.

Keine Reue, sagte sie sich. Der Aufzug traf oben ein, und die Türen glitten auseinander. Auf der anderen Flurseite stand die weiße Doppeltür zu seiner Wohnung offen. Kate drückte sie weit auf. »Liebling, ich bin da!«

Der großzügige Wohnbereich war leer. An den Mauerwänden hingen Davids Fotografien und moderne Gemälde. Kate hatte ihre Sammlung viktorianischer Wasserfarben mitgenommen, als sie ausgezogen war. Die Jalousien waren geöffnet, und hinter dem großen Panoramafenster war die Themse zu sehen, die im Dämmerlicht glitzerte, und dahinter sah sie die Lichter der Stadt. Kate schaute hinauf zur Empore, von der es ins Schlafzimmer ging, auch dort sah sie niemanden.

»David?« rief sie.

»In der Küche.«

Kate stellte Aktentasche und Laptop auf dem gefliesten Boden ab und trat an den hohen Kübelpflanzen vorbei in die große, helle Küche.

David lächelte ihr zu. Er stand vor der Arbeitsplatte und hackte auf irgendwas herum. Er trug seinen blaugoldenen Bademantel aus Frottee. David war ein untersetzter Mann, bestenfalls einsfünfundsiebzig groß.

Als Kate ihn das erste Mal gesehen hatte, wäre es ihr nie in den Sinn gekommen, er könnte zu ihr passen. Normalerweise wollte sie ihre Männer groß und dunkel und schlank haben. Nichts davon traf auf David zu.

Er hatte Schultern wie ein amerikanischer Footballspieler, er hatte eine dunkle Haut, und seine Haare erinnerten sie an eine Löwenmähne. Jetzt hatte er sie zu einem Pferdeschwanz zusammengefasst. Er hatte überhaupt eine starke Behaarung, erinnerte sich Kate. Brust, Bauch und Scham hätten einen Perückenmacher fröhlich gestimmt. Im Sonnenlicht glänzte der Pelz golden, und er sah aus wie ein Engel mit Fell.

Heute fiel es ihr schwer, sich an die Zeit zu erinnern, als sie ihn nicht attraktiv gefunden hatte, denn wann immer sie ihn anschaute, rief ihr Körper den Spaß zurück, den er mit David gehabt hatte, und ihr fiel ein, wie einfallsreich, liebenswert und humorvoll er war.

Sie starrte ihn an, und David grinste. »Willst du mehr sehen?«, fragte er und schob den Bademantel von einer Schulter, als wäre er ein Stripper in einer drittklassigen Kaschemme. »Das ist was, eh?« Er ließ die Hüften schwingen. »Aber du musst dich noch ein wenig gedulden, ich bin noch anderweitig beschäftigt.« Er wies auf die Anrichte. »Spargel und Hummer. Du hast nicht zufällig eine Flasche Champagner mitgebracht?«

»Ich kenne dich doch«, sagte Kate und stellte die Tüte mit den Flaschen auf den Tisch.

David hob eine sandfarbene Augenbraue, nahm die erste Flasche heraus und öffnete sie mit einem satten ›Plopp‹. Er holte zwei Flöten aus einem hohen Barschrank, schenkte ein und reichte ihr ein Glas. »Das hilft. Du hast dich am Telefon ziemlich niedergeschlagen angehört. Hattest du einen schwarzen Tag im Büro?«

»Entsetzlich«, sagte Kate und nahm einen langen Schluck des eiskalten Nektars. »Frustrierend. Nach allem, was mir Bryony in den letzten zwei Wochen an den Kopf geworfen hat, schustert sie mir für die nächste Woche ein weiteres Seminar zu. Sie weiß, dass sie mich zu Tode langweilen. Ich werde mir für dieses Seminar etwas einfallen lassen, damit ich es überstehe. Aber es bleibt wirklich ein schales Gefühl. Wirklich, ich bin durch und durch frustriert. Ich brauche einen neuen Job. Ich muss kündigen.«

»Du bist frustriert?«, hakte David nach. Er reagierte stets auf sexuelle Untertöne. »Wieso? Bist du wieder scharf auf jemanden vom Personal?«

»Du kennst mich doch. Ich bin scheu und traue mich nicht, Alex zu sagen, dass er Sex auf zwei Beinen ist.«

»Du solltest dir an mir ein Beispiel nehmen«, sagte David grinsend. »Ich lasse keine Gelegenheit aus.«

Kate seufzte. »Mit mir ist das wie der Arzt, der sich nicht selbst kurieren kann. Ich sage anderen Leuten, was sie tun sollen, um das zu erreichen, was sie sich erträumen, aber ich selbst bin völlig hilflos. Ich will nicht darüber sprechen, David. Du musst mich ablenken. Erzähle mir lieber, was du in der Zwischenzeit getrieben hast. Hast du die Bilder für die neue Show fertig?«

»Ja, habe ich. Hier.« David zog einen dicken Packen glänzender Bilder aus einer Schublade und legte sie neben Kates Glas auf den Tisch. »Einige werden dir bestimmt gefallen.«

Kate nahm wieder einen Schluck des würzigen Champagners und sah sich die Fotos an. »Einige Schwarz-weiß-Bilder sind einfach großartig«, murmelte sie. »Wie aus den films noirs, die Hollywood früher produziert hat. Ich wette, jeder Schauspieler, jede Schauspielerin steht Schlange, um von dir fotografiert zu werden.«

»Na, ja, es geht.« David ließ den Spargel kochen und wandte sich wieder Kate zu. »Schau dir den fünften Teil an, den ich ›Narzissmus‹ genannt habe. Das sind die besten Bilder der ganzen Show.«

Kate spürte seinen Atem hinter ihrem Ohr. Sie kannte seinen Geruch, wusste, wie er sich anfühlte. Wenn sie sich ihm jetzt zuwandte, die Hände unter seinen dicken Bademantel schob, würde sie wissen, wie er reagierte, wie sich sein muskulöser Körper spannte und unter ihren Fingerspitzen vibrierte, wie er die Augen schloss, um die Ekstase besser genießen zu können.

Keine Hast, mahnte sie sich und wandte sich wieder den Fotos zu.

»David«, stieß sie nach dem dritten oder vierten Foto hervor, »das sind wunderbare Aufnahmen. Wer ist dieses Modell? Ich habe sie noch nie gesehen. Sie sieht aus wie Lee Miller.«

»Sie heißt Natalie. Ist sie nicht großartig? Der Knochenbau, das Profil – ich hatte vorher schon Porträtaufnahmen von ihr gemacht, aber diese hier sind tatsächlich unschlagbar.«

Kate fuhr mit den Fingern über das Hochglanzpapier. Ein herrlich schlankes Modell lag auf der Couch vor einem vergoldeten Spiegel, elegant wie eine Figur aus dem Art Deco, fast jungenhaft in der nackten Perfektion ihres Körpers. Ihr Gesicht war von der Kamera abgewandt, der Betrachter sah nur das verschwommene Spiegelbild. Die Pose war nicht provozierend, aber irgend etwas am Ausdruck des schmalen Gesichts mit den schweren Lidern und den grell geschminkten Lippen, leicht geöffnet, war unglaublich sexy.

»Sie sieht so aus, als ob sie ihren Liebhaber sehen könnte«, murmelte Kate und fuhr mit der Fingerspitze die Konturen der Brüste des Modells nach.

»Kann sie auch«, sagte David grinsend. »Ihr Liebhaber ist sie selbst. Narzissmus – ich hätte kein geeigneteres Modell für dieses Thema finden können. Natürlich ist sie von sich selbst besessen. Sie ist davon überzeugt, die schönste Frau des Universums zu sein.«

»War es leicht, diese Bilder aufzunehmen?« fragte Kate. Das sinnliche Gesicht des Modells erfüllte sie mit Unbehagen. Ihr wurde die Nässe zwischen ihren Schenkel bewusst.

»Leicht war es gewiss nicht. Sie arbeitete hart – und ich auch.«

»Hast du ihr geholfen?«, Kate sah ihm ins Gesicht. »Hast du sie in Stimmung gebracht? Wie hast du es gemacht, David?«

»Sie brauchte mich gar nicht«, antwortete er grinsend. »Ein Mann ist nur Requisit für sie. Sie bringt sich selbst hoch.«

Kate nickte und schaute wieder auf das Bild, auf die geöffneten Lippen, auf die im Schatten liegenden Augen. »Man sieht ihr an, dass sie sich am liebsten ist«, murmelte sie.

»Es war eine phantastische Sitzung mit ihr«, sagte David schwärmerisch. »Das Mädchen gefiel mir mehr als gut, das Licht war großartig, aber sie glänzte auf der Stirn und hier.« Er berührte Kate am Halsausschnitt. »Ein Schweißfilm hätte das Foto ruiniert, also nahm ich den Puderquast und rieb sie trocken.«

»Du hast nur einen Vorwand gesucht, ihre Brüste zu berühren«, warf Kate ihm vor.

»Nein«, wehrte er sich. »Nein, das gehört zum Job. Wie hätte ich wissen sollen, dass sie so heiß war. Himmel, sie dampfte. Ich stand also mit dem Puderquast vor ihr, aber sie sagte, es hätte keinen Sinn.«

»Wieso?«

»Nun, sie sagte: ›Wenn du mich abkühlen willst, schwitze ich trotzdem weiter.‹« David lächelte Kate an. »Wie sollte ich eine solche Anspielung ignorieren? Ich sagte: ›Nun, ich versuche es trotzdem – aber nur einmal.‹ Ich pinselte mit dem Quast über ihre Haut, ging dann hinunter zu den Nippeln, glaube mir, ich war wahnsinnig zärtlich. Sie hat nur eine kleine Brust, aber findest du nicht auch, dass ihre Nippel verblüffend groß sind?« Er legte einen Finger auf die Stellen. »Lang und hart. Sehr fotogen. Ich wusste nicht, ob sie empfindlich sind, aber sie waren es. Als ich sie anfasste, verhärteten sie sich noch mehr, und sie seufzte, und ihr Körper wand sich in wunderbaren Zuckungen.« Er stand noch hinter Kate, und sie spürte seinen Körper unter dem Bademantel. Sie schaute auf das Bild und stellte sich Davids große Hände vor, die an den langen Nippeln zogen, und sie glaubte, das geräuschvolle Luftschnappen des Modells hören zu können.

»Und dann?«, fragte sie leise.

»Ich schaute zu ihr auf, aber sie sah mich nicht an, sie hatte den Kopf abgewandt und starrte in den Spiegel. Dort betrachtete sie, was ich mit ihr anstellte. Sie schien sich überhaupt nicht für mich zu interessieren, aber der Anblick im Spiegel schien das Erregendste zu sein, was sie bisher bewusst erlebt hatte. Ihre Augen waren wie Schlitze, grüne Schlitze wie die einer Katze. Ihre Lippen standen offen. Eindringlicher lässt sich Erregung nicht darstellen.« Sie hörte ihn seufzen, aber sie drehte sich nicht nach ihm um. Sie wartete darauf, dass er seinen Bericht zu Ende erzählte.

»Du kennst mich, Kate, ich bin an den Anblick nackter Frauen gewöhnt, aber ich spürte, wie ich hart wurde – nur vom Hinschauen, wie ich ihre Brüste berührte. Sie sah irre sinnlich aus. Es war heiß unter den Lampen, und ich spürte, wie ich zu schwitzen begann. Ich strich weiter mit dem Pinsel über ihre Nippel, und sie begann zu stöhnen. Ich fiel auf die Knie und nahm eine Warze in den Mund, saugte wie ein Baby daran, und sie stöhnte noch lauter. Ich schaute auf zu ihr und sah mich im Spiegel, mein Mund auf ihrer Brust, und sie schaute zu, wie ich sie beobachtete.«

»Hör nicht auf«, flüsterte Kate. Sie zog ihr Jackett aus und warf es über den Stuhl, dann fuhr sie sich mit den Händen über die Nippel. Sie steckte die Zeigefinger in den Mund und fuhr sich mit den feuchten

Fingern über die Warzen. »Erzähle weiter.« Davids Hände hielten sie an den Hüften fest. Sie schmiegte sich an ihn, streichelte ihre Brüste und lauschte seiner weichen Stimme.

»Ich saugte an ihren Brüsten und dachte, ihr würde es kommen, weil sie so laut stöhnte und sich wie von Sinnen wand. Es erregte sie ungemein, wie ich mit der Zunge über ihre Nippel leckte. Ich spürte, dass sie verzweifelt kommen wollte, ihre Hände öffneten und schlossen sich, und ihre Hüften bewegten sich, als ob sie etwas in sich spüren wollte, aber unentwegt starrte sie sich im Spiegel an. Ich nahm eine Hand von ihrer Brust und glitt damit zwischen ihre Schenkel. Sie war klatschnass und spreizte die Schenkel, um sich besser im Spiegel betrachten zu können. Weißt du, sie ist sehr blond, und sie hat da unten kaum Haare, ihr Geschlecht ist beinahe nackt, pink und glänzend wie eine gespaltene Feige. Ich konnte ihren Kitzler sehen, der zwischen den Labien herauslugte.

Ich schob meine Finger in sie hinein, die sofort von ihren Säften gebadet wurden. Mit einer Fingerkuppe rieb ich über den Kitzler, und sie schrie auf, und ich saugte weiter an ihrem Nippel und spürte, wie sie kam. Sie krümmte den Rücken und stieß einen Schrei aus, dann fing sie am ganzen Körper an zu zittern. Ich glaube, sie war ebenso überrascht wie ich.«

»Und dann?«, flüsterte Kate. Sie langte hinter sich und nahm Davids Hand, hob ihren zerknautschten Rock und legte seine Hand auf ihren nackten Schenkel. »Und was geschah dann?«

David lächelte. Seine Hand streichelte über Kates Schenkel und glitt unter den Slip. Die Finger strichen leicht über die weiche, fleischige Vulva. »He, du bist ja so nass«, rief er überrascht aus. »Besorgst du es dir während der Arbeit selbst?«

Kate drückte sich gegen seine forschenden Finger. »Erzähle weiter, hör nicht auf. Ich will wissen, was dann geschah.« Sie hielt geräuschvoll die Luft an, als er einen Finger in sie hineinstieß und hin und her rieb.

»Also gut«, murmelte David. »Sie hatte nur Augen für den Spiegel und wollte nichts tun, was zur Folge haben würde, sich nicht mehr im Spiegel betrachten zu können. Ich fragte sie, was sie für mich tun wolle, und sie sagte: ›Alles, wenn ich mich nicht bewegen muss.‹ Ich zog mich aus, aber sie schaute nicht einmal hin.« Er klang beleidigt. Er hatte einen guten Körper, und er wurde gern bewundert.

»Ich rutschte auf den Knien bis zu ihren Schultern hoch und sagte: ›Schau mal, hier ist was, das nach deiner Aufmerksamkeit ruft.‹ Ich schob ihr mein Ding zwischen die Lippen. Ich brauchte es wirklich dringend, ich dachte, ich platze bald. Sie schaute erstaunt drein, aber schließlich öffnete sie den Mund, und ich schob mich so tief hinein, wie es ging. Sie würgte ein bisschen, doch dann fand sie ihren Rhythmus, ich spürte ihre Zunge, und das machte mich ganz verrückt, du weißt ja, wie gern ich das habe. Ich hielt ihren Kopf und stieß hinein, ja, ich habe es ihr wirklich gegeben.«

Kate fixierte ihren Blick auf das Bild und stellte sich das hübsche schlanke Mädchen vor, wie David über ihr auf der Couch kniete, wie die Muskeln von Mund und Kehle arbeiteten. Kates Finger zupften aufgeregt an den Nippeln, und hitzig stieß sie gegen Davids reibenden Finger.

»Mach weiter«, raunte sie heiser.

»Ob du es glaubst oder nicht«, fuhr David fort, »als ich sie anschaute, bemerkte ich, dass sie den Kopf leicht zur Seite neigte und sich selbst anstarrte. Ich sah sie im Spiegel, ihre Augen weit aufgerissen, wie sie meinen stoßenden Bewegungen zusah. Es war ein schönes, erregendes Bild, wie der Schaft zwischen ihre roten Lippen fuhr, und ich wünschte, ich hätte eine Kamera zur Hand gehabt. Ihr Stöhnen schwoll an und ab. Es war immer am lautesten, wenn der Schaft hinten anstieß. Als ich wusste, dass ich kommen würde, zog ich mich aus ihr zurück, und als ich mich ergoss, schaute sie fasziniert zu, wie das weiße Zeug ihre Haut bedeckte und befleckte.«

»Bastard«, flüsterte Kate und knickte in den Knien ein, um Davids Finger tiefer zu spüren.

»Sie liebte es«, sagte David. Sein Penis, voll erigiert, so dick wie Kates Handgelenk, drang durch den Bademantel. Sie konnte nicht widerstehen, hob eine Hand und drückte den Schaft, rieb ihn sanft. »Sie liebte es, und ich wette, dass es ihr noch mal gekommen ist, während sie meinen Höhepunkt im Spiegel verfolgte.«

Kate seufzte. David bewegte den Finger jetzt rhythmisch ein und aus. Ihre Nippel waren geschwollen, und sie spürte, wie ihr Orgasmus sich im Bauch aufbaute, schmerzend, drängend, ungeduldig.

»David«, flüsterte sie, »ich will kommen.«

David presste sie an sich, hob ihr Kinn und küsste sie auf die Lippen. Seine Zunge bohrte sich in ihren Mund, während der Finger in ihrem Geschlecht unermüdlich forschte, rieb und drückte. Der Daumen fuhr über den harten Kitzler.

Kate bearbeitete ihre Brüste. Sie stieß kleine, spitze Schreie aus, die sich an seiner Zunge vorbei einen Weg hinaus suchten. Er griff in ihre Haare, zog ihren Kopf in den Nacken und küsste ihre Kehle.

»Oh, ja, ja, ich komme«, brachte sie stöhnend heraus, und dann war sie bebend da, fiel gegen ihn, hilflos, gefangen in ihrer Lust.

Sie revanchierte sich bei ihm, verwöhnte ihn mit allem, was sie hatte, einfallsreich wie nie. Als sie ihn getrunken hatte und grinsend zu ihm aufschaute, stieß er stöhnend hervor: »Verdammt, Kate, so gut war's noch nie.«

Kates Grinsen wurde noch breiter. »Es geht mir schon viel besser. Du tust mir gut, David.«

Nach dem Essen und der zweiten Champagner-flasche fragte David: »Willst du mir sagen, warum die Arbeit dir keinen Spaß mehr macht? Was dich stört?«

Kate schüttelte den Kopf. »Ich habe genug. Ich kündige. Ich ziehe zu dir und arbeite als deine Assistentin.«

»Sei nicht albern.« Er küsste sie zärtlich auf die Wange. »Du liebst deine Arbeit.«

»Nein, es ist mir ernst«, sagte Kate. »Ich habe die Schnauze voll. Ich habe die Stellenanzeigen aus der TIMES mitgebracht. Ich will kündigen.«

David hob die sandigen Brauen. »Wo liegt dein Problem? Hast du eine schlechte Phase?«

»Abgesehen davon, dass meine Chefin sich auf mich eingeschossen hat«, sagte sie, »muss ich nächste Woche einen weiteren dieser nervenden Kurse abhalten.«

»Aber ich dachte, du magst solche Kurse, Kate.«

»Ja«, gab Kate zu. »Aber sie spielen mit mir. Erst gestern haben sie mir mitteilen lassen, dass ich die Kurse drastisch reduzieren oder ganz einstellen soll. Und einen Tag später verfügen sie über mich, ich hätte einen außer der Reihe zu übernehmen . . .«

»Um was geht es bei dem Kurs?«

Kate stieß einen Seufzer aus. »Es ist ein Vier-Tage-Kurs. In diesen vier Tagen soll den Teilnehmern bewusst gemacht werden, wie sie mehr Einfluss nehmen können. Man übt das durch Rollenspiele.« Sie seufzte wieder. »Die Teilnehmer sollen versuchen, die Gedanken der anderen zu erahnen. Wahrnehmung, Überredung, Überzeugung sind die Themen. Ein Lehrer, vier Teilnehmer.«

»Im Büro?«

»Nein, im Hotel. Es ist wichtig, dass sie ihrer normalen Umgebung entrissen sind. Das erleichtert es ihnen, neue Dinge auszuprobieren.« Kate sprang auf die Füße, lief zu ihrer Tasche und nahm den Umschlag heraus. »Hier drin sind die Unterlagen über die Teilnehmer. Einer ist ein Protegé des Direktors. Bryony will, dass ich behutsam mit ihm umgehe.«

»Nun schau dir das mal an!«, rief David und trat neben sie. »Du zeigst dich ganz London als Exhibitionistin.«

Kate schaute zum Fenster und lächelte. Sie hob die Arme und drehte sich zu einer Pirouette. Sie sah ihr Spiegelbild im Fensterglas. Ihr Körper war eine Sinfonie von Kurven, rund und opulent. Als sie das erste Mal mit David geschlafen hatte, war sie mehr als ängstlich gewesen – als Fotograf war er an wunderschöne, schlanke Frauen gewöhnt. War sie nicht zu üppig, zu drall für ihn?

Ihre Ängste waren nicht gerechtfertigt gewesen. David hatte ihren saftigen, reifen Körper geliebt, verehrt. Wie sie jetzt da stand, die vollen Brüste gehoben, die Nippel versteift, wusste sie, dass sie Davids Ideal nahe kam. Sie schaute ihn an. »Du bist genauso schlimm«, murmelte sie glucksend, denn David stand nackt neben ihr.

»Dann schockieren wir sie gemeinsam«, sagte David grinsend. Er legte seine Hände auf ihre Hüften und zog sie an sich heran, küsste sie. Er hatte sinnliche Lippen, und seine Küsse sprachen von seiner Begeisterung für die ganze Frau.

»Erzähle mir was über die Teilnehmer deines Kurses«, sagte er.

Sie saßen auf dem Teppich vor dem großen Sofa, und Kate öffnete die Akte, breitete die Papiere auf dem Boden aus. Den Biographien der Teilnehmer lagen Fotos bei.

»Drei Männer und eine Frau«, stellte David fest. »Entsetzliche Fotos, aber die Männer sehen gut aus.«

»Na und?«, fragte Kate düster. »Ich sehe sie nur vier Tage, und das Training ist stinklangweilig. Es wäre etwas anderes, wenn ich sie in sexueller Athletik oder der Ausweitung erotischer Positionen unterrichten könnte.«

»Dann geh nicht hin«, sagte David.

»Sei nicht albern. Bryony würde mich sofort feuern.«

»Na und? Du willst doch sowieso kündigen.«

»Wenn ich rausgeworfen werde«, sagte Kate, »dann soll es aus einem guten Grund geschehen. Ich will mit einem Paukenschlag aufhören, nicht mit Wehklagen.« Sie wollte noch etwas sagen, hielt aber plötzlich inne und saß reglos da, eine Hand gegen den Mund gepresst.«

»Ist dir etwas eingefallen?«

»Ja.« Sie nahm eines der Fotos in die Hand und betrachtete es. Es zeigte ein schmales männliches Gesicht. Die Augen blickten wild. »Was mir gerade eingefallen ist«, murmelte sie, »wenn ich schon geschlachtet werden soll, dann lieber als Schaf und nicht als Lamm. Warum sollte ich ihnen nicht beibringen, was wirklich wichtig ist? In den bisherigen Kursen habe ich mich immer bemüht, die Probleme der Teilnehmer herauszufinden und sie zu lösen. Diesmal werde ich egoistischer sein. Sie sehen alle gut aus. Ich werde ihre erotischen Fähigkeiten schulen.«

»Ich denke, es soll ein Kurs sein, der sie lehren soll, stärkeren Einfluss auszuüben«, erinnerte David sie.

»Na und? Ich werde auf den Einfluss des Sex abheben. Wir werden vier Tage im Bett verbringen, ich und einer nach dem anderen. Es wird mir gefallen, auch wenn es den Teilnehmern nicht gefällt. Wenn sie sich beklagen, werde ich gefeuert, aber was soll's?«

David schüttelte den Kopf und lächelte. »Du kannst sie nicht zwingen, wenn sie nicht wollen.«

»Doch, ich kann. Der Kursleiter bestimmt die Richtung. Ich fertige über jeden Teilnehmer einen Bericht an – wie er vom Kurs profitiert hat und all das. Ja, ich kann sie dazu bringen, das zu tun, was ich will.«

»Kate, meine Liebe, du kannst es versuchen«, sagte David und schaute ihr ins Gesicht. »Aber ich glaube nicht, dass du es schaffst. Du bist nicht egoistisch genug.«

»Was? Sagst du mir nicht immer, dass ich mich gern produziere?«

»Oh, du liebst es, im Rampenlicht zu stehen, das weiß ich. Aber wenn du mir von deinen Kursen erzählst, dann höre ich deinen Stolz heraus, was du den Teilnehmern hast vermitteln können. Ich kann mir nicht vorstellen, dass du sie vier Tag lang so manipulieren willst, dass sie nur deinem Vergnügen zur Verfügung stehen.«

»Das glaubst du nicht?«, fragte Kate. »Willst du mich herausfordern? Also gut, ich kann es kaum erwarten. Es wird die beste Woche meines Lebens sein. Und natürlich werde ich ihnen auch beibringen, wie sie ihren Einfluss stärken können.« Sie fasste mit der Hand unter Davids Kinn. »Komm«, sagte sie und sprang auf die Füße. »Im Bett können wir die Einzelheiten besprechen.«

Drittes Kapitel

Das Hotel entsprach Kates hohen Erwartungen. Kate schätzte stille, luxuriöse Hotels, und in diesem Fall hatten die Organisatoren nicht geknausert. Es war ein altes Haus, bequem und intim. Die Zimmer waren klein, die Wände dick. Kate grinste. Alles schien zu ihren heimlichen Plänen zu passen.

Der Hotelmanager brachte sie zur Trimmanlage. »Wir haben uns das alles was kosten lassen«, sagte er. »Alles da – Jacuzzi, Sauna, Dampfraum, Fitness Center und Aerobic Studio. Ihren Kursteilnehmern wird es an nichts fehlen.«

Mir fällt schon noch einiges ein, dachte Kate. Aber einige Dinge habe ich auch mitgebracht. Sie nickte dem Manager zu. »Ich möchte die Trimmanlage an einem Tag für uns reservieren, geht das?«

»Ich glaube schon.«

»Okay, dann nehmen wir den Donnerstag, das ist der letzte Tag des Kurses.«

Sie ging hinauf in ihr Zimmer. Die Kursteilnehmer waren schon eingetroffen. Kate hatte sie an der Rezeption begrüßt und kurz berichtet, wie sie sich den Ablauf vorstellte. Sie wollten sich um sechs Uhr abends in der Bar treffen.

Kate fühlte sich nervös, was sie überraschte. Sie hatte alles geplant und war ziemlich sicher, dass nichts schiefgehen konnte. Das bibbernde Gefühl in der Magengrube stammte nicht nur von ihren Nerven, dachte sie, es wurde eher von ihren sexuellen Gefühlen ausgelöst.

Sie streifte sich den Pullover über den Kopf und öffnete ihre Jeans. Sie musste sich umziehen, obwohl sie gern Jeans trug; sie gaben ihr ein Gefühl der Entspannung. Aber diesmal wollte sie etwas anziehen, was ihre Autorität unterstrich.

Sie entschied sich für ein Leinenkleid und für Sandalen mit kleinem Absatz. Sie überlegte, ob sie die Haare hochstecken sollte, probierte es, fand dann aber, es sah besser aus, wenn sie frei schwingen konnten. Die weichen Haare fielen locker auf ihre Schultern. Sie wollte weiblich wirken, sie wollte, dass die Männer sie attraktiv fanden. Schließlich wollte sie Sex mit allen haben, bevor der Kurs zu Ende war. Sie betrachtete sich im Spiegel und war zufrieden mit dem, was sie sah. Das Kleid fiel locker über die Brüste, ließ deren Fülle ahnen. Ein Gürtel betonte die schmale Taille, der Rock fiel weit von den Hüften ab. Die Figur einer Eieruhr.

Kate wusste, sie sah attraktiv und aufregend aus. Wie ein Raubtier auf Beutegang, dachte sie grinsend. Ihre Haut war leicht gebräunt und hatte einen zusätzlichen rosigen Schimmer. Sie spitzte die vollen glänzenden Lippen zu einem Kuss und flüsterte sich selbst zu: »Unwiderstehlich.«

Der Gedanke, dass unten drei Männer auf sie warteten, die nicht ahnten, was sie mit ihnen vorhatte, löste wohlige Schauer aus, die ihr über den Rücken liefen. Sie bückte sich zum kleinen Koffer, der neben dem Bett stand und ließ beide Schlösser aufschnappen. Grinsend sah sie sich den Inhalt an.

Übers Wochenende hatten sie und David einige ›Trainingsmaterialien‹ zusammengestellt, wobei selbst sie einräumen musste, dass es sich dabei um eigenartige Utensilien handelte. Kleidungsstücke aus Seide, Spitze und Leder. Eine Peitsche mit dickem Griff, ein Schlagstock mit einer Art Paddel, das mit Samt überzogen war. Unter der Kleidung lagen mehrere Handschellenpaare und dünne Ketten. Ganz unten lagen ausgewählte erotische Bücher, eine Flasche mit duftendem Öl sowie eine stattliche Sammlung künstlicher Phalli unterschiedlicher Größe und Materialien – aus Kunststoff, poliertem Holz und sogar aus glattem Stein. Kate zögerte einen Moment, dann nahm sie einen der größeren Phalli und stellte ihn auf den Schreibtisch, wo die Biographien der Kursteilnehmer lagen. Sie knöpfte ihr Kleid auf und schob den glatten, kühlen Kopf des hölzernen Phallus unter ihren Slip. Während sie sich die einzelnen Seiten der Teilnehmer ansah, rieb sie das Holz, das zart wie Seide war, sanft über die Klitoris.

Das erste Bild, das sie betrachtete, war das vom Protegé des Direktors. Der junge Mann hatte eine ausgezeichnete akademische Ausbildung. Kate hatte sich das Bild schon in Davids Wohnung angesehen, ein scharf geschnittenes, attraktives Gesicht mit hohen Wangenknochen. Schlank, gebräunte Haut und strahlend blaue Augen unter buschigen Brauen.

Nick. Sie hatte ihn bei der kurzen Begrüßung unten in der Halle gleich erkannt. Er war so attraktiv, dass sie ein warmes, kribbelndes Gefühl im Schoß gefühlt hatte.

Sie zog den Slip aus und stieß den prallen Kopf des hölzernen Phallus zwischen die feuchten Labien. Er war dick, und sie war noch nicht feucht genug, als dass er leicht hätte eindringen können, deshalb kehrte sie zur Klitoris zurück und strich langsam über die steife Knospe.

Nun fahre nicht sofort auf ihn ab, mahnte sie sich. Schau dir nur sein Profil an. Er braucht das Training. Sie las die Einschätzung seines Vorgesetzten.

NICK IST SEHR ZIELORIENTIERT, INTELLIGENT UND BEREIT, AUCH DIE VERZWICKTESTEN PROBLEME ANZUGEHEN. ABER ER NEIGT ZUR AGGRESSIVITÄT SEINEN KOLLEGEN GEGENÜBER. ER HÖRT NICHT GERN ZU UND IGNORIERT DIE MEINUNG ANDERER. DIESE SCHWÄCHEN STEHEN IHM IM WEG ZU GRÖSSERER VERANTWORTUNG. SIE SIND MIT IHM ERÖRTERT WORDEN, ABER ER SIEHT SIE NICHT EIN. DAS ZIEL DES KURSES SOLLTE FÜR IHN SEIN, IHM DEUTLICH ZU MACHEN, DASS ER SICH VERBESSERN UND AN DIESER SCHWÄCHE ARBEITEN MUSS.

Auf einer anderen Seite stand, was sich der Kursteilnehmer von der Veranstaltung versprach. Man hatte viel Platz auf den genormten Seiten, um eine Menge hinzuschreiben, aber Nick hatte mit seiner aggressiven Handschrift nur notiert: DAS MAG DER HIMMEL WISSEN.

»Oh, Gott«, murmelte Kate und presste die glitschige Dildospitze gegen ihre lechzende Vulva. Nick würde zweifellos eine Herausforderung an ihr Geschick als Trainerin sein. Aber er war so attraktiv ... Sie überlegte, wie sein Körper aussah. Glatt oder behaart? Muskulös oder schlank? War er ein guter Liebhaber? Egoistische, aggressive Männer waren oft grandiose Liebhaber, weil sie sich selbst immer etwas beweisen wollten. Aber manche waren auch schlicht selbstgefällig und sonst gar nichts.

Sie sah sich die nächste Akte an. Das Foto zeigte einen kräftigen, breitschultrigen Mann mit kurzen, drahtigen Haaren und einem zurückhaltenden Gesichtsausdruck, den Kate sehr sinnlich fand. Christopher. Sie versuchte, sich an ihn zu erinnern. Körperlich groß, im Wesen eher still, beobachtend, abwägend. Grübelnder Blick aus dunklen Augen. Aus den Unterlagen ging hervor, dass Christophers Boss ihn für schwierig hielt – ein wenig rätselhaft und schwer zu durchschauen.

»Man weiß nie, woran man bei ihm ist«, lautete ein Kernsatz in der Beurteilung.

Nun, dachte Kate, sie würde versuchen, Christopher durchschaubarer zu machen. Sie wollte herausfinden, wie er unter seinem teuren Anzug aussah. Obwohl er diese überwältigende Gestalt hatte, sah er nicht bedrohlich aus, aber sie ahnte, dass jeder Mann mit diesem rohen Gewaltpotential von einer Minute zur anderen eine Gefahr darstellen konnte. Ich werde dich mit Samthandschuhen anfassen, Christopher, dachte Kate. Sie stellte sich die breiten Schultern vor, den nackten Körper, das eigenartig sinnliche Gesicht.

Wenn ein Mann mit dieser Physis sich vornehmen sollte, ihr irgend etwas anzutun, würde sie ihn nicht daran hindern können. Der Gedanke ließ sie unruhig herumfahren. Sie versuchte wieder, sich den hölzernen Phallus einzuführen. Sie war jetzt sehr nass, und nachdem sie den ersten Widerstand überwunden hatte, glitt er sanft in sie hinein und füllte sie herrlich aus. Mit der freien Hand strich sie sich genüsslich über den Kitzler.

Sie stellte sich vor, Christophers wuchtiger Körper hockte über ihr, ähnlich wie David über dem Modell Natalie gehockt hatte. Christopher würde die Schenkel weit gespreizt haben, damit ihr Kopf genug Platz hatte. Sie trommelte ungeduldig mit den Beinen aufs Bett und stöhnte, während sie sich vorstellte, seinen Schaft zu spüren. Die schemenhaften Gestalten der anderen Teilnehmer lauerten in ihrer Phantasie, zwei von ihnen bückten sich rechts und links von Kate und leckten sie an den Brustwarzen, während Nick ihre Schenkel spreizte und seinen gierigen Schaft hineinstieß.

Sie konnte Nick beinahe keuchen hören, während sie sich mit dem Phallus rieb. Sie spürte, wie sich Christophers Bauch hart spannte, als er sich dem Höhepunkt näherte. Als sich ihr eigener Höhepunkt ankündigte, stieß sie den Phallus tief in ihre Liebesgrotte, und ihre Finger rieben hart über die Klitoris. Im Augenblick des Höhepunkts stellte sie sich vor, wie sich Nick ächzend in ihrem Körper entlud, während Christophers dicker Penis zwischen ihren Lippen zuckte und ihren schluckenden Mund füllte.

Nach ein paar Minuten, die sie zur Erholung brauchte, zog sie den hölzernen Phallus langsam heraus und dann den Slip wieder hoch, dann setzte sie sich auf, zitterte ein wenig und ging ihrer restlichen Arbeit nach.

Der dritte Mann war leichter einzuordnen als Christopher. Er hieß Edmond und hatte ein helles, feines, aristokratisches Gesicht und helle, blasse Augen. Er hatte weiche Haare, ein bisschen länger, als es Mode war. Auf dem Foto lächelte er schief, was zu einem Grübchen auf der linken Wange führte – unwiderstehlich charmant.

Er war Kate bei der kurzen Begegnung in der Halle durch ausgesuchte Höflichkeit und eine akzentuierte Sprache aufgefallen, die seine gehobene Herkunft verriet. Interessant, was der Manager über ihn schrieb: »So höflich, dass andere ihn an die Wand drücken. Er kann sich nicht durchsetzen, er kann seine Ideen nicht an den Mann bringen. Seinen Leuten klopft er nicht auf die Finger – das würde er für unhöflich halten.«

Damit kann ich umgehen, dachte Kate. Sie sah sich Edmonds Foto an. Er sieht empfindsam aus, ein Typ, der sich dafür aufopfert, dass auch Frauen was empfinden. Ich wette, er ist gut mit der Zunge. Dieser Gedanke ließ sie wohlig erschauern.

Sie ging die Papiere durch und stieß auf die einzige weibliche Teilnehmerin. Kates Mundwinkel zuckten. Sie könnte zum Problem werden. Männer neigten dazu, sich Frauen zu unterwerfen, aber wenn Sophie sich auf die Hinterbeine stellte und Ärger machen wollte, konnte sie Kates eigenwillige Ideen ruinieren.

Konzentriert sah sie sich die Fotos an. Sophie sah nicht aus wie eine Frau, die an einem Kurs über Sex teilnehmen würde. Sie wirkte passiv und reserviert. Das Gesicht war hübsch, sie hatte dunkle Augen und braune Locken, aber ihr Ausdruck war eher scheu und ängstlich, als ob sie fürchtete, die Kamera könnte sie beißen. Aus den Unterlagen ging hervor, dass Sophie sich auch am Arbeitsplatz zurückhielt. Ihr Manager schrieb: »Sie ist sehr intelligent und hat großartige Ideen. Aber diese Ideen muss man aus ihr herauskitzeln. Noch nie hat sie freiwillig einen Gesprächsbeitrag geleistet.«

Kate setzte sich zurück, schaute sich Sophies Fotos an und schüttelte den Kopf. Warum gab es so viele Frauen, die nicht in der Lage waren, das zu sagen, was sie zu sagen hatten? Warum ließen sie sich in untergeordnete Positionen pressen, wenn sie so qualifiziert wie ihre männlichen Vorgesetzten waren?

Sophie tat ihr leid. Kluger Kopf, hübsches Gesicht – was wollte man mehr? Aber wenn Sophie sich als prüde erwies, konnte sie den ganzen Kurs ruinieren. Nun gut, Kate würde damit fertig werden. Wenn alle Stricke reißen, dachte sie, musste sie Kate nach Hause schicken. Die Begründung würde einleuchten – sie war noch nicht reif genug für den Kurs. Dann hatte Kate es nur noch mit drei Männern zu tun. Der Gedanke erfüllte sie mit einer köstlichen Erregung.

Auf ihrer Uhr waren es fünf Minuten nach sechs. Zeit, nach unten zu gehen. Sie kam gern ein wenig zu spät, das sicherte ihr Aufmerksamkeit. Sie lächelte sich im Spiegel zu und ging zur Tür.

Wie sie erwartet hatte, waren die Teilnehmer schon in der Bar und warteten auf sie. Alle hatten ein Glas in der Hand, und sie merkte sich rasch, wer was trank. Edmond hatte sich für Sekt entschieden, Christopher für einen Gin & Tonic, Nick für eine Flasche Pils und Sophie für etwas, das verdächtig nach Mineralwasser aussah. Keine Überraschungen, stellte Kate fest.

Edmond erhob sich höflich, als sie die Bar betrat, während die anderen Männer sich verlegen umsahen, ehe sie ebenfalls aufstanden. Sie waren alle recht formell gekleidet. Edmond und Nick trugen Sakkos und Krawatten. Kate lächelte, als sie sah, dass Edmonds Krawatte aus seiner Schulzeit stammen musste, marineblau mit irgendeinem Wappen. Nicks Krawatte hatte ein wildes Muster und leuchtete grell. Christopher trug einen weit geschnittenen Rollkragenpulli, dunkelgrau, die Farbe der Geheimagenten. Sophie trug ein unauffälliges Kleid in einer langweiligen olivgrünen Farbe, als ob sie mit den Holzpaneelen verschmelzen wollte.

»Kann ich Ihnen etwas bestellen?«, fragte Nick und kam Edmond knapp zuvor.

Kate lächelte ihn an. »Nein, nein, wir nehmen alles auf eine Rechnung. Möchte jemand auch noch etwas bestellen?«

Sie schüttelten den Kopf. Die Teilnehmer waren bemüht, sich von der besten Seite zu zeigen und nur ja keinen Fehler zu begehen. Das ist am Anfang immer so, dachte Kate. Sie ging zur Theke und bestellte sich einen ›Spritzer‹, Wein mit Mineralwasser.

Die Bar war fast leer. »Nun«, sagte Kate und sah sich unternehmungslustig um, »da wir alle hier sind und fast unter uns, könnten wir auch gleich beginnen, nicht wahr? Irgendwelche Einwände?«

Sie sahen sich an, dann sagte Nick: »Schießen Sie los, Boss.«

»Nicht Boss«, sagte Kate, froh über die Gelegenheit, ihn zu verbessern. Er war seiner zu sicher. Sie hoffte, dass der Rest der Charakteristik ebenfalls zutraf. »Ich werde Ihnen nicht sagen, was Sie zu tun haben. Sie alle sind hier, weil Sie es wollen.«

»Ich nicht«, widersprach Nick, der sich nicht unterbuttern lassen wollte. »Mein Boss hat mich geschickt.«

Die anderen Teilnehmer sahen sich verlegen an, sie hatten nicht damit gerechnet, dass es schon so früh zu einer Konfrontation kommen würde.

Kate lächelte. »Und was erwarten Sie von dem Kurs?«

»Für mich ist es eine vergeudete Zeit«, sagte Nick wütend. »Einfluss nehmen! Ha! Mehr Einfluss, als ich jetzt schon habe, brauche ich nicht.«

»Und warum hat Ihr Einfluss nicht dazu gereicht, Ihren Boss davon zu überzeugen, Sie nicht zu diesem Kurs zu schicken?« fragte Kate lächelnd. Sie sah, dass die Köpfe der anderen von ihr zu ihm ruckten, wie bei einem Spiel in Wimbledon. Nur Sophie starrte sie an, den Mund leicht geöffnet, staunend.

Nick zögerte mit seiner Antwort. Dann sagte er: »Ich dachte, wir sollten hier lernen, uns durchzusetzen.«

»So ist es«, bestätigte Kate. »Aber das kann man auf verschiedenen Wegen erreichen. Wenn Sie hier sind, ohne es zu wollen, dann ist es mit Ihrer Einflussnahme nicht weit her. Verstehen Sie, was ich meine?«

Nicks Gesicht verdüsterte sich. »Kann schon sein«, sagte er widerwillig.

Die anderen Teilnehmer schienen sich ein wenig zu entspannen. Kate lächelte in die Runde. »Erinnern Sie sich, wie man Einfluss definiert? Sie haben Einfluss, wenn es Ihnen gelingt, das Verhalten eines anderen zu verändern, ohne dass die Beziehung zum anderen darunter leidet.« Sie blickte in ernste Gesichter. »Ich will jetzt nicht in Einzelheiten gehen, aber ich möchte schon mal ein paar Regeln bekanntgeben.« Sie setzte sich aufrecht hin und unterstrich ihre Thesen mit Gesten – ganz die Person, die Einfluss ausüben will.

»Dieser Kurs ist geheim. Alles, was Sie sagen, bleibt vertraulich – wirklich alles. Nichts geht an Ihren Boss. Ich schreibe natürlich einen Bericht über Sie, aber der Bericht ist lediglich eine Art Zertifikat, das besagt, wie erfolgreich Sie bei diesem Kurs gewesen sind – oder auch nicht.« Sie sah sie der Reihe nach an.

Die Teilnehmer waren ernst bei der Sache. Kate empfand ein Gefühl der Macht. In den nächsten vier Tagen würden sie in ihrer Hand sein. Einen Moment lang stellte sie sich vor, wie sie sich vor ihnen präsentierte und ihr Kleid aufknöpfte und den Körper darunter enthüllte. Die vier Kursteilnehmer knieten vor ihr, verehrten sie wie eine Königin und streckten ihre Hände aus, als wollten sie um Gnade bitten. Die Vorstellung erregte sie, Kate leckte sich ein paarmal über die trockenen Lippen und schluckte schwer.

»Ich möchte Sie alle ernsthaft ersuchen, nichts von dem weiterzugeben, was die anderen Teilnehmer hier sagen, es sei denn, Sie haben das Einverständnis des anderen Kursteilnehmers.«

Schweigen. Kate ahnte, dass Nick darauf wartete, angesprochen zu werden. Absichtlich wandte sie sich an einen anderen. »Edmond?«

»Ja, natürlich.«

»Sophie?«

»Ja, das verspreche ich.«

»Nick?« Sie wollte ihn nicht als Letzten befragen.

»Nun, ja.« Nick war immer noch sauer. Er verhielt sich kindisch, aber das war die typische Reaktion einer aggressiven Person, die nicht die Kontrolle hat.

»Christopher?«

»Klar, selbstverständlich.«

»Gut«, sagte Kate. Sie setzte sich zurück und entspannte sich. »Alles, was Sie sagen, bleibt unter uns. Ich möchte, dass Sie üben. Versuchen Sie Rollenspiele, wie sie in Ihrem Büro realistisch sind. Ich will, dass Sie mich beeinflussen wollen. Benutzen Sie Ihre Phantasien.«

»Sie werden sich wundern, wie weit meine Phantasie geht«, sagte Nick mutig. Sophie und Edmond schienen unbeeindruckt zu sein, aber Christopher lachte trocken auf.

»Sie müssten schon ziemlich phantasievoll sein, um mich überraschen zu wollen, Nick«, sagte Kate kühl. Sie schaute ihm ins Gesicht und hob eine Augenbraue.

»Das hört sich wie eine Herausforderung an«, meinte Christopher.

»Ja, natürlich«, sagte Kate und nippte an ihrem Drink. »Wie sollen wir den Kurs strukturieren? Es geht um die nächsten vier Tage, die wir gemeinsam verbringen werden. Man teilt die Komponenten des Einflusses in drei Phasen ein. Es beginnt mit dem Brückenschlagen. Damit ist gemeint, dass man herausfindet, was andere wollen. Dann folgt die Überzeugung – andere dazu zu bringen, deinen Standpunkt einzunehmen. Und schließlich der Anspruch – damit meinen wir, dass andere deine Position begreifen und akzeptieren. Jeden Tag werden wir ein paar theoretische Erörterungen vornehmen, dann gehen wir an praktische Verhaltensmuster heran, und am vierten Tag bringen wir beides zusammen, Theorie und Praxis. Denken Sie sich Situationen aus, die Sie als schwierig erachten, die werden wir dann üben.«

»Das hat man uns schon gesagt«, meldete sich Sophie mit ihrer leisen Stimme. »Wir sollen schwierige Situationen schildern, mit denen wir konfrontiert sind.«

Kate nickte. »Sehr gut. Das wird uns Zeit sparen, wenn Sie darauf vorbereitet sind. Aber ich denke auch an andere Situationen, die Sie bisher vielleicht noch nicht erlebt haben. Ich habe mir schon einige ungewöhnliche Dinge ausgedacht. Ich bin sicher, Sie werden alle Ihren Spaß daran haben.«

Unsichere Blicke waren auf sie gerichtet.

Kate wollte noch etwas sagen, aber ein Hotelangestellter trat zu ihnen. »Sie können jetzt ins Restaurant gehen.«

Kate nickte und wandte sich den Teilnehmern zu. »Beim Essen«, sagte sie, »sollten wir uns gegenseitig vorstellen. Wie Sie wissen, bin ich Kate von der Abteilung Fortbildung und Entwicklung. Jetzt möchte ich, dass Sie sich in den nächsten fünf Minuten mit Ihrem Nachbarn unterhalten, und dann erzählen Sie uns allen was über Ihre Eindrücke. Nicht über die Arbeit reden, das ist langweilig – finden Sie heraus, was der Nachbar mag, wenn er nicht arbeitet.«

Sie blieb ruhig sitzen und beobachtete, wie sie sich zögernd zu unterhalten begannen. Christopher redete mit Nick, Edmond mit Sophie. Es überraschte sie nicht, dass Nick die Unterhaltung dominierte, während Sophie und Edmond abwechselnd sprachen. Sie harmonierten gut.

»Christopher«, sagte Kate. »Wollen Sie beginnen?«

»Gern.« Christophers Stimme war wie sein Körper,

stark, weich, sehnig. Eine rauchige Stimme. Er sah fast schüchtern aus, aber irgendwas in seinem Gesicht ließ Kate vermuten, dass es nicht Schüchternheit war, die ihn zurückhielt. Er zeigte auf seinen Nachbarn.

»Das ist Nick. Er steckt bis über beide Ohren in Arbeit, und trotzdem hat er Zeit für viele Dinge. An den Wochenenden spielt er Squash und Fußball. Er liebt schnelle Autos. Er ist mit einem Porsche zum Kurs gekommen, und er erzählt, dass er Frauen liebt, die ebenso schnell sind.« Christophers Stimme klang trocken. »Wenn man ihm glauben will, hat er mit jeder Frau in den Büros und mit einigen außerhalb geschlafen.«

Nick grinste. Kate hob die Augenbrauen. »Ich glaube, ich kann das sofort widerlegen«, sagte sie, und Nicks gleichgültiger Ausdruck wich einer Wut. »Danke, Christopher. Eine ausgezeichnete Kurzschilderung. Nick, was haben Sie über Christopher erfahren?«

Nick öffnete den Mund, aber es kam nichts heraus. Schließlich sagte er: »Eh . . . das ist Christopher. Er arbeitet in der Computerberatungsabteilung. Eh . . . mehr habe ich nicht herausgefunden.«

Kates Brauen hoben sich wieder. »Ich sagte, ich will nichts über Arbeit hören.«

»Tut mir leid«, murmelte Nick und sah sie zornig an.

»Schon gut«, meinte Kate. »Sophie, möchten Sie uns etwas über Edmond berichten?«

»Edmond«, sagte Sophie mit angenehmer, wohlklingender Stimme, »scheint ein herrliches Leben zu haben. Er wohnt auf dem Lande und hat ein kleines Haus mit großem Garten. Er liest gern und hört viel Musik. Wenn er in London ist, geht er ins Theater.« Sie schaute sich kurz um und fügte dann scheu hinzu: »Wir haben festgestellt, dass wir viele Gemeinsamkeiten haben.«

»Sophie mag Theater und Oper wie ich«, erklärte Edmond. »Und sie liebt Landspaziergänge. Ja, es gibt viele Übereinstimmungen zwischen uns.« Er lächelte Kate zu, und Kate lächelte zurück. Es begeisterte sie, dass Sophie und Edmond sich so gut verstanden. Das würde es erleichtern, Sophie aus ihrer Schale herauszulocken. »Mir gefällt diese Art der Vorstellung«, fuhr Edmond fort. »Ich muss noch hinzufügen, dass Sophie eine erfahrene Drachenfliegerin ist.«

»Was?« fragte Nick verwundert.

»Ja, sie ist Drachenfliegerin. Das hat mich sehr beeindruckt.«

Nick sah Sophie grinsend an. »Das hätte ich nie gedacht. Ist es besser als Sex, Sophie?«

Sophie wurde rot und senkte den Blick. Sie antwortete nicht, und Nick erzählte eine Anekdote über einen Freund, der Bungeespringen versucht hatte und nachher behauptete, es sei besser als Sex. Er nahm den ganzen Tisch in Anspruch, die Geschichte war gut erzählt, und niemand wollte ihn unterbrechen.

Soll ich ihn stoppen? fragte sich Kate. Wenn ich ihn fortfahren lasse, ruiniert er alles, weil er so verdammt selbstsicher ist. Er war sich seines guten Aussehens bewusst. Er hatte lange Wimpern, und die blauen Augen leuchteten wie ein früher Sommermorgen.

Sie musste sich zusammenreißen, um nicht zu zucken, als sie eine Hand auf ihrem Knie fühlte. Einen Augenblick lang fragte sie sich, wessen Hand es sein könnte, aber dann verriet Nicks strahlender Blick genug. Sie spürte seine Zehen, die über ihre nackten Waden strichen. Er musste seine Schuhe abgestreift haben. Sie erinnerte sich daran, dass er leichte Leinenslipper getragen hatte, ohne Socken.

Nick fuhr fort, seine Geschichte zu erzählen. Es war wirklich eine lustige Geschichte. Sophie hatte ihre

Verlegenheit verdrängt und lachte, und sogar Edmond und Christopher hörten zu. Während Nick erzählte, kletterten seine Zehen an Kates Bein hoch, sie schoben sich unter ihren Rock und glitten über die sanfte Haut. Wie oft hast du diese Geschichte geprobt, dass du sie jetzt so flüssig und voller Gags erzählen kannst? Kate spürte, wie sich ihre Brustwarzen verhärteten, als Nicks Fuß gegen ihren Schoß drückte. Kaum merklich spreizte sie die Schenkel.

Die Geschichte endete, und alle lachten. Edmond sagte: »Da fällt mir ein . . .«

Nick lehnte sich im Sessel zurück und schaute Kate an. Seine sinnlichen Schlafzimmeraugen blickten eindringlich unter den halb geschlossenen Lidern. Sein Fuß drückte zwischen ihre Schenkel, ein Zeh zuckte ungeduldig gegen ihre Vagina.

Kate unterdrückte ein Aufstöhnen. Nick biss sich auf die Unterlippe und lächelte, als ob er auf Edmonds Geschichte reagierte, dann bewegte er den Zeh und massierte Kates pochendes Fleisch. Kate schluckte und versuchte, ihren Atem unter Kontrolle zu bringen. Er nahm wahr, dass seine Berührungen sie fast aufspringen ließen, und verstärkte den Druck. Jetzt rieb der Zeh gegen ihre Klitoris.

Kate hielt es nicht länger aus. Wenn er die Massage beibehielt, würde sie kommen; Gesicht, Hals und Schultern würden mit einer rosigen Farbe überzogen, ihr Atem würde laut und stoßweise herausgepresst, und jeder am Tisch würde Bescheid wissen.

Sie stieß abrupt den Stuhl zurück, zwang sich zu einem Lächeln und sagte: »Entschuldigen Sie mich für eine Minute.« Sie ging den Korridor entlang zur Damentoilette. Es war ein elegant eingerichteter Raum, flauschiger Teppichboden, breite, hohe Spiegel, ein Stapel Handtücher, zwei Behälter mit Watte und

Papiertüchern. Kate setzte sich vor den Spiegel und betrachtete sich. Sie stand auf und klatschte sich Wasser ins Gesicht, gegen die heißen Wangen. »Das wurde verdammt eng«, sagte sie zu ihrem Spiegelbild.

Die Tür öffnete sich. Kate blickte auf und hielt die Luft an. Da stand Nick, der mit raschen Schritten hinter sie trat.

»Nick!«, rief sie. »Du kannst hier nicht rein!«

»Aber ich bin schon hier.« Er packte sie am Arm und zog sie in die letzte der vier Kabinen.

»Du bist ja verrückt!«, zischte sie, aber er schlug die Kabinentür zu, schloss ab und zog Kate in seine Arme.

»Du hast mich angeschaut«, sagte er. »Du willst mich. Warum bist du weggelaufen, wo es doch gerade so spannend wurde?«

»Weil du der typische schwanzgesteuerte Bastard bist, der sich alles nimmt, wenn man ihn lässt«, gab sie wütend zurück.

Er grinste nur. »Verdammt, du warst heiß«, sagte er. »Dein Slip war klatschnass. Jetzt auch noch? Lass mich mal fühlen.« Ehe Kate es verhindern konnte, hatte er sie bei den Schultern gepackt und küsste sie. Seine Zunge war heiß und hart, und voller Leidenschaft erwiderte Kate diesen Kuss. Nicks Mund schmeckte nach Wein.

Er drückte sie gegen die Kabinenwand und machte sich an den Knöpfen ihres Kleids zu schaffen. Als er es bis zur Taille aufgeknöpft hatte, zog er die Hälften auseinander und schob seine Finger unter ihren BH. Daumen und Zeigefinger umschlossen die harten Nippel und drückten sie hart.

Wilde Lust durchflutete sie. Die Luft wich aus ihrem Körper. Sie packte seinen Kopf und zog seinen Mund auf ihren. Sie wusste, dass sie ihn zurückweisen sollte, er war unerträglich genug, und wenn sie ihn zum Ziel kommen ließ, würde er noch aufgeblasener sein. Aber sie wollte ihn doch so sehr. Sie spürte seinen steifen Penis, heiß und pulsierend, und sie wusste, dass sie ihm nicht widerstehen konnte. Sie wollte ihn so sehr, wie er sie haben wollte.

Sie hörten, wie sich die Tür zur Damentoilette öffnete, und sie beide wichen zurück und erstarrten und schauten gebannt zur Kabinentür.

Schritte waren auf dem flauschigen Teppichboden kaum zu hören, aber dann öffnete sich die Tür der nächsten Kabine. Kleiderrascheln, dann das Geräusch von Pinkeln. Ein Lächeln ging über Nicks Züge. Er beugte sich vor und küsste Kate, drückte ihre Brüste und öffnete zugleich die restlichen Knöpfe ihres Kleids. Die Frau in der Nachbarkabine seufzte, ließ das Wasser rauschen und ging hinaus.

Nicks Hand fuhr über Kates Schenkel, schob einen Finger unter ihren Slip und drang zwischen ihre Labien. »Nass«, flüsterte er in ihr Ohr, »klatschnass.« Sein Finger teilte die feuchten, geschwollenen Schamlippen, fuhr auf und ab, rieb ausgiebig über den harten Kitzler. Kate unterdrückte ein Stöhnen.

Die Tür schlug zu; die Frau hatte den Vorraum verlassen. »Oh, verdammt«, ächzte Kate, »mach's mir, Nick.« Sie zog an seiner Krawatte, packte an seine Hose, öffnete sie und langte nach seinem Penis. Da war er, heiß und hart zwischen ihren Fingern, ein beeindruckender steifer Stab aus pochendem Fleisch.

Sie löste sich von seinem Mund und schaute an sich hinab, das Kleid fast vollständig offen, eine Brust entblößt, von Nicks Hand umschlossen, ihr Slip nach unten gezogen, damit sein Finger tief in ihr Geschlecht eindringen konnte. Sie war so erregt, dass sie kaum atmen konnte.

»Jetzt«, sagte sie. Nick bückte sich und streifte ihren

Slip ganz hinunter. Sie trat aus dem Höschen heraus, und Nick stieß den Schaft zwischen ihre Labien.

»Ah, ja«, stöhnte Kate auf, als sie spürte, wie der Schaft in sie eindrang. Auch Nick stöhnte, als er sich tief in ihr versenkte. Er hielt ihre Brüste umfasst. Kate legte beide Hände auf seine Backen und spürte das Spiel seiner Muskeln, wenn er in sie eindrang. Sex, beziehungsloser Sex, wie man ihn sich erträumt, dachte sie. Er biss in ihre Schulter, und sie zuckte, und dieses Zucken setzte sich in kleinen Wellen fort, immer schneller, bis die Wellen ihren Schoß erreicht hatten. Ihre inneren Muskeln legten sich um seinen Schaft.

»Ja, ja«, raunte Nick. »Jetzt kannst du kommen. Fühlst du mich? Ich will deinen Orgasmus spüren.«

Kate warf den Kopf in den Nacken und schlug mit dem Hinterkopf gegen die Kabinentür. Sie spürte es nicht. Der Orgasmus fegte über sie hinweg, machte aus ihrem Körper ein willenloses Bündel aus zuckendem Fleisch und wallendem Blut. Sie wurde durchgeschüttelt, und Nick musste sie festhalten.

Nick keuchte und biss in ihren Hals. Er bewegte sich schneller, und sie hielt sich an seinem prallen Hintern fest. Jeder Stoß war reinste Glückseligkeit. Ihr Orgasmus hörte überhaupt nicht mehr auf.

Er griff ihre Brüste. Die steifen Nippel waren zwischen seinen kräftigen Fingern gefangen. Er stieß so wuchtig in sie hinein, als wollte er sie an die Wand nageln. »Verdammt«, raunte er heiser, »ich komme, ich komme.« Er stieß ein langes, würgendes Grollen aus, schloss die Augen und entlud sich zuckend.

Sie standen still und keuchten. Nick schmiegte den Kopf in ihre Halsbeuge, und Kate streichelte sein seidiges Haar und spürte, wie sein Penis in ihr noch schwach zuckte.

Dann fuhren sie auseinander. Jemand klopfte zaghaft an die Tür ihrer Kabine, und eine ältliche Stimme fragte: »Ist alles in Ordnung, meine Liebe?«

Kate verbiss sich ein Lachen. »Es geht mir gut«, rief sie. »Tut mir leid wegen der Geräusche. Muss ein Anfall von Blähungen gewesen sein.«

»Armes Ding«, sagte die Stimme mitfühlend. »Ich leide auch darunter. Soll ich Ihnen was holen?«

Nick lachte leise und drückte den Mund auf Kates Schulter.

»Nicht nötig«, rief Kate. »Es ist schon in Ordnung. Danke für Ihre Fürsorge.«

»Keine Ursache«, sagte die Stimme. Die Tür fiel krachend zu, und Nick stieß ein wildes Gelächter aus. »Überzeugungsgabe«, sagte er und zog sich behutsam aus Kate zurück. »Du hast gut reagiert, das muss ich dir lassen.«

»Nie die Ruhe verlieren«, murmelte Kate.

»Vielleicht kann ich doch noch etwas von dir lernen«, meinte Nick grinsend.

»Wieso? Was hättest du denn gesagt?«, fragte Kate, während sie sich säuberte und ihre Kleidung richtete.

»Ich hätte ihr gesagt, sie soll abhauen und sich um ihre eigenen Dinge kümmern«, antwortete Nick. Er legte den Kopf schief und sah sie an. »Jetzt habe ich meine Zweifel, ob das auch so erfolgreich gewesen wäre.«

Kate lächelte, bückte sich und hob ihren Slip auf. »Fertig«, sagte sie. »Es braucht nicht bei diesem einen Mal zu bleiben. Wirst du dich benehmen, Nick?«

»So lange es etwas gibt, auf das ich mich freuen kann«, sagte er, immer noch lächelnd, aber seine Augen blickten sie herausfordernd an. Ohne eine Antwort von ihr abzuwarten, öffnete er die Kabinentür. Er schaute nach rechts und links, aber niemand ertappte sie.

Viertes Kapitel

Am folgenden Morgen verpasste Kate ihr Frühstück. Sie wollte unerwartet im Unterrichtsraum auftauchen, statt mit den vier Teilnehmern am Frühstückstisch zu sitzen und zu hören, was sie über ihr Verhalten am gestrigen Abend dachten.

Sie war noch eine Zeitlang in der Kabine geblieben, um es so aussehen zu lassen, als wären Nick und sie nicht zusammen gewesen, aber sie wusste, dass Christopher, Edmond und Sophie sich nicht so einfach täuschen ließen. Sie würden ahnen, was Nick und sie getrieben hatten.

Nun, dachte sie, als sie den Türknopf drehte, einen geschafft. Zwei werden noch folgen. Oder drei? Sie wusste nicht genau, ob sie Sophie für sich haben wollte oder ob es besser wäre, wenn sich einer der Männer um die zurückhaltende Frau kümmerte.

Der Raum war hell, und die Sonne strömte herein. Eine angenehme, freundliche Atmosphäre. Die üblichen Geräte – Tafel, Projektor, Leinwand – waren in einer Ecke versteckt, so dass man beinahe glauben konnte, völlig entspannt in einem gemütlichen Wohnzimmer zu sein.

Aber die Menschen, die im Zimmer waren, sahen alles andere als entspannt aus, von Nick einmal abgesehen. Er trug Jeans und ein weites Hemd, hatte sich auf dem Sofa ausgestreckt und nahm darauf fast den ganzen Platz ein. Die anderen saßen auf Stühlen. Man sah ihnen das Unbehagen in den Gesichtern an. Ihre verkrampfte Haltung war ein alberner Kontrast zu Nicks aggressiver Lockerheit.

Kate fühlte die Augen aller auf sich gerichtet, als sie

eintrat. »Guten Morgen«, sagte sie fröhlich. »Wie geht es Ihnen? Freuen Sie sich?«

Niemand sagte etwas. Nick blieb auf dem Sofa liegen und grinste sie an. Sie musterte ihn kurz, schaute ihn dann lange von oben bis unten an, und ihre Verärgerung war an den dunklen Brauen zu erkennen, die sich deutlich hoben.

»Heute morgen«, fuhr sie fort, immer noch fröhlich, »nehmen wir uns den Begriff des Brückenschlagens vor. Es geht darum, wie man herausfindet, was der andere denkt, was er will. Kann jemand von Ihnen ein Beispiel nennen, mit welcher Methode wir Brücken schlagen?«

Es entstand ein verlegenes Schweigen. Dann fragte Edmond zögernd: »Was meinen Sie mit ›Methode‹?«

»Damit meine ich die Art Fragen, die wir stellen. Die Art, wie man auf jemanden zugeht. Die ganze Körpersprache.«

Wieder Schweigen. Nick gähnte und streckte seine Beine, als wollte er allen mitteilen, dass er schon alles wusste und eigentlich Besseres zu tun hatte.

Dann meldete sich Sophie, nachdem sie sich nervös umgeschaut hatte. »Nun ja«, begann sie, »man wird so tun, als wäre man am anderen interessiert.«

»Genau richtig.« Kate schrieb das Stichwort an die Tafel: Interesse. Sophie setzte sich aufrecht hin, froh, etwas richtig gemacht zu haben. Sie lächelte Edmond zu. Die beiden bildeten eine heimliche Allianz.

»Und wie zeigen Sie Interesse, Sophie?«

Sophie errötete und wich Kates Blick aus. Sie faltete die Hände im Schoß. Sie war so unauffällig gekleidet, dass man sie leicht übersehen hätte. Schlichte weiße Bluse, bis zum Hals zugeknöpft, rehbraune Hose und ein farblich darauf abgestimmter Blazer, der ihre schlanke Figur erfolgreich versteckte. Sie ist in Wirklichkeit eine schöne Frau, dachte Kate, das würde auch jeder Mann sehen, wenn sie nicht immer den Blick senkte und sich wie eine Maus kleidete.

Einen Augenblick schien es so, als könnte Sophie vor Verlegenheit nicht antworten, dann fing sie Edmonds aufmunternden Blick auf.

»Ich würde mit warmer, freundlicher Stimme sprechen«, sagte sie. »Und ich würde dem Gegenüber das Gefühl geben, dass ich intensiv zuhöre.«

»Sehr gut.« Sie besprachen den Klang der Stimme noch detaillierter, und auch Christopher und Edmond beteiligten sich an der Diskussion, während Nick immer noch absolute Langeweile verbreitete. Kate schrieb ›warm‹, ›freundlich‹, ›sanft‹, ›langsam‹ an die Tafel.

»Wie erreichen Sie, Edmond, dass Ihr Gegenüber merkt, Sie haben Interesse an ihm?«

»Ich richte mich auf und vermittle ihm das Gefühl, ganz für ihn oder sie da zu sein.«

»Augenkontakt herstellen«, fügte Sophie hinzu.

»Im übrigen«, sagte Christopher mit einer leichten Schärfe, »soll man sich eben nicht so benehmen, wie Nick sich gerade benimmt.«

Nick fuhr hoch, als wäre er gestochen worden, und die anderen lachten. Kate sagte nichts, es schien nicht erforderlich zu sein. Aber es freute sie, dass Christopher sich mit Nick anlegte.

»Was ist mit Fragen?«, fuhr Kate fort. »Welche Fragen würden Sie stellen?«

Wieder Schweigen, ehe Christopher sagte: »Sie meinen Fragen, die man nicht mit ja oder nein beantworten kann. Offene Fragen.« Seine Stimme klang tief und freundlich. Er hatte eine beneidenswerte Ausstrahlung. Wenn er sprach, unterbrach ihn niemand, und alle schauten zu ihm. Kate ertappte sich dabei, dass sie sich fragte, was sich hinter seinem gelassenen Äußeren verbarg. Vielleicht ist er ein Supermann, dachte sie: Mild nach außen, unglaublich gut darunter.

Kate zwang sich, zu ihrer Aufgabe zurückzufinden. »Und was sind offene Fragen?«

»Was«, sagte Edmond. »Wie.«

»Welche, warum«, fügte Sophie hinzu.

»Wann«, sagte Nick. Er schien bemüßigt, auch etwas beizusteuern.

»Wann ist eine offene Frage«, stimmte Kate zu, »aber es ist die einfachste, weil man sie mit einer kurzen Antwort abspeisen kann. Die anderen Fragen bringen uns weiter.«

Nick sah erschüttert aus, während Sophie und Edmond ihren Spaß hatten. Sie waren wohl davon überzeugt gewesen, dass Nick von Kate favorisiert wurde – nach dem, was gestern abend geschehen war. Christopher dagegen schien nicht überrascht zu sein. Er hatte sie offenbar nicht falsch eingeschätzt.

»Sie sollten sich daran erinnern«, fuhr Kate fort, »keine Mehrfachfragen zu stellen. Eine Frage genügt, sonst erhalten Sie keine Antworten. Was können Sie sonst noch tun, wenn das Gespräch beendet ist, um dem Gegenüber zu beweisen, dass Sie zugehört haben?«

»Zusammenfassen«, sagte Edmond.

»Edmond, das ist ausgezeichnet«, sagte Kate, und sie bemerkte, wie Edmond bei diesem Lob errötete. »Das ist genau richtig. Das schmeichelt Ihrem Gesprächspartner, und er wird Ihnen vertrauen.«

Nick gähnte wieder und schlug die Beine übereinander. Er brachte deutlich zum Ausdruck, dass er dieses alberne Zeug für höchst unwichtig hielt. »Ich dachte«, sagte er gähnend, »wir wollten über Brückenschlagen reden.«

»Ja, wollen wir.« Kate sah ihn an, die Brauen gehoben. »Wo liegt das Problem?«

»Bisher haben Sie nur darüber geredet, wie wir herausfinden, was andere denken«, sagte Nick. Was hat
das mit Einflussnahme zu tun?«

»Erinnern Sie sich an die Definition von Einfluss«,
sagte Kate. »Sie gewinnen Einfluss, wenn es Ihnen
gelingt, das Verhalten eines anderen zu verändern,
ohne die Beziehung aufs Spiel zu setzen. Nick, mir
kommt es so vor, als verwechselten Sie ›beeinflussen‹
mit ›gewinnen‹. Das ist nicht dasselbe.«

»Ach? Nein?« Nick klang nicht überzeugt.

»Nein, sie sind nicht dasselbe. Das werden Sie noch
erfahren.« Sie wandte sich von ihm ab, um ihm Zeit
zum Nachdenken zu geben, und sagte zu den anderen: »Sie scheinen die Prinzipien begriffen zu haben.
Ich glaube, es ist am einfachsten, wenn wir mit Bei-
spielen arbeiten.«

Ihr Herz begann zu klopfen, denn sie wusste, dass
dies der risikoreichste Moment des Kurses war. Sie
hob den Kopf und sagte fröhlich: »Ich möchte gern,
dass jemand von Ihnen eine Brücke zu mir schlägt. Ich
möchte gefragt werden, worüber ich gern sprechen
würde. Erinnern Sie sich an die Schlagworte, die ich
an die Tafel geschrieben habe, erinnern Sie sich an den
Klang der Stimme und an die offenen Fragen, und
natürlich an die Zusammenfassung – einfach an all
die Dinge, die wir besprochen haben.«

Die Teilnehmer sahen Kate stumm an, als ob sie vor
einer unlösbaren Aufgabe stünden.

»Wer möchte beginnen?«

Sie war nicht überrascht, dass Nick sich auf dem
Sofa aufrichtete. Er sagte, bevor ein anderer die
Chance hatte: »Ich werde das machen.« Er war die Art
Mann, die sich zu allem freiwillig meldet. Das ver-

langte schon sein unerschütterliches Vertrauen in seine eigene Größe. Die anderen rutschten unbehaglich auf ihren Stühlen herum, aber niemand wollte Nick in die Schranken weisen.

»Also gut«, sagte Kate schließlich. »Nur einige Minuten als Demonstration, Nick. Erinnern Sie sich an das, was wir über die erforderlichen Techniken besprochen haben.«

»Klar.« Nick grinste sie herausfordernd an. »Ich fange mit einer offenen Frage an. Worüber möchten Sie gern sprechen?«

Kate schluckte ein paarmal und kontrollierte ihre Stimme. Sie durfte nicht nervös klingen. »Über sexuelle Phantasie«, sagte sie ruhig.

Nick schien sprachlos. Edmond schaute Sophie an, als wollte er sie vor Schaden bewahren, und Christopher setzte sich zurück, hob die Augenbrauen und lächelte.

Nach einem kurzen Schweigen räusperte sich Nick, schaute sich im Raum um und sagte dann draufgängerisch: »Also gut, sexuelle Phantasie. Haben Sie viel?«

Kate lächelte. Sie hatte gewusst, dass Nick es schwer haben würde. »Ja«, sagte sie.

Nick verzog das Gesicht. »Okay, Verzeihung, war eine geschlossene Frage. Ich wollte fragen: Haben Sie eine Lieblingsphantasie?«

»Ja«, sagte Kate wieder und konnte ein Lächeln nicht unterdrücken. Die anderen schauten sich an und grinsten, froh über Nicks Schwierigkeiten.

»Wollen Sie ...« Nick brach ab. Zum erstenmal schien er nachzudenken. Er atmete tief ein und fragte dann: »Würden Sie mir von Ihrer liebsten Phantasie erzählen?«

»Lieber nicht«, sagte Kate. Sophie gluckste.

Es sah ein paar Augenblicke so aus, als ob er aufgeben würde, aber ihm war bewusst, dass die anderen nur darauf warteten. Kate sah, wie Nick die Liste der offenen Fragen auf der Tafel konsultierte. Schließlich sagte er behutsam: »Kate, was ist Ihre bevorzugte Phantasie?«

Kate meinte, ihm gratulieren zu müssen, weil er es endlich richtig gemacht hatte, aber er war niemand, der Zuspruch benötigte. Lächelnd sagte sie: »Ich bin in einem Zimmer, einer Art Gefängnis, und drei Menschen sind darin, zwei Männer und eine Frau.«

»Nehmen Sie sich die Frau vor?«, fragte Nick voller Eifer.

»Was?«, fragte Kate, als ob sie verwirrt wäre.

Nick starrte sie an, dann stieß er einen leisen Fluch aus und überlegte sich seine Frage noch einmal. »Ich wollte fragen: »Wer sind sie? Was wollen sie mit der Frau anstellen?«

»Welche Frage soll ich zuerst beantworten?«

»Oh, verdammt! Wer sind sie?«

Kate nahm einen tiefen Atemzug und starrte ins Leere. »Da ist ein Mann, ein Verbrecher. Er ist etwa vierzig Jahre alt, er ist groß und stark. Er hat dunkle Haare, die an den Schläfen grau werden. Seine Stimme klingt wie schwarzer Samt. Die beiden anderen sind seine Gefangenen, ein junger Mann und ein Mädchen.«

»Wie sehen sie aus?«

»Der junge Mann ... oh, er sieht ein bisschen wie Sie aus, Nick.« Das war eine Falle für ihn.

»Wie ich?« Nick lehnte sich vor, seine Augen glitzerten. »Sie sagen, Sie haben Phantasien mit jemandem, der wie ich aussieht?«

»Ja, er ist schon ein bisschen wie Sie«, schwächte Kate ab.

Einen Moment lang schwiegen sie beide. Dann sah Nick plötzlich beschämt aus, als hätte er seinen Fehler bemerkt. »Tut mir leid«, sagte er. »Bitte, beschreiben Sie mir, wie die Frau aussieht.«

»Sie ist jung«, sagte Kate. »Helle Haare, zierlich, ganz anders als ich. Wie die romantische Heldin in einem Liebesroman. Sie und der junge Mann sind verliebt, sie haben sich vor kurzem verlobt. Ich nehme an, dass es sich um eine Szene aus dem achtzehnten Jahrhundert handelt. Sie ist noch Jungfrau, und weil ihr Verlobter sie liebt, würde er nie im Traum daran denken, sie vor der Hochzeit zu nehmen.«

Nick rutschte unruhig auf seinem Sitz herum. »Was geschieht?«, fragte er.

Kate schloss die Augen und ließ die vertrauten Bilder abspulen wie in einem Stummfilm. Sie spürte eine erregende Wärme in den Lenden. »Der Verbrecher hält sie als Gefangene«, sagte sie leise. »Ich weiß nicht, warum er sie quälen will, aber er tut es. Er fesselt den jungen Mann und begrapscht das Mädchen. Er reißt ihr die Kleider vom Leib, und dann packt er sie. Das Mädchen kann sich nicht wehren, es kann ihm nicht entkommen.«

Kate öffnete die Augen und sah, wie sie von allen Teilnehmern angestarrt wurde. Nick sagte nichts, deshalb setzte Kate ihre Phantasie fort.

»Er hält sie fest, dreht sie zum jungen Mann hin«, sagte sie im Flüsterton. »Sie versucht, sich ihm zu entziehen, sie beugt sich nach hinten, macht ein Hohlkreuz. Sie zieht die Arme auf den Rücken. Ihre kleinen Brüste strecken sich vorwitzig heraus.«

Kate vollzog diese Position unbewusst nach und stellte sich vor, hilflos vor den Augen des Geliebten zu sein.

»Und dann?«, fragte Nick mit heiserer Stimme.

»Er – der Verbrecher – grapscht sie wieder ab. Sie fürchtet sich vor ihm, aber trotzdem bemerkt sie, wie sich ihre Brustwarzen versteifen, sie drücken sich stolz hervor, und sie schämt sich. Er nimmt ihre Brüste in die Hände, wiegt sie und zwingt sie, die Beine zu spreizen. Man kann sehen, wie sich die Labien öffnen, die delikaten rosig roten Lippen. Er sagt zum jungen Mann: ›Schau doch, wie attraktiv sie ist. Willst du sie nicht haben? Würdest du nicht gern in diesem süßen Honigtopf stecken?‹ Der junge Mann bebt vor Zorn und zerrt an seinen Fesseln. Er beschimpft den Verbrecher und nennt ihn einen Bastard und Feigling.«

»Ich verstehe nicht«, sagte Nick, scheinbar verwirrt. »Warum finden Sie das erregend?«

»Oh«, antwortete Kate, »da kommen einige Dinge zusammen. Zuerst die Hilflosigkeit des Mädchens. Sie kann nichts tun, wenn dieser schreckliche Mann sie anfasst. Dann die Scham. Und der Kampf, den ihr Geliebter mit sich austrägt. Der Verbrecher bindet das Mädchen auf der Couch fest, sie liegt gespreizt da, die Arme über dem Kopf. Dann sagt er dem jungen Mann: ›Was für eine heiße Frau. Ich glaube, ich werde ihr die Unschuld nehmen.‹ Der junge Mann beschimpft ihn wieder und schwört, ihn umzubringen, wenn er sie schändet.«

Kate schluckte. Sie sah, wie sich die Szene vor ihren Augen abspielte.

»Der Verbrecher lacht ihn aus und sagt, es gebe nur eine Möglichkeit, dass die Freundin ihre Unschuld nicht durch einen fremden Mann verliert – er soll sie ihr selbst nehmen.«

Nick verzog das Gesicht. »Wie, er wollte keine Herausforderung? Ich meine, er sollte sich sofort auf sie werfen und . . .«

»Sie verstehen nicht«, unterbrach Kate ihn scharf. Eigentlich sollte sie Nick sein eigenes Grab schaufeln lassen, aber der Bann des Geschichtenerzählens hatte sie gepackt, und sie wollte die Vorstellung zu Ende bringen. »Sie verstehen nicht«, wiederholte sie. »Ihm ist es wichtig, dass sie Jungfrau ist. Er ist ein konservativer junger Mann. Sicher, er hatte schon andere Frauen, aber nie Frauen seines eigenen Standes, immer nur Huren. Seine Verlobte ist ihm fast heilig, er hält sie für perfekt. Er kann den Gedanken nicht ertragen, sie vor der Heirat zu besitzen. Aber da liegt sie vor ihm, nackt und hilflos, und er kann ihre Brüste sehen und die geheime Stelle zwischen den Schenkeln. Er begehrt sie. Er spürt die Härte in seinen Breeches, aber trotzdem will er sich nicht eingestehen, dass er sie begehrt. Sie steht da, als wäre sie eine Hure. Er will sie nicht schänden. Er will, dass sie rein bleibt.«

Nick schluckte hart. »Also, was geschieht?«

»Der Verbrecher gewinnt«, antwortete Kate. »Der junge Mann wird von seinen Fesseln befreit und kniet sich über das Mädchen. Er ist den Tränen nahe. Er hat Angst, ihr wehzutun. Er weiß, sie kann das nicht genießen, was er ihr jetzt antun wird. Aber er muss ihr die Jungfernschaft nehmen, auch wenn sie Angst hat und der Verbrecher zuschaut. Er küsst sie und sieht ihre feuchten Augen.«

Kate legte den Kopf auf eine Seite, die Lippen geöffnet vor Verlangen. »Er bemüht sich, ganz zärtlich zu sein. Aber er spürt, wie ihn die Situation erhitzt, und bald schon weiß er, dass er gar nicht mehr aufhören könnte – er muss sie haben.«

»Und ihr gefällt das?«, fragte Nick atemlos.

»Das ist es ja«, sagte Kate und ballte die Hände zu Fäusten. »Als sie spürt, dass er ihre Brüste berührt, zittert sie vor Erregung, ob sie will oder nicht. Es schmerzt, als er in sie eindringt . . .«

»Weil er so ein großes Ding hat?«, unterbrach Nick.

Kate sah, wie Sophie zusammenzuckte. »Nein. Weil sie Jungfrau ist und Angst hat. Aber er ist sehr sanft, und schließlich schreit sie vor Lust auf. Aber es ist nicht das, was der Verbrecher gewollt hat – er ist wütend.«

Nick schaute ihr in die Augen und leckte sich über die trockenen Lippen.

Kate schaute sich im Raum um und sah die Blicke aller auf sich fixiert. »Der junge Mann kommt«, flüsterte sie. »Er liegt auf ihr, und sie spürt, dass er dem Höhepunkt nahe ist. Der Gedanke, dass er ihr Lust geben kann, überwältigt ihn, und er verströmt sich in ihr. Sie kommt, und ich auch.«

»Puh«, machte Nick und stieß die Luft aus. Es entstand ein langes Schweigen, dann schaute er zu den anderen und hob die Schultern. Langsam kehrte sein Blick zu Kate zurück. »Danke«, sagte er verlegen.

Kate streckte sich, stellte sich aufrecht hin. Sie spürte, dass Brüste und Hals wieder in ein leuchtendes Rot getaucht waren. Sie schluckte und schaffte es, in einer relativ gefassten Stimme zu sagen: »Danke, Nick. Was würden Sie anders machen, wenn Sie es wiederholen müssten?«

Nick sah sie dumpf an, verblüfft darüber, dass sie so rasch vom erotischen Thema zum Sachlichen wechselte. Als ihm bewusst war, dass sie auf eine Antwort wartete, räusperte er sich. »Nun, ich würde versuchen, mehr offene Fragen zu stellen.«

»Gibt es Anmerkungen zu Nick?«, fragte Kate in die Runde.

Kurzes Schweigen, ehe Sophie antwortete: »Es hat keine Zusammenfassung gegeben.«

»Sophie, Sie sollten die Anmerkungen direkt an Nick richten. Sagen Sie ihm, was er hätte anders machen sollen, nicht mir.« Kate lächelte ihr ermutigend zu.

»Nick, Sie haben Kate unterbrochen«, merkte Christopher an. »Und Sie haben unhaltbare Vermutungen geäußert.«

»Unhaltbare Vermutungen?«, wiederholte Nick, sichtlich verärgert. »Glauben Sie, es ist leicht? Versuchen Sie's doch selbst einmal!«

»Vielleicht bekommen Sie ein besseres Gefühl dafür, Nick, wenn ein anderer versucht, eine Brücke zu Ihnen zu schlagen«, meinte Kate. Nick schaute sie erst mürrisch an, schien sich dann aber mit dem Gedanken anzufreunden. »Wer möchte es versuchen?« fragte Kate.

»Ich möchte es versuchen«, meldete sich Sophie leise.

Kate war überrascht und wandte sich Sophie mit einem breiten Lächeln zu. »Das ist großartig, Sophie«, sagte sie. »Schießen Sie los. Bleiben wir beim Thema?«

Sophie sah sie ein wenig verunsichert an, aber sie schien trotzdem entschlossen zu sein. »Was ist Ihre sexuelle Phantasie, Nick?«, fragte sie unumwunden.

Nick wirkte verärgert und ging sofort in die Defensive. »Männer brauchen keine sexuellen Phantasien«, sagte er barsch. »Dieses Zeug brauchen nur Frauen. Männer können handeln, wann immer sie wollen. Warum sollten sie sich mit Phantasien herumschlagen?«

Sophie hob die Brauen, aber sie ließ sich nicht so schnell abfertigen und versuchte es erneut. »Und an was denken Sie, wenn Sie Liebe machen?«

»Ich schaue die Frau an, die bei mir ist«, antwortete er grinsend. »Wenn sie attraktiv ist, brauche ich sonst nichts.« Er schaute herausfordernd zu Kate und grinste wieder, damit auch der Letzte merken musste, dass er auch sie zu seinen Eroberungen zählte.

Sophie nickte. »Ich verstehe«, sagte sie leise. »Und sonst? Ich meine, wenn Sie allein sind. Was würden Sie dann tun?«

Nick sah sie an, wollte sie mit einem aggressiven Stirnrunzeln einschüchtern. »Wollen Sie wissen, ob ich es mir selbst besorge?«

Sophie hob die Schultern. »Ich weiß nicht, ob Sie's tun oder nicht. Aber angenommen, Sie tun es – an was denken Sie dann?«

Ihre großen braunen Augen blickten offen in Nicks blaue, die leicht verkniffen schauten. Sophie wirkte ernsthaft und interessiert. Sie vermittelte den Eindruck, als wollte sie wirklich etwas über ihren Gesprächspartner erfahren.

Nick schien die Anwesenheit der anderen im Raum vergessen zu haben. Er streckte seine Arme vor und beugte sich näher zu Sophie. »Da war mal was«, sagte er. »Aber daran denke ich nicht. Ich meine, ich will nicht daran denken.«

»Sagen Sie es mir, bitte«, bat Sophie mit leiser Stimme. Sie schaute ihm immer noch in die Augen. »Was ist es?«

Nick griff sich mit einer Hand an die Kehle, als hätte er Mühe beim Luftholen. »Ich . . .«, fing er an, brach ab, versuchte es noch einmal. »Ich habe ein Bild gesehen, als ich ein kleiner Junge war. Ein Gemälde in einem Buch meiner Eltern über viktorianische Kunst. Der Titel der farbigen Abbildung lautete: ›Brenn und sein Anteil der Beute.‹ Das ging mir lange nicht aus dem Kopf.«

»Ein Gemälde«, sagte Sophie sachlich. »Was ist auf dem Bild zu sehen?«

»Man sieht einen großen Raum«, sagte Nick und hielt dem Blick von Sophies Augen stand. »Es muss sich um ein römisches Haus handeln, glaube ich. Es ist dunkel. In einer Ecke liegt ein Haufen Gold, nicht nur Gold, auch Marmorstatuen und Ballen von Seide. Ein schwarzer Sklave stapelt die Ballen und ...« Er hörte auf zu sprechen und schluckte. »Oben auf dem Haufen Gold liegen vier Frauen. Sie sind schön und üppig. Zwei von ihnen sind nackt, die anderen beiden befinden sich im Stadium der Entkleidung. Zwei von ihnen haben die Arme auf den Rücken gefesselt, sie sehen mich hilflos und entsetzt an. Eine der Frauen starrt zur Tür, die sich gerade öffnet. Die Frau ist nackt, auch ihre Hände sind gefesselt. Sie hat große dunkle Augen und weiche Lippen. Sie ist eine wahre Schönheit.«

»Wer steht in der Tür?«, fragte Sophie leise.

»Ein Mann. Brenn. Er ist ein Wikinger, hat lange blonde Haare in dicken Zöpfen. Er trägt einen mit Metallplatten bewehrten Rock und hält einen Speer in den Hand, der hoch ragt wie ein großer, dicker Schwanz, und seine Sandalen sind voller Blut. Er hat die Männer dieser Frauen getötet, und jetzt kommt er zurück und will seinen Anteil der Beute haben. Er lacht und lacht, als er die Frauen sieht und das Gold – alles gehört ihm. Er kann mit seiner Beute machen, was er will.«

»Was will er mit ihnen anstellen?«

Nicks Augen leuchteten. Er hatte unbewusst die Hände zu Fäusten geballt. »Er tritt in den Raum«, fuhr er mit angehaltenem Atem fort. »Er hebt den Rock, und darunter ist ein gewaltiger Penis zu sehen, hart wie Stein. Die Frauen sehen das und stöhnen vor Furcht auf, sie schrecken zurück, aber da ist er schon bei ihnen. Er schnappt sich die erste mit den dunklen

Augen, wälzt sie auf die Seite und hebt ihr rechtes Bein an. Er kann alles von ihr sehen. Er kann sie haben, wenn er will, aber er kann auch jede andere haben. Er nimmt seinen Penis in die Hand und legt seine Hände auf die erste Frau, die erschrocken aufschreit. Er berührt ihre samtene Haut, und sie sieht das Blut an seinen Händen, die eine rote Spur auf ihrer Haut hinterlassen. Er greift an ihr Geschlecht, die Lippen zucken, und er schiebt einen Finger dazwischen.

Sie wehrt sich, aber sie hat keine Chance. Er stößt in sie hinein, sie schreit, als ob sie aufgespießt wäre. Er nimmt sie, grunzt wie ein Tier, stößt und stößt, reißt sie weit auf. Und dann kommt er wie ein Dampfzug.«

Langes Schweigen. Sophies Gesicht war leicht gerötet, ihre Augen leuchteten. Sie vermied es, einen der anderen im Zimmer anzusehen. »Nick«, sagte sie, »warum erregt es Sie, an dieses Bild zu denken?«

Es war ihnen allen deutlich, dass Nick erregt war. Seine engen Jeans waren gespannt, sein Penis war massiv erigiert, er pochte und wollte dringend ans Licht.

Kate sah sich im Zimmer um. Nicks Erzählung hatte auch auf die anderen ihre Wirkung nicht verfehlt. Edmond sah Sophie an und rutschte unruhig auf seinem Stuhl herum, als wollte er den Druck vom eigenen Penis nehmen. Christopher saß vorgebeugt auf seinem Stuhl, und Kate konnte nicht sehen, ob er eine Erektion hatte, aber sein Gesicht drückte Faszination aus. Auch Sophie war unruhig geworden, sie presste die Schenkel zusammen und sehnte sich nach der Berührung ihrer eigenen Finger.

»Es ist die Macht, glaube ich«, sagte Nick zögernd. Er hatte nicht aufgehört, Sophie anzusehen. »Es ist alles so einfach, wenn man die Macht hat. Brenn hat keine Verpflichtung, er braucht den Frauen keine Lust zu bereiten, sie sind nur da, seiner Befriedigung zu dienen. Er kann tun, was er will.«

Wieder folgte ein längeres Schweigen. Sophie kreuzte die Arme vor der Brust und schüttelte sich. »Nick, danke, dass Sie Ihre Phantasie mit uns geteilt haben. Sie phantasieren nicht oft, aber wenn, dann erinnern Sie sich sehr genau an das Bild eines barbarischen Soldaten, der sich mit hübschen gefangenen Frauen vergnügt, und Sie stellen sich dabei vor, was Sie alles mit ihnen anstellen könnten.«

»So ist es«, sagte Nick und sah Sophie verblüfft an.

Nach einem weiteren Schweigen sagte Kate freundlich: »Nick, was ist das für ein Gefühl, von Sophie befragt zu werden? Es war ein gelungener Brückenschlag, nicht wahr?«

Es dauerte eine Weile, ehe Nick sagte: »Ja, sie hat es gut gemacht.«

»Das hat sie«, stimmte Kate zu. »Haben Sie bemerkt, wie Sophie zugehört hat? Wie sie Wert darauf gelegt hat, interessiert zu scheinen? Wie sie keine eigene Meinung äußerte zu den Dingen, die Sie ihr gesagt haben? Was für ein Gefühl war das, Nick?«

»Wunderbar war es«, sagte Nick spontan. »Als ob sie wirklich interessiert wäre.« Er runzelte die Stirn, und bevor Kate etwas sagen konnte, fügte er rasch hinzu: »Ich weiß, ich habe es eben nicht gut gemacht. Ich brauche Übung. Kann ich es noch einmal versuchen? Kann ich eine Brücke zu einem anderen schlagen?«

Kate war erfreut, dass Nick offenbar die Bedeutung dieser Methode begriff, mit anderen Menschen zu kommunizieren. »Wenn sich jemand zur Verfügung stellt, habe ich nichts dagegen.« Sie schaute den anderen Teilnehmern ins Gesicht.

Sophie blickte zu Boden und errötete wieder. Offenbar war sie nicht vorbereitet, ihre intimen Gedanken mit Nick und den anderen zu teilen. Christopher schaute Kate an, aber sein Gesicht verriet nichts. Was denkt er? fragte sich Kate. Sie wandte sich Edmond zu, der ein wenig verlegen schaute und dann sagte: »Mir egal, wenn Nick will.«

Nick nickte, er rutschte bis zum Stuhlrand und sah konzentriert aus, die dunklen Brauen stießen fast zusammen. »Okay, Edmond, danke«, sagte er, und Kate lächelte, als sie hörte, wie sehr sich Nick bemühte, freundlich zu klingen. »Nun, welche Ihrer Lieblingsphantasien möchten Sie uns erzählen, Edmond?«

Edmond errötete leicht. »Sie hat nichts mit den Geschichten zu tun, die wir bisher gehört haben. Das waren ja Geschichten aus der Vergangenheit, aber meine basiert auf einer wirklichen Erfahrung.«

»Welche Erfahrung, Edmond?«

»Vor etwa einem Jahr besuchte ich einen Freund in seinem Elternhaus. Es war ein schönes, imposantes Landhaus mit großem Garten. Ich traf dort ein und dachte zuerst, dass niemand zu Hause wäre, aber dann hörte ich Stimmen im Garten. Ich ging den Stimmen entgegen. Mein Freund war nicht da, nur seine jüngere Schwester und deren Freundin. Sie spielten Tennis.«

Edmond schaute Nick an. Nick sagte nichts, lehnte sich vor und öffnete die Hände.

»Sie mochten vielleicht neunzehn sein und sahen gut aus. Sie nahmen mich zwar wahr, spielten aber weiter. Ich schaute ihnen eine Weile zu. Sie sahen wirklich gut aus. Wenn sie den Ball zum Service in die Luft warfen, konnte ich sehen, wie sich die Brüste unter den dünnen, weißen Trikots hoben und spannten. Die Höschen schmiegten sich so eng um ihre Lenden, dass sie fast nackt zu sein schienen. Ich war ziemlich heiß von diesem Anblick, aber ich fand das gar nicht gut – sie war die Schwester meines Freundes. Also ging ich ins Haus. Es war niemand da, ich setzte mich aufs Sofa und war bald eingeschlafen.«

»Wie unterscheidet sich die Phantasie von dem, was wirklich geschehen ist?«, fragte Nick.

»Bisher stimmt alles, und was danach geschah, stimmt auch. Die Schwester meines Freundes kam durch die Terrassentür. Sie sah erhitzt aus; sie hatte eine Weile gespielt und war ins Schwitzen geraten. Jetzt kam sie auf mich zu, und ich konnte ihren warmen Körper riechen und die Schweißperlen in ihrem Ausschnitt sehen. Sie beugte sich über mich, als wäre ich Dornröschen und müsste wachgeküsst werden. Und sie küsste mich.«

»Was hast du getan?«

»In der Wirklichkeit«, antwortete Edmond mit einem gequälten Lächeln, »bin ich aufgesprungen und begann über das Wetter zu reden und wie lange meine Fahrt gedauert hatte. Sie war noch sehr jung, zehn Jahre jünger als ich, und ich wollte sie nicht ausnutzen.«

Nicks Gesicht verriet, dass er solche Gewissensbisse nicht gehabt hätte, aber er sagte nichts.

Edmond lächelte wieder, aber diesmal war es ein warmes Lächeln. »In meiner Phantasie«, fuhr er fort, »küsse ich ihren Rücken, die Schultern, den Hals. Dann dringt meine Zunge tief in ihren Mund ein. Ich setze mich auf und greife nach ihr. Sie zieht ihr Trikot aus, und ich sehe einen schönen, athletischen Körper vor mir. Sie hat wunderschöne Brüste. Die pinkfarbenen Nippel sind stark geschwollen. Sie lehnt sich über mich, und ich nehme die Warzen in den Mund, ich lecke ihre Nippel und fühle, wie sie größer und härter werden. Sie stöhnt und beginnt, mein Hemd aufzuknöpfen, und dann bin ich plötzlich nackt, und mein Glied reckt sich ihr zuckend entgegen.

Sie kniet über mir auf dem Sofa, zieht ihr weißes Tennishöschen hinunter und enthüllt die reizendste Scham, die ich je gesehen habe, süß und eng, zarte Härchen und helle, weiche Labien. Sie ist feucht und duftet herrlich. Sie sagt immer noch nichts, aber sie dreht sich um und lässt sich sanft auf mir nieder. Ich nehme ihre Brüste in meine Hände, ziehe an den Nippeln, zwicke sie, drücke sie rhythmisch und lecke dann mit der Zunge darüber. Ich kann nicht genug von ihr bekommen. Sie stößt kleine spitze Schreie aus, windet sich auf mir, rutscht an mir entlang, und dann spüre ich plötzlich ihren Mund. Er geht an meinem Schaft auf und ab.

Es ist besser als alles, was ich bisher erlebt habe. Sie wimmert, als ich ihre Klitoris in meinen Mund sauge. Ich umkreise sie mit der Zunge, stoße immer wieder dagegen. Ich spüre, wie ihre Vagina zu vibrieren beginnt, und gleichzeitig ruckt mein Becken immer wieder und heftiger vor und zurück. Ich denke, lange wird es nicht mehr dauern, bis . . . und dann hören wir beide gleichzeitig, wie die Terrassentür geöffnet wird, und wir zucken auseinander.«

»Verdammt«, raunte Nick. »Wer ist es?«

»Ihre Freundin«, antwortete Edmond. Jetzt war er erhitzt, und Schweißperlen standen auf seiner Stirn. »Ihre Tennispartnerin. Sie sieht uns auf dem Sofa liegen, und in was für einer Stellung! Mein Mädchen ist mit dem Mund dicht vor meinem Schaft, ich bin mit der Zunge dicht vor ihrer Muschel. Und die Freundin starrt und starrt.«

Kate schaute sich im Zimmer um. Christopher saß

auf dem Stuhl und schien gefasst zu sein, obwohl er sich mit einer Hand über den Schritt fuhr. An dieser Stelle war seine Hose ziemlich ausgebeult. Sein Blick war nicht auf den Erzähler Edmond, sondern auf Sophie gerichtet.

Sophie hatte sich auf ihrem Stuhl vorgebeugt und schaute gebannt auf Edmond, den Mund leicht geöffnet. Eine Hand hatte sie gegen die Brust gedrückt, die andere bewegte sich kaum merklich in ihrem Schoß.

Edmond fuhr fort: »Einen Moment lang tut niemand etwas. Dann tritt das andere Mädchen vor. Sie ist dunkelhaarig, und ich sehe, als sie ihr T-Shirt abstreift, dass sie große, feste Brüste mit langen Nippeln hat. Sie spielt mit ihnen, streichelt und zwickt sie und fährt mit den Fingerspitzen behutsam um die Aureolen. Als sie vor dem Sofa steht, hat sie nichts mehr an. Sie beugt sich über uns, packt den blonden Kopf der Freundin, zieht ihn hoch, und dann sehe ich, dass sie sich küssen. Es sind heftige, leidenschaftliche Küsse, die Zungen dringen tief in den Mund der anderen ein, während sie sich gegenseitig die Brüste streicheln.

Dann schauen beide mich an. Ich liege da und kann kaum glauben, dass dies alles geschieht; zwei wunderschöne junge Mädchen knien über mir und schauen mich an und fragen mich ohne Worte, was ich mit ihnen tun will.

Dann lehnt sich die Schwester meines Freundes ein wenig zurück und küsst ihre Freundin zwischen den Schenkeln. Ich sehe, wie die rosige Zunge im dunklen Vlies verschwindet. Sie saugt die Klitoris der Freundin. Dann hebt die Blonde die Schwarzhaarige ein wenig an, bringt sie auf die Höhe meines Schafts, den sie mit ihren kühlen Fingern hält, und führt ihn in den Tunnel der Freundin ein. Sie ist eng, verdammt eng, und ich stöhne, als ich spüre, wie tief ich in sie eindringe.

Die Schwester meines Freundes kniet sich über meinen Kopf und drückt sich hinunter auf meinen Mund. Es dauert nicht lange, dann erleben wir alle gleichzeitig einen gewaltigen Orgasmus, die beiden Mädchen nur Sekunden vor mir, und mir kommt es wie ein doppelter Orgasmus vor, weil ich die beiden Mädchen zuerst so weit gebracht habe.«

Er hörte auf zu sprechen und drückte eine Hand vor den Mund, beinahe verlegen. Die anderen Teilnehmer lassen plötzlich ihre Hände ruhen, mit denen sie sich mehr oder weniger unauffällig gestreichelt haben, und rutschen unruhig auf den Sitzen herum. Jeder vermied es, den anderen anzuschauen.

»Puh«, sagte Nick. »Danke, Edmond.«

»Nick«, sagte Kate, die sich als erste von der eigenen Erregung befreien musste, »Sie haben wieder vergessen, eine Zusammenfassung zu geben.«

»Oh, tut mir leid.« Nick zupfte sich verlegen am Ohrläppchen, schaute sich um und blieb mit dem Blick an Sophie hängen, Als ob er ihre verborgene Erregung gespürt hätte, lächelte er sie mit seinen blauen Augen an.

»Sehr gut«, sagte Kate. Sie wusste, dass ihre Teilnehmer sensibilisiert waren. »Ich glaube, wir sollten zum Praktischen übergehen.« Sie sah die enttäuschten Gesichter. »Also, wie können Sie diese Erfahrungen in ihrem täglichen Berufsleben einsetzen?«

Fünftes Kapitel

Den Rest des Tages verbrachten sie damit, Situationen im Alltagsgeschäft zu spielen, bei denen es nützlich sein konnte, Brücken zu schlagen. Nick schien von diesem Tag am meisten profitiert zu haben. Er war ehrgeizig und bemüht, wenn er erfahren wollte, was andere dachten, um sie dann geschickt auf seinen Gedankengängen mitzunehmen. Noch beim Abendessen redete er über die Vielfalt der Anwendungsmöglichkeiten der neu erworbenen Technik – Personalprobleme, Kundenreklamationen, Konfliktlösung überhaupt.

»Das allein war es wert, diesen Kurs mitzumachen«, sagte er grinsend, »ganz abgesehen davon, dass ich einige Dinge über Kate und Edmond erfahren habe.«

»Und wir über Sie«, warf Edmond dazwischen, lächelte ihn aber mit einer Freundlichkeit an, die geteilte Erfahrung mit sich bringt.

»Nur über Sie haben wir so gut wie nichts erfahren, Christopher«, sagte Nick.

Christopher nickte gemächlich. »Stimmt«, sagte er und widmete sich seinem Dessert.

Nick mochte es nicht, so lapidar abgefertigt zu werden. Einen Moment glaubte Kate, Nick würde insistieren, dass Christopher etwas über sich preisgab, aber statt dessen wandte sich Nick an Sophie.

»Was ist mit Ihnen?«, fragte er. »Sie haben mich ausgefragt, aber wir wissen nichts über Sie.«

»Oh«, sagte Sophie leise, sie errötete und schaute aufs Tischtuch. »Ich habe nichts zu sagen.«

Warum sagst du ihm nicht, dass du nicht darüber

reden willst? dachte Kate. Erwecke nicht den Eindruck, dass du asexuell bist. Ich habe doch gesehen, wie erregt du warst, als Edmond seine Geschichte erzählt hat.

»Nichts zu sagen?«, fragte Nick. »Oh, komm, Sophie, selbst Jungfrauen haben sexuelle Phantasien, und auch ganz heiße, habe ich gehört.«

Sophie gab einige ungehaltene Laute von sich und wandte sich ab, und einen Augenblick lang sah es so aus, als ob sie vom Tisch aufstehen wollte. Kate raunte ihr zu: »Sophie, gehen Sie nicht.«

Edmond wandte sich an Nick. »Verdammt, drängen Sie sie nicht. Für wen halten Sie sich eigentlich?«

»He, tut mir leid.« Nick hob abwehrend die Hände hoch. »Ich wollte niemanden ärgern. Sophie, alles in Ordnung? Vergeben Sie mir?«

»Ja, schon gut«, sagte Sophie, ohne ihn anzuschauen.

»Warum trinken wir nicht einen Kaffee in der Halle?«, schlug Nick vor. »Wir brauchen Entspannung. Kate hat uns am Nachmittag hart herangenommen. Ich habe gesehen, dass sie Billardtische in der Halle haben. Ich habe schon seit Jahren nicht mehr gespielt. Hat jemand Interesse?«

»Ich spiele gegen Sie«, sagte Edmond. »Wenn Sophie nichts dagegen hat.«

Sophie lächelte. »Mir egal. Ich schaue zu und zähle die Treffer, darin habe ich Übung.«

»Wunderbar.« Sophie, Nick und Edmond standen vom Tisch auf. Edmond blieb hinter seinem Stuhl stehen. »Kate, Christopher, möchten Sie uns Gesellschaft leisten?«

Christopher sagte nichts. Kate schaute ihn von der Seite an und sagte: »Vielleicht kommen wir später nach. Wenn nicht, wünsche ich Ihnen viel Spaß.«

Die drei gingen und redeten fröhlich miteinander. Sophie schien Nick tatsächlich vergeben zu haben. Kate bemerkte, dass Edmond die Tür zur Halle für Sophie aufhielt, und als sie durchgingen, legte er einen Arm um ihre Taille, eine zarte, beschützende Geste.

Kate setzte sich zurück, nahm die Serviette vom Schoß, zerknüllte sie und legte sie neben den Teller. Sie wischte die wenigen Krümel auf ihrem Platz weg. »Es sieht so aus, als ob Edmond und Sophie sich zusammengetan hätten«, sagte sie.

Christopher lehnte sich ebenfalls zurück und hob die Brauen. Er nahm die Brille mit den kleinen runden Gläsern ab, die er für die Arbeit brauchte, faltete sie zusammen und steckte sie in die Reverstasche des Jacketts. Seine dunklen Augen fixierten Kate. Er hob die Arme über den Kopf und streckte sich. Kate konnte das Spiel der Brustmuskeln unter dem dünnen Hemd sehen.

Er lächelte. »Nun, was bleibt für uns übrig?«

»Darüber habe ich gerade auch nachgedacht«, sagte Kate offen. »Sie sind der einzige Teilnehmer, der sich heute zu nichts gemeldet hat. Ich gebe zu, dass mir das Sorgen bereitet. Ich weiß nicht, welche Lehren Sie aus dem Kurs ziehen wollen, wenn Sie nicht bereit sind, sich einzubringen.«

Christopher wollte gerade antworten, aber dann trat ein Kellner zu ihnen und fragte, ob er abräumen dürfe. Kate nickte und wandte sich wieder an Christopher. »Wir müssen wirklich darüber reden. Wenn Sie ein Problem mit dem Kurs haben – oder mit mir – sollten wir das jetzt klären.«

»Ich bin dafür, Probleme zu diskutieren, sobald sie auftauchen«, sagte Christopher und stand auf. Sein wuchtiger Körper ragte turmhoch über Kate, und einen kurzen Moment lang fürchtete sie sich fast vor ihm, aber dann schalt sie sich eine Närrin.

»Gehen wir auf mein Zimmer«, schlug sie vor. »Die anderen werden nach dem Billardspiel in die Bar gehen.«

»Auf Ihr Zimmer?« Christopher schien das nicht zu behagen. »Muss das sein?«

»Meine Papiere sind da«, erklärte Kate. Sie sah in sein Gesicht und bemerkte so etwas wie Sträuben. »Sie brauchen nichts zu fürchten«, sagte sie. »Ich habe eine Suite, das Schlafzimmer ist vom Wohn- und Arbeitsbereich getrennt.« Sie runzelte die Stirn, als ihr das Absurde der Situation bewusst wurde – eine Frau versicherte einem Mann, dass er nichts vor ihr zu befürchten hätte.

Er sah ihr in die Augen, und sie spürte, wie es in ihrem Bauch kribbelte. »Also gut«, sagte er dann, »ich folge Ihnen auf Ihr Zimmer.«

Sie ging die breite Treppe voraus und fragte sich, wovor er Angst hatte. Was verbarg er? Warum war er so zurückhaltend? Bei Sophie lagen die Dinge klar, sie fürchtete sich vor fast allem und jedem, aber jemand, der so intelligent und kräftig war wie Christopher, brauchte sich doch vor nichts auf der Welt zu verstecken.

Ob er Angst vor ihr hatte? Vor Frauen? Nein, das glaubte sie nicht, denn sie hatte an diesem Morgen gesehen, wie er sich den Penis gerieben hatte, während er zuschaute, wie Sophie sich beinahe unauffällig gestreichelt hatte. Vielleicht hatte er Probleme mit autoritären Frauen. Frauen, die das Sagen hatten. Dass es solche Männer gab, hatte Kate schon oft erfahren müssen, aber sie wäre nicht auf den Gedanken gekommen, dass der gelassene Christopher zu ihnen gehörte.

Sie erreichten die Tür zu Kates Zimmer, sie öffnete und ging voraus. Sie zeigte auf einen der breiten Sessel im Wohnzimmer, und während Christopher sich setzte, ging sie zur Minibar. »Möchten Sie etwas trinken?«

»Ja, danke, einen Gin and Tonic.« Christopher saß auf dem Rand des Sessels und sah sich um. Durch die Tür am Ende des Zimmers konnte er auf das hohe Bett im Schlafraum blicken. Er hob die Brauen, biss sich auf die Unterlippe, faltete die Hände um ein Knie und wartete darauf, dass Kate ihm ein Glas in die Hand drückte.

Kate gab Eis ins Glas und fand eine Zitronenscheibe, dann reichte sie ihm den Drink. Seine Finger fühlten sich kühl an. Auf dem Handrücken blitzten goldene Härchen im sanften Zimmerlicht. Er war so kräftig und zugleich so ... so unterwürfig, ja, das war die richtige Bezeichnung. Kate spürte, wie es in ihrem Schoß zu kribbeln begann. Wie ein Kind lechzte sie nach dem, was sie offenbar nicht haben konnte. Er schien nicht das geringste Interesse an ihr zu haben, und sie war entschlossen, sein Interesse zu wecken.

Sie selbst hatte sich ein Glas Wein eingeschenkt und setzte sich bequem in den Sessel, der Christopher gegenüber stand. »Reden wir«, sagte sie. »Ich möchte wissen, welche Probleme Sie mit dem Kurs haben.«

Christopher lächelte dünn, schaute in sein Glas, drehte es in seiner Hand und hörte das Eis klingeln. »Nun, ob ich Probleme mit dem Kurs habe, hängt davon ab, was Sie noch alles mit uns anstellen werden.«

Er hob den Kopf, und ihre Blicke trafen sich. Er wirkte gelassen und gefasst. Sie sagte nichts, und nach einer Weile schaute er weg. »Gehe ich recht in der Annahme«, sagte er, »dass Sie den Kurs bisher auf eine sehr unorthodoxe Weise geführt haben?«

Gleich wird er mich fragen, dachte Kate, ob es üblich ist, dass ich mit einem der Teilnehmer am ersten Abend Sex habe. Kühl erwiderte sie: »Der Vormittag war von der Thematik ungewöhnlich, aber alles andere war recht normal.«

»Und werden Sie den Kurs auf diese Weise fortsetzen?«, fragte Christopher, ohne sie anzusehen. »Wird es sogar noch drastischer kommen? Heute war eher so ein Schnuppern, nehme ich an.«

»Sie sind ganz schön auf Draht«, murmelte Kate.

»Ja, ich bin nicht auf den Kopf gefallen. Und ich möchte gern erfahren, wie Sie sich vorstellen, das ungestraft durchziehen zu können. Ich könnte morgen früh Ihren Direktor anrufen und ihm sagen, was hier abläuft – er würde Sie auf der Stelle feuern.«

Das war eine größere Herausforderung, als Kate von einem der Männer erwartet hatte. Sie richtete sich im Sessel auf und musste sich bemühen, dem Drang zu widerstehen, sich nervös über die Lippen zu lecken. »Wie kommen Sie auf den Gedanken, dass mich das schrecken könnte?«

Jetzt sah Christopher sie an, und seine Lippen öffneten sich zu einem lockeren Lächeln. »Jetzt begreife ich«, sagte er. »Benutzen Sie diesen Kurs, um es jemandem heimzuzahlen? Wem wollen Sie etwas beweisen?«

»Gar nicht schlecht geraten«, gab Kate zu.

»Und Sie wollen den Kurs auf Sex abstellen? Ist das wirklich Ihre Absicht?«

Sein Gesicht war ausdruckslos. Wie konnte ein Mann so gelassen darüber reden, als wenn ihn das alles nichts anginge? »Ich wollte dafür sorgen, dass wir alle ein bisschen mehr Spaß haben, ja«, antwortete Kate schließlich, und sie errötete, weil sie sich ertappt fühlte.

»Nun gut.« Christopher schaute wieder in sein Glas. Er hob es rasch an die Lippen und trank es aus. Er stand auf. »Mich können Sie streichen. Ich reise morgen früh ab.«

»Warum?«, rief Kate und sprang aus dem Sessel. »Warum? Hören Sie, ich . . .«

»Ich habe nicht die Absicht, Ihr Spielzeug zu sein.« Christopher setzte das Glas auf den kleinen Couchtisch. »Tut mir leid, wenn das Ihre Pläne durchkreuzt.«

Damit hatte Kate überhaupt nicht gerechnet. Wenn Sophie sich beklagt und mit Davonlaufen gedroht hätte, wäre sie nicht überrascht und wahrscheinlich auch nicht sonderlich besorgt gewesen. Aber Christopher zu verlieren, diesen großen stillen Schatten, der sich wie ein Panther bewegte, wäre eine Katastrophe gewesen. Sie lief zur Tür und stellte sich mit dem Rücken davor, die Arme ausgestreckt, um ihm den Weg zu versperren. Sie kam sich höchst albern vor. Er war dreimal stärker als sie, und wenn er gewollt hätte, könnte er sie mit den Händen aufheben wie ein Püppchen.

»Christopher«, sagte sie, »es würde mich persönlich treffen, wenn Sie den Kurs aufgäben. Ich glaube, auch Sie könnten etwas von dem Kurs lernen, was im Alltag wichtig sein kann. Haben Sie nicht bemerkt, wie sehr Nick vom heutigen Tag profitiert hat? Und von allen Teilnehmern sind Sie derjenige, der ihm am meisten helfen kann. Edmond und Sophie fürchten sich vor ihm, sie können mit seiner aggressiven Art nicht umgehen. Bitte, überlegen Sie es sich noch einmal.«

»Ich glaube nicht, dass Sie mir irgend etwas beibringen können, was ich lernen will«, antwortete Christopher. Er stellte sich vor sie und schaute hinab in ihre Augen. »Bitte, gehen Sie aus dem Weg.«

»Nein, nein, hören Sie zu.« Kate schüttelte den Kopf. »Christopher, sagen Sie mir, wo Ihr Problem liegt. Hat es mit mir zu tun? Was mache ich falsch?«

Er hob die Brauen und musterte sie konzentriert von oben bis unten, als wollte er sie malen. Sie spürte, wie ein Schauer über ihren Rücken lief. »Nein«, sagte er dann. »Mit Ihnen hat es nichts zu tun. Sie sind recht attraktiv, und mir gefallen Ihre etwas üppigen Rundungen.«

»Dann sagen Sie mir, was los ist«, drängte Kate. »Sagen Sie mir, was Sie sich von dem Kurs erhoffen. Seien Sie ehrlich, Christopher. Sie haben mir bisher nicht gesagt, was Sie wirklich denken. Warum sind Sie so reserviert?« Sie schaute ihm in die Augen, die argwöhnisch blickten, und fügte rasch hinzu: »Das ist alles sehr vertraulich, vergessen Sie das nicht. Was Sie sagen, bleibt zwischen uns.«

Es entstand ein langes Schweigen. Dann wandte sich Christopher ab. »Vertraulich«, murmelte er. Dann, als wäre er zu einem Entschluss gekommen, trat er ihr wieder gegenüber. »Also gut«, sagte er, »ich werde Ihnen die Wahrheit sagen. Ich hätte nichts dagegen, Sex mit Ihnen zu haben, Kate. Sie sind attraktiv. Ich möchte Sie gern anfassen.«

Er blickte immer noch kühl, und Kate spürte viele winzige Schmetterlinge in der Magengrube.

»Aber das ist noch nicht alles. Sehen Sie, ich könnte ebenso gut Sex mit Nick oder Edmond haben, mit Edmond am liebsten, weil ich auf blonde Männer stehe. Und ich glaube nicht, dass sie in ihrer Einstellung so offen sind, solches Verhalten zu billigen.«

Kate stieß einen langen Seufzer aus. Jetzt begriff sie. »Deshalb wollten Sie nicht über Ihre Phantasien reden«, sagte sie leise.

»Genau. Was wir gehört haben, war strikt heterosexuell, ein bisschen Gewalt, aber nichts Dramatisches. Wie, glauben Sie, würde Nick reagieren, wenn ich eine Phantasie erzähle, in der ich ihm an die Wäsche gehe? Er würde explodieren.«

Kate schluckte, hatte sofort ein Bild vor sich, wie Christopher vor Nick kniete und dessen Schaft . . . Sie schüttelte den Kopf. »Ich möchte sie gern hören.«

»Tatsächlich? Nun, Frauen sind allgemein offener. Aber Nick hat diese liberale Einstellung nicht. Ich möchte nicht in eine solche Sache verwickelt sein, wenn ich nicht ich selbst sein kann.« Er seufzte. »Deshalb werden Sie jetzt besser verstehen, warum ich nicht weiter teilnehmen möchte.«

Kate sah ihn stirnrunzelnd an. »Ich bin überrascht«, sagte sie schließlich. »Ich dachte, Sie wären der Typ Mann, der sich einer Herausforderung stellt. Ich meine, das ist der Grundtenor des ganzen Kurses.«

»Wie meinen Sie das?«, fragte er und sah sie mit lauernden Blicken an.

»Es geht darum, Menschen zu beeinflussen, ihr Verhalten zu verändern. Sie sind ein intelligenter Mann, Christopher. Sie sollten nicht damit überfordert sein, Menschen dahin zu bringen, Sie so zu akzeptieren, wie Sie sind. Auch die anderen sind hier, um etwas Neues zu lernen. Schauen Sie sich Nick an, hätten Sie geglaubt, dass er sich so rasch ändern würde? Warum nutzen Sie den Kurs nicht als Chance, ihnen beizubringen, dass Sie das Recht haben, Ihre Sexualität zu leben? Vielleicht wartet Nick nur auf die Gelegenheit, seinen sexuellen Horizont zu erweitern.«

Er sagte nichts, schaute sie nur mit seinen tiefen Blicken an. Sie atmete durch und ließ ihm Zeit, ihre Argumente zu verdauen.

Dann fuhr sie fort: »Morgen beginnen wir mit der Gabe der Überredung. Hören Sie, Christopher, wenn

Sie wollen, können wir Sie in den Mittelpunkt stellen. Sie könnten zum Beispiel versuchen, Edmond zu verführen. Ich weiß nicht, ob es gelingt, aber es wäre doch den Versuch wert, oder? Im zweiten Teil des Kurses lernen wir das Geschick der Überredung – ganz egal, um welches Thema es geht.«

Christophers voller Mund wurde plötzlich dünn. »Ich glaube nicht, dass ich eine Chance hätte. Ich sehe schon, wie Nick reagiert. Nein, wirklich, es hat keinen Zweck.«

»Mir wird etwas einfallen.« Kate wandte ihr Geschick des Überredens an. Sie trat einen Schritt näher an ihn heran, legte die Hände auf seine Arme und spürte seine Kraft durch die Finger. »Erinnern Sie sich an den Vertragstext des Kurses? Morgen früh werde ich den Verhaltenskodex erweitern. Kein Spott, keine Häme.«

»Ich brauche Sie nicht als meine Beschützerin«, sagte er, und in seiner Stimme schwang Zorn mit.

»Ich werde es nicht tun, wenn Sie es nicht wollen«, sagte Kate rasch. Sie überlegte, womit sie ihn überzeugen konnte. »Mir wird etwas einfallen, wie ich Nicks Aufmerksamkeit von Ihnen weglenken kann, Christopher. Bitten, bleiben Sie und versuchen Sie es.«

»Sie hören sich wie ein quengelndes Kind an«, sagte er und lächelte. »Also gut, Kate. Morgen bleibe ich noch, dann warte ich ab, wie es sich entwickelt.«

»Das ist wunderbar. Ich bin erleichtert.« Sie wollte sich umdrehen und zur Minibar gehen, denn sie brauchte noch ein Glas Wein, aber in der Drehung hielt Christopher sie fest. Er nahm ihr Gesicht in beide Hände und streichelte mit seinen langen Fingern über ihre Stirn, die Nase, die Lippen. Kate spürte, wie ihre Haut prickelte.

»Du bist wunderschön«, sagte Christopher heiser.

»Dein Mund gefällt mir besonders gut. Ich mag Frauen mit vollen Lippen, sie sehen aus wie ein Versprechen.«

»Ich brauche noch einen Drink«, murmelte Kate zögernd. Christopher war irgendwie seltsam, und obwohl sie ihn begehrte, wäre es ihr lieber, wenn sie selbst den Gang des Geschehens bestimmen konnte. Sie wollte sich dem Griff seiner Hände entziehen, aber er verstärkte den Druck.

»Nun hetze doch nicht so«, sagte er. »Du willst diesen Kurs zur eigenen Unterhaltung nutzen, nicht wahr? Nun, vielleicht werde ich das torpedieren.«

»Lass mich los«, sagte Kate leise. »Du tust mir weh.«

»Ich kann dir noch viel mehr weh tun.«

»Ich mag es nicht, wenn du mir drohst«, sagte Kate, riss sich gewaltsam von ihm los und wich ein paar Schritte zurück. »Christopher«, sagte sie, die Stimme verzerrt, »ich muss noch einige Dinge für morgen vorbereiten. Ich glaube, es ist besser, wenn du jetzt gehst.«

»Vorbereiten? Gehst das so vor sich wie mit Nick gestern abend?« Christopher kam ihr nach und überbrückte die Distanz zwischen ihnen mit zwei großen Schritten. Er hielt sie an beiden Armen fest und zog sie an sich, hob sie fast von den Füßen. »Was hat er mit dir gemacht?«, zischte er in ihr Gesicht. »Wir haben es alle gewusst, denn es war allzu offensichtlich. Sophie meinte, Nick sei dir in die Damentoilette gefolgt. Hat er das wirklich getan?«

»Ja«, flüsterte Kate und schaute hilflos in Christophers dunkle Augen. Er starrte sie intensiv an, so intensiv, dass sie glaubte, ihre Blicke könnten sie verbrennen. »Ja, er ist mir gefolgt.«

»Und da drinnen hat er dich genommen? In der

Damentoilette?« Sie nickte. »Nun komm schon, was hat er mit dir angestellt?«

»Er kam mir nach und presste mich gegen die Wand«, sagte Kate atemlos und erinnerte sich an ihre ungeheure Erregung am gestrigen Abend. »Es geschah alles so plötzlich. Wir wollten es beide. Er öffnete mein Kleid und drang in mich ein, und dann ist es uns beiden schnell gekommen.«

»Du Schlampe«, sagte Christopher leise, aber sein breiter Mund lächelte. »Kannst du mir sagen, warum du Nick bevorzugt hast? Was wäre passiert, wenn ich dir gefolgt wäre? Hättest du mich zurückgeschickt?«

Sie hing immer noch ein wenig in der Luft, gehalten von seinen Händen, hilflos wie ein Kätzchen. Kate spürte, wie ein warmes Verlangen durch ihre Adern strömte, wie es ihre vollen Brüste erregte und anschwellen ließ. »Ich glaube nicht«, flüsterte sie.

»Aber du hast mir doch gerade gesagt, ich soll gehen. Warum?«

Weil ich bestimmen will, weil ich den Ort und den Zeitpunkt festlegen will, wann ich dich haben will. Aber diese Worte kamen nicht über Kates Lippen. Sie schloß die Augen und schüttelte den Kopf. Sie hatte gesehen, als sie sich geweigert hatte, war Christopher aggressiv und wütend geworden, als ob Widerstand ihn entflammte. Wenn dadurch sein Interesse an ihr geweckt wurde – kein Problem. Dann würde sie sich ihm widersetzen. Mit schwächlicher Stimme sagte sie: »Bitte, nicht, Christopher.«

»Was soll ich nicht tun? Dich nicht berühren? Verdammt, du hast Nick gestern abend in dir gehabt, und heute abend wirst du mich spüren.«

»Nein.« Sie versuchte, sich von ihm loszureißen, und spürte den Druck seiner starken Hände auf ihren Armen. »Nein, bitte, nicht.«

»Du hast keine Wahl«, zischte er, »nicht den Hauch einer Chance.« Er packte ihre Arme zusammen und hielt die Gelenke mit einer Hand fest, dann hob er die Arme über ihren Kopf, und sie stand auf den Zehenspitzen und konnte sich kaum noch bewegen. »So gefällst du mir schon viel besser«, sagte er leise. Mit seiner freien Hand griff er an die Knöpfe ihrer Bluse.

»Nicht!«, rief Kate und versuchte wieder, sich aus seinem Griff zu befreien.

Christopher gelang es, einen Knopf zu öffnen, dann schien er die Geduld zu verlieren. Er verzog das Gesicht und bleckte die schönen, ebenmäßigen Zähne. Er zerrte an dem Stoff, nahm ihn in die Hand und riss mit einem Ruck daran. Die Knöpfe sprangen ab und flogen durchs Zimmer. Die Bluse stand offen und gab den Blick auf Kates volle weiße Brüste frei, die sich unter dem dünnen Stoff des BHs wölbten.

Christopher betrachtete den teuren schwarzen Spitzen-BH und grinste. »Du hast dich wohl auf mich vorbereitet, was?«

Kate vergeudete keine Energie mehr mit vorgetäuschtem Sträuben, jetzt setzte sie sich ernsthaft zur Wehr. Jeder Nerv ihres Körpers flirrte vor Erregung. Seine kräftigen Hände hielten sie so fest, dass sie die Arme nicht bewegen konnte; sie fühlte sich wie die gefangenen Frauen in Nicks Phantasie. Sie wand und krümmte sich, hob sogar ein Knie an, als wollte sie ihn treten.

Er lachte und hielt sie auf Armeslänge von sich. Er beobachtete, wie sich ihr Körper wand und drehte. »Dir gefällt es, gegen mich zu kämpfen«, sagte er mit Verwunderung in der Stimme.

Kate hörte auf und starrte ihn an. Ihre Augen waren plötzlich leuchtend grün, die Lippen weich und locker, voller Verlangen. Sie leugnete es nicht, es hätte auch keinen Zweck gehabt, sie wusste, dass man die Lust von ihrem Gesicht ablesen konnte.

»Gut«, sagte Christopher grinsend, »denn mir gefällt das auch. Also mach weiter damit. Aber zuerst« – seine Hand hielt ihre Gelenke wieder fester – »möchte ich dich nackt sehen.«

Er zerrte sie an sich heran, ließ ihre Handgelenke los, zog ihr die Fetzen der Bluse vom Leib und fing Kates Arme wieder ein. Er packte ihr rechtes Gelenk und drehte ihren Arm so lange, bis er ihn auf ihrem Rücken festhalten konnte. Kate fluchte und wollte mit der anderen Hand durch sein Gesicht fahren oder ihn an den Haaren reien, jedenfalls wollte sie irgend etwas tun, um sich zu wehren, aber er lachte nur, wich ihren ungeschickten Versuchen aus und öffnete ihren Rock, um ihn dann mit einer flüssigen Bewegung abzustreifen.

Jetzt stand sie nur noch in ihrer hauchdünnen Wäsche da, wobei ihr Höschen kaum mehr als ein G-string war. Er schaute an ihr hinunter, sah ihren fast nackten Hintern und lächelte zufrieden.

»Sehr hübsch«, sagte er und streichelte mit einer Hand über die glatten Halbkugeln ihres Gesäßes, ehe er kräftig hinein kniff.

»Du Bastard!« rief Kate und versuchte, seine Hand von ihrer Haut zu schieben. Sie schaute auf die Fetzen ihrer Bluse. »Die Bluse war verdammt teuer!«

Er ignorierte sie und stieß einen Finger zwischen ihre Schenkel. Er fühlte ihre feuchte, geschwollene Nässe. Ja, sie war bereit. »Schlampe«, zischte er. »Du kannst es wirklich nicht erwarten, was? Nun, ein bisschen Geduld musst du noch aufbringen.«

Er bückte sich, zog sie mit und hob die Bluse vom Boden auf. Er gab ihren verdrehten Arm frei, packte ihr Handgelenk und zerrte sie ins Schlafzimmer. Sie widersetzte sich, schlug mit der freien Hand auf ihn ein und versuchte, das Gelenk vor seinem Zugriff zu bewahren, aber das ging nur ein paar Momente gut, dann hatte er den zweiten Arm gepackt und schleppte Kate an den hochgereckten Armen zum Bett. Er band beide Arme mit den Resten der Bluse an einen der unteren Bettpfosten fest.

Sie zerrte und riss an den Fesseln, aber die Knoten hielten stand. Sie konnte sich nicht bewegen. Sie hing dort, hilflos, nur die Zehenspitzen berührten den Boden.

»Was für ein Bild«, sagte Christopher, trat einen Schritt zurück und hörte nicht auf, sie zu betrachten. Er war ein wenig außer Atem geraten und starrte auf die gehärteten Brustwarzen, die gegen das dünne Spitzengewebe des BHs drückten. Lächelnd trat er vor und zog die Spitze ein wenig nach unten, bis ihre Warzen herauslugten.

Kate stöhnte und warf den Kopf von einer Seite zur anderen. Ihre glänzenden Haare fielen wie ein Vorhang vor ihr Gesicht. Christopher nahm die Brüste in seine Hände, ließ die weißen Halbkugeln in seinen Handflächen ruhen und wiegte sie sanft. Wieder stöhnte Kate. Ihre Nippel schrien danach, berührt und gedrückt und gesaugt zu werden.

Christopher trat wieder zurück und starrte sie erneut an, als ob er nicht genug von ihr sehen könnte. Die geschwollenen Brüste schienen um Küsse zu betteln. Er schüttelte den Kopf. »Alles zu seiner Zeit.«

Er zog sein Jackett aus und legte es in aller Ruhe über den Stuhlrücken. Als er mit beiden Händen zur Gürtelschnalle griff, war Kate plötzlich ganz still und blinzelte durch den Vorhang ihrer Haare. Er öffnete den Gürtel, zog den Reissverschluss auf und streifte die Hose ab. Die Hemdschöße verdeckten den Blick auf sein Geschlecht, aber Kate sah die muskulösen Schenkel und die strammen Waden. Die Beine waren nur wenig behaart, die Haut war bemerkenswert glatt.

Er faltete die Hose ordentlich und ohne Hast und legte sie ebenfalls über den Stuhlrücken. Dabei fiel sein Blick auf den kleinen Koffer mit den verschiedenen Utensilien. Er kniete sich stirnrunzelnd nieder und ließ den Verschluss aufschnappen.

Kate hörte, wie er pfeifend den Atem ausstieß, während er den verräterischen Inhalt durchging. Schließlich erhob er sich lächelnd. Er hielt einen Strick und einen Lederknebel in der Hand.

»Oh, nein!«, rief Kate, »bitte nicht knebeln.« Sie wollte ihm sagen können, was er mit ihr tun sollte. Wenn er sie knebelte, wäre sie ihm ausgeliefert, von ihm auf unerträgliche Weise beherrscht.

»Du hast wirklich an alles gedacht«, sagte Christopher und legte die Gegenstände auf den kleinen Nachttisch. Er öffnete sein Hemd, ließ es offen und streifte sich den engen Slip ab. Kate schluckte, sie war gespannt auf den Anblick seines Penis. Lächelnd streifte er sein Hemd ab und stand vor ihr, nackt und bereit.

Die Luft entwich zischend aus Kates Lungen, als sie ihn anschaute. Er hatte einen wunderbaren Körper, herrlich muskulös und mit einer glatten, samtenen Haut – abgesehen von seinem Schoß, wo krause hellbraune Härchen glitzerten. Auf diese Stelle richtete sich Kates Blick.

Er hatte den größten Penis, den Kate je gesehen hatte. Er passte zu den Proportionen seines Körpers, ragte steif und steil hoch, so dick wie ihr Handgelenk. Die leuchtende Eichel zuckte Kate entgegen, als ob der Schaft nicht erwarten könnte, in sie einzudringen.

Sie lehnte sich gegen den Bettpfosten und spürte, wie sich ihre Brüste spannten. Ihr Mund war trocken und kalt vor Lust. Sie hatte nicht geglaubt, jemals einen so schönen Mann zu sehen. Sie wollte diesen heißen, harten Schaft in sich spüren, wollte spüren, wie er sie füllte und dehnte und streckte.

»Jetzt, Kate«, sagte Christopher leise, nahm den Knebel und den Strick und ging langsam auf sie zu. Bei jedem Schritt zuckte der Schaft. Als er neben ihr stand, konnte sie die Hitze der massiven Erektion spüren, bis sie glaubte, schmelzen zu müssen.

»Nein«, flüsterte sie, und dann konnte sie nur noch gurgeln, als er ihr den Knebel in den Mund schob, zwischen die Zähne drückte und am Hinterkopf befestigte. Er ließ sich langsam auf ein Knie nieder, und sie spürte seinen steifen Penis an den Hinterbacken. Er beugte sich über sie, öffnete den Mund und saugte den geschwollenen Nippel ihrer linken Brust ein.

Sie schrie auf, die Stimme gedämpft und verzerrt durch den Knebel. Sie wollte ihn auffordern, es ihr zu besorgen, in sie einzudringen, sie wollte diesen wunderbaren Schwanz spüren, sie wollte genommen werden, bis sie um Gnade schrie, aber sie konnte kein Wort herausbringen.

Er richtete sich auf, und Kate glaubte, dass er sie nun nehmen würde, aber dann befreite er sie von ihren Fesseln. Sie ließ die Arme sinken und keuchte erleichtert auf. Er drückte sie auf das Bett und warf sich über sie. Seine harte Erektion rieb sich zwischen ihren Schenkeln. Sie bäumte sich wild unter ihm auf, warf sich herum, krümmte den Rücken und stieß ihre Brüste gegen seinen Mund.

»Oh, nein«, raunte Christopher. »Du hast gesagt, ich könnte mir nehmen, was ich will, Kate.« Er packte sie an den Schultern und an den Hüften, und im nächsten

Augenblick lag sie mit angezogenen Knien auf dem Bauch. Er fasste ihre Arme und band sie mit dem Strick an einen der Bettpfosten. Jetzt kniete sie auf dem Bett, das Gesicht in den Kissen, den Hintern hochgereckt. Sie wimmerte und hob die Hüften an.

Das Bett quietschte, als er aufstand. Sie verrenkte den Hals und wollte sehen, wohin er gegangen war, aber sie konnte ihn nicht sehen. Dann war er wieder da und rieb sein herrlich hartes Glied zwischen ihren Schenkeln. Die schmale Zunge des Höschens war kaum ein Hindernis für ihn. Sie wusste, dass sie nass und bereit war für ihn, und jedes Mal, wenn sie die Eichel am Eingang der Vagina spürte, hoffte sie, dass er nun eindringen würde. Aber er tat es nicht.

Sie stöhnte frustriert auf und rieb sich an ihm, um ihn die schmerzende Leere füllen zu lassen.

»Du hast wirklich an alles gedacht«, sagte eine Stimme an ihrem Ohr, und sie zuckte zusammen, als sie es kalt in die Kerbe ihrer Backen tröpfeln spürte. Er rieb das Öl in die Kerbe, und seine Finger spielten rund um die geheime Öffnung dazwischen. Er rieb das Öl ein, und sie sog den Duft ein und wusste, dass er es in ihrem Schatzköfferchen gefunden hatte.

Plötzlich wurde ihr bewusst, was diese Vorbereitung zu bedeuten hatte, und sie zitterte am ganzen Körper. Sie wollte aufschreien. Er war viel zu groß dafür! Er würde sie zerreißen. Sie stöhnte ihren Protest heraus, zerrte an dem Strick, der ihre Arme fesselte und versuchte verzweifelt, diesem Mann zu entkommen.

Die Fessel hielt ihrem Zerren stand, und seine großen Hände lagen auf den Backen und hielten sie ruhig. Mit einer Hand massierte er immer noch Öl in die Kerbe, und ein Finger stieß behutsam gegen den kräftigen Schließmuskel.

»Nein, nein!«, krächzte sie, aber nur schwache wimmernde Laute huschten am Knebel vorbei. Christopher beugte sich über sie, befühlte mit einer Hand ihre Schamlippen, tastete nach der Kuppe ihrer Klitoris.

Sie stöhnte gedämpft auf, ließ das Becken kreisen und drückte sich dem forschenden Finger entgegen. Diesen Augenblick nutzte er, um die Eichel an ihre enge hintere Öffnung anzusetzen. Sie spürte einen scharfen Schmerz, als er sie penetrierte, und der Schrei, den sie ausstieß, drang als dumpfes Grollen an seine Ohren.

Christopher begann mit rhythmischen Stößen, bis er die Länge des Schafts in ihr versenkt hatte.

Dann hielt er eine Weile inne. Er bewegte sich nicht, zog sich auch nicht zurück, kniete einfach nur hinter ihr, füllte sie aus und rieb ganz leicht mit der Fingerkuppe über die vibrierende Klitoris.

Es war mehr, als Kate aushalten konnte. Der Schmerz verflog, und die heiße Lust breitete sich in ihren Lenden aus, erfüllte sie mit einem verschämten Glücksgefühl. Sie war gefangen, hilflos, penetriert, seiner Gnade ausgeliefert. Mehr als alles andere wollte sie diesen wunderbaren Schaft spüren, wie er sich bewegte, rein und raus, wie er Besitz von ihr nahm.

Immer noch bewegte er sich nicht, und sie ließ sich auf die Schultern nieder, so dass ihre Brustwarzen gegen das Bettuch schabten. Sie bewegte die Hüften hin und her, wand sich auf dem dicken Stab, der sie durchbohrte, und wollte ihn zu ungezähmten Stößen antreiben.

»Es gefällt dir«, flüsterte er in ihr Ohr. Er streichelte ihre Brüste, fühlte deren Gewicht und zwickte die steifen Warzen, die Kates Erregung verrieten. Dann glitt eine Hand wieder zu ihrem Kitzler, rieb und massierte ihn. Er labte sich an ihren gedämpften Geräuschen, an ihrem ungeduldigen Winden und Rucken.

Sie spürte, wie sich ihr Orgasmus ankündigte. Bald würde es ihr kommen, ohne dass er sich in ihr bewegt hatte. Es war seltsam unwirklich, auf diese Weise stimuliert zu werden, als ob er sie nicht brauchte, als ob er nur da wäre, ihre blanke Gier zu befriedigen.

Es irritierte sie immer mehr, dass sie ihn nicht laut auffordern konnte, sie endlich zu nehmen, aber der Knebel hielt alles zurück, nur nicht ihre Laute der Lust.

Ihr Körper spannte sich, dann begann sie zu zittern, Vorboten des unausweichlichen Höhepunkts. Er spürte ihn nahen und stieß zwei Finger tief in ihre Vagina, hinein und heraus, während der breite Daumen hart auf den steifen Schaft des Kitzlers drückte. Die Lust durchflutete sie, sie bäumte sich auf und sog schnaufend die Luft ein, ihr Hintern bewegte sich auf und ab, rotierte um die stoßenden Finger in der nassen Vagina.

Christopher zog den Schaft langsam zurück, hielt nur die Eichel vom Muskel umspannt, und stieß dann mit einem Ruck hinein, zeitgleich mit den Fingern, die ebenfalls zustießen und die geschwollenen Lippen ihres Geschlechts trennten.

Er nahm sie mit furchterregender Kraft, rammte seinen Körper gegen ihren und begleitete jeden Stoß mit einem lauten Aufschrei – schon beim dritten Stoß wurde ihr Körper vom Orgasmus geschüttelt. Es war eine Lust, die extremer war als alles, woran sie sich erinnern konnte. Es war ihr nicht bewusst, dass sie den Kopf immer wieder aufs Kissen stieß. Sie biss in den Knebel, und Tränen der Erfüllung rannen ihr über die vor Hitze glühenden Wangen.

Die Knie rutschten unter ihr weg, sie ließ sich flach

auf den Bauch fallen und stöhnte vor sich hin, während Christopher ihre weißen Backen packte und weiter in sie hineinstieß, schnell und tief, bis er seinen eigenen Höhepunkt erlebte. Sie spürte den zuckenden Schaft tief in ihr.

Er lag auf ihr, zermalmte sie fast, und der heiße Schaft wurde allmählich weicher, ehe er sich ganz aus ihr zurückzog. Er langte hoch und löste die Fessel ihrer Hände. Sie wollte den Knebel aus dem Mund nehmen, aber sie schaffte es nicht. Er öffnete die Lederschnur an ihrem Hinterkopf, und erst jetzt fiel die Kugel aus ihrem Mund.

Christopher nahm Kate in seine kräftigen Arme und drückte sie sanft. Immer noch liefen kleine, kurze Zuckungen durch ihren Körper.

»Ich dachte, du würdest mich zerreißen«, raunte sie und schmiegte sich an ihn.

»Ich habe dir nicht wehgetan, nicht wahr?« Seine Stimme klang besorgt.

»Nein, nein.« Sie presste sich gegen seinen muskulösen Brustkorb. Es war tröstlich, nach dem Chaos ihrer dunklen Lust einen sicheren Hafen zu finden. Er küsste sie auf die Stirn, wiegte sie sanft in seinen Armen und murmelte liebevolle Worte in ihr Ohr. Bald hatte sie die Augen geschlossen und fiel in einen tiefen Schlaf.

Sechstes Kapitel

Als Kate am folgenden Morgen aufwachte, lag sie allein in ihrem Bett. Sie streckte sich und dachte mit schläfriger Lust an die Dinge, die sie in der Nacht erlebt hatte. Schade, dass Christopher nicht mit ihr aufwachte. Zu gern hätte sie sich an ihn geschmiegt, wäre sie an seinem harten Körper entlang gerutscht, bis sie mit dem Mund nach seinem weichen Penis hätte schnappen können. Sie schluckte. Es war, als könnte sie ihn schmecken.

Natürlich war es vernünftiger, dass er irgendwann in der Nacht gegangen war. Die anderen könnten es falsch verstehen, wenn er sie zum Frühstück begleitet hätte.

Kate ging unter die Dusche, trocknete die Haare und kleidete sich an. Es versprach, wieder ein heißer Tag zu werden, und sie entschied sich für ein leichtes T-Shirt und einen hellen Rock aus Musselin. Leichtfüßig lief sie die Treppe hinunter in den Trainingsraum. Es gab einige Vorbereitungen für diesen Tag zu treffen, und sie wollte sich davon überzeugen, dass alles an seinem Platz stand.

Die Videokamera und ein großer Bildschirm waren schon aufgebaut. Der Bildschirm zeigte die Totale eines anderen Raums. Kate nickte zufrieden und trat auf den Korridor, ging einige Schritte und öffnete die Tür zum Nebenzimmer, in dem auch alles vorbereitet war. Diese Videokamera war eingeschaltet, der Bildschirm war schwarz: Die Menschen hier konnten vom Trainingsraum aus beobachtet werden, während sie sich selbst nicht auf dem Bildschirm sehen konnten.

Nachdem Kate sich davon überzeugt hatte, dass

alles zu ihrer Zufriedenheit aufgebaut war, schaute sie auf die Uhr – Zeit für den Kursbeginn. Die Teilnehmer warteten schon auf sie, saßen auf ihren Plätzen und sahen sie erwartungsvoll an.

Die Männer schienen durch ihre Kleidung ihre Entspannung ausdrücken zu wollen; es gab keine Jacketts und keine Krawatten mehr, nur bequeme Hosen und Hemden, die am Hals offen standen. Kate fiel auf, dass Edmond und Sophie zusammen auf dem Sofa saßen, ein wenig enger, als Fremde sitzen würden.

Sophie trug eine ähnliche Kleidung wie am Vortag, aber der oberste Knopf ihrer Bluse war geöffnet. Nick unterhielt sich mit Christopher über eine Nachricht, die er im Wirtschaftsteil der Tageszeitung gelesen hatte, aber als Kate eintrat, brach Nick ab und schaute zu ihr hoch.

»Guten Morgen«, sagte Kate. »Wie geht es Ihnen heute?«

Es schien, dass es ihnen gut ging, sie waren mit Eifer bei der Sache. Selbst Christopher sagte mit verhaltenem Lächeln: »Ich freue mich auf diesen Tag.«

Nick sah ihn von der Seite an, verwundert, verwirrt, aber er sagte nichts.

»Gut, dann können wir loslegen«, sagte Kate. »Heute beschäftigen wir uns näher mit der Überredung. Damit meinen wir, den anderen zu bewegen, deinen Standpunkt zu akzeptieren oder gar zu übernehmen. Das gelingt eher, wenn man weiß, woher der andere kommt, deshalb haben wir gestern ausführlich über Brückenschlagen geredet. Heute nun wollen wir nutzen, was wir über den anderen erfahren haben, um ihn leichter überzeugen zu können.«

»Hört sich an, als ob man das jeden Tag anwenden könnte«, sagte Edmond.

»Ja, es ist sehr nützlich im täglichen Leben, privat

und geschäftlich«, sagte Kate. »Ich möchte, dass wir uns zunächst einigen Grundprinzipien zuwenden, und danach werden wir ins kalte Wasser der Praxis springen. Deshalb haben wir auch unser eigenes kleines Fernsehstudio aufgebaut. Manchmal kann man ungezwungener üben, wenn die anderen einen nicht direkt beobachten können.«

Sie spürte Christophers Blicke auf sich gerichtet, und sie spürte schon wieder ein leichtes Kribbeln. Sie zwang ihre Gedanken auf den Kurs.

»Ich möchte vorher kurz auf das Kleingedruckte des Kursvertrages zurückkommen«, fuhr sie fort. »Sie erinnern sich, dass alles, was während des Kurses getan und gesprochen wird, absoluter Vertraulichkeit unterliegt. Alles bleibt unter uns. Jetzt möchte ich noch etwas hinzufügen. Ich möchte, dass wir alle versuchen, so offen und tolerant zu sein, wie es uns nur möglich ist. Keine Vorurteile, keine gedankenlosen Abqualifizierungen, keine hämischen, beleidigenden Bemerkungen.«

Über die vier Gesichter, die sie anstarrten, legte sich ein leichter Schatten. Kate sah, dass den vier Teilnehmern bewusst war, dass es sich um eine sexuelle Komponente handeln musste, sonst wären ihre Verbotserweiterungen kaum erforderlich gewesen.

Nick schien mit Eifer dabei zu sein, weil er sich eine Fortsetzung oder Steigerung der sexuellen Phantasien vom gestrigen Morgen vorstellte. Edmond sah eher zurückhaltend aus, während Sophie ihre Skepsis mit einem Stirnrunzeln zeigte. Christopher saß sehr still da, und auf seinem Gesicht konnte man nichts lesen.

»Es gibt eine klar umrissene Struktur, nach der man sich richten sollte, wenn man andere überreden oder überzeugen will«, sagte Kate. »Bevor Sie anfangen, müssen Sie planen. Halten Sie sich stets vor Augen, was Sie erreichen wollen, was Ihr größtes Ziel ist, was optimal wäre und womit Sie noch leben könnten. Dann wissen Sie, was Sie fordern müssen, um sich vielleicht auf ein Minimalziel zurückzuziehen.«

»Das hört sich nach einer militärischen Strategie an«, sagte Nick glucksend.

»Das ist gar nicht so abwegig, Nick. Wenn Sie erst einmal Klarheit über Ihre Strategie gewonnen haben, können Sie mit der Arbeit der Überredung beginnen. Die sieht in den einzelnen Schritten so aus.«

Sie trat an die Tafel und schrieb:

- Ø   *Gewinnen Sie Aufmerksamkeit!*
- Ø   *Tragen Sie Ihren ersten Vorschlag vor!*
- Ø   *Unterstützen Sie ihn mit Ihren zwei besten Argumenten!*
- Ø   *Halten Sie den Mund! Nicht schwätzen!*
- Ø   *Lauschen Sie genau den Gegenargumenten!*

»Und wenn jemand dir sagt, du kannst ihn kreuzweise?«, fragte Christopher trocken.

»Dann müssen Sie herausfinden, warum er keinen Gefallen an Ihrem Vorschlag findet. Hören Sie seinen Gegenargumenten gut zu, das ist äußerst wichtig. Wenn Sie die Einwände kennen, können Sie darauf reagieren. Sie haben drei Möglichkeiten.«

Sie schrieb sie an die Tafel, während sie weiter sprach. »Wiederholen des ursprünglichen Vorschlags, Abwandlung des Vorschlags, um die Gegenargumente zu berücksichtigen, oder den Vorschlag vergessen und sich etwas ganz Neues und Besseres ausdenken.«

»Bis jetzt habe ich noch keine neuen Erkenntnisse gewonnen«, sagte Nick und flegelte sich in seinem Sessel. »Das sind doch alles Dinge, die auf der Hand liegen, die selbstverständlich sind.«

Kate hob eine Braue. »Das mag so sein. Aber lagen die Dinge gestern nicht auch auf der Hand? Selbst naheliegende Dinge fallen einem oft nicht im rechten Zeitpunkt ein. Erinnern Sie sich noch, Nick, welche Schwierigkeiten Sie mit den offenen Fragen hatten? Aber wenn Sie möchten, können wir gleich zur Praxis kommen« Die vier Teilnehmer sahen sich an und nickten nachdenklich, und wieder spürte Kate den Schatten, der sich vor ihre Gesichter legte, aber diesmal nahm sie auch so etwas wie eine beginnende Erregung wahr.

»Jeder ist einverstanden?«, fragte Kate. »Also gut. Ich werde Ihnen sagen, was ich mir ausgedacht habe. Ich teile Sie in zwei Gruppen auf. Ich werde der Beobachter sein. Ich schlage vor, dass wir zu einem Thema zurückkehren, das uns von gestern morgen noch vertraut sein wird.«

Sophie atmete hörbar die Luft ein, und die Männer saßen auf dem äußersten Rand ihrer Sitzfläche, so gebannt schienen sie zu sein. »Ich hatte den Eindruck, Sie waren gestern enttäuscht, als wir dieses Thema verließen, deshalb schlage ich vor, dass wir es jetzt noch einmal aufgreifen. Findet das bei allen Zustimmung?«

Edmond schaute kurz zu Sophie, ehe er nickte, während Nick und Christopher schon deutlich zugestimmt hatten. Sophie zögerte noch, sah zu Edmond und zu Christopher und sagte dann leise: »Ich glaube, es geht in Ordnung.« Ihr Gesicht war leicht gerötet, und Kate ahnte das Unbehagen der Teilnehmerin, aber sie verdrängte es; ihre Gedanken beschäftigten sich mehr mit Christopher.

»Gut. Hier ist mein Plan: In jeder Gruppe meldet sich einer freiwillig, der den Anfang macht. Die Person, die führt, soll die andere Person dazu bringen, etwas zu tun, irgend etwas, was im weitesten Sinne als ›sexuell‹ beschrieben werden könnte. Das ist schon alles. Suchen Sie sich Ihr Ziel, es mag hochgesteckt oder bescheiden sein, ganz, wie Sie wollen. Ihre Aufgabe ist es, die andere Person zu überreden, etwas zu tun oder tun zu lassen, was Sie sich vorgenommen haben. Die Gruppe, die agiert, wird das in Raum 2 tun, unserem kleinen Fernsehstudio, während wir hier bleiben und zuschauen.«

Nick und Edmond schauten gleichzeitig mit leuchtenden Augen auf Sophie. Die junge Frau fing zuerst Edmonds Blick auf und beantwortete ihn mit einem leisen Lächeln, zartes Zeichen eines beginnenden Selbstbewusstseins. Dann wurde sie gewahr, dass auch Nick sie anschaute, und im gleichen Moment zog sie sich wieder in sich selbst zurück, ihr Gesicht eine starre Maske des Schreckens. Christophers Blick war die ganze Zeit auf Kate gerichtet.

»Sophie«, sagte Kate und kam sich grausam dabei vor, »ich möchte gern, dass Sie mit Nick in Raum 2 gehen.«

»Mit Nick?«, wiederholte Sophie, ihr Gesicht so weiß wie ein Blatt Papier. »Aber das möchte ich nicht. Kann ich nicht mit Edmond gehen?«

Christopher hatte sich schon für Edmond entschieden, aber das konnte Kate nicht zugeben. Sie schüttelte den Kopf. »Wenn Sie mit jemandem gehen, mit dem Sie gern zusammen sein wollen, hat das mit Überredung und Überzeugung nichts mehr zu tun, finden Sie nicht auch?«

»Aber . . .«

Nick rieb sich die Hände und sprang vom Stuhl auf. Er griff nach Sophies Arm und zog sie vom Sofa hoch. »Komm«, sagte er, »wir probieren es einfach mal. Wir haben ja nichts zu verlieren, oder?«

Einen Moment lang fürchtete Kate, Edmond könnte

aufspringen und Nick daran hindern, Sophie aus dem Zimmer zu führen, aber er blieb sitzen.

Die Tür schloss sich hinter ihnen, und nach ein paar Augenblicken zeigte der Bildschirm, wie Nick den Raum 2 betrat und Sophie immer noch am Arm gepackt hielt. Er grinste in die Kamera und sagte: »Da sind wir.«

»Er scheint sich keine großen Gedanken gemacht zu haben«, murmelte Edmond.

»Nick wird glauben, dass er der führende Teil sein soll, der überredet«, sagte Kate schmunzelnd. Aber ich habe keine Rollen verteilt.«

Sie sahen, wie Nick einen Arm um Sophie legte und sie durch das Zimmer zum Sofa führte. Sie setzte sich kerzengerade hin, legte die Hände auf die Knie und vermied es, ihn anzusehen.

Nick sagte grinsend: »Es ist sehr einfach, Sophie. Ich will nur, dass ich dich haben kann.«

Sophie wandte den Kopf und starrte Nick an, als ob er in einer fremden Sprache geredet hätte. »Was?«, fragte sie, und ihre leise Stimme schwankte vor Zorn.

»Nun komm schon.« Nick packte ihre Hände und wollte Sophie näher an sich heranziehen. Sophie entzog ihm blitzschnell ihre Hände. »Ach, Sophie, da ist doch nichts dabei. Ich bin verdammt gut im Bett, das kannst du mir glauben. Du kannst auch Kate fragen, sie weiß es.« Er grinste fröhlich-dreist in die Kamera.

»Das haben wir schon vermutet«, sagte Sophie kühl. Sie rutschte weiter von Nick weg, zeigte ihm unübersehbar die kalte Schulter.

»Ja, es war großartig«, fuhr Nick fort. »Ich habe sie in der Kabine genommen, während nebenan eine alte Kuh fragte, was für Geräusche wir machen. Sophie, ich sage dir, Kate ist abgegangen wie eine Rakete. Und dir würde es auch so gehen. Was hältst du davon?«

Sophie schaute Nick über die Schulter an. »Ich dachte«, sagte sie, »du wärst wie dein barbarischer Wikinger, der sich nicht um die Gefühle seiner Frauen kümmert.«

Nick war für einen Augenblick düpiert, aber nach ein paar Sekunden, in denen er Sophie offenen Mundes angestarrt hatte, schüttelte er den Kopf und startete den nächsten Angriff. »Das ist nicht fair, mir das vorzuhalten«, klagte er. »Das ist doch nur eine Phantasie. Wenn du uns was über deine Phantasien erzählt hättest, wären vielleicht auch einige heftige Dinge herausgekommen. Vielleicht träumst du davon, von jemandem vergewaltigt zu werden, der so aussieht wie ich. Wer weiß? Komm schon, Sophie, lass es uns tun. Ich verspreche dir, wir werden eine Menge Spaß haben.«

Er langte wieder nach ihr, packte sie an den zierlichen Schultern, und sie sprang auf, um ihn abzuwehren. »Fass mich nicht an!«, rief sie wütend. »Ich will keinen Sex mit dir haben. Du müsstest mich schon zwingen.«

»Soll ich das tun?«, fragte Nick mit neuer Hoffnung, und Sophie stieß einen Entsetzensschrei aus, wandte sich von ihm ab und überkreuzte die Arme vor ihrer Brust.

»Du willst also nicht«, sagte Nick nach einer Weile, und Sophie schüttelte entschieden den Kopf, wobei die Locken fast ihr ganzes Gesicht bedeckten.

Nick verzog das Gesicht, schaute zur Kamera und hob eine Augenbraue. Dann wandte er sich wieder Sophie zu. »Ich schätze, jetzt muss ich meinen Vorschlag überdenken, was? Versuchen, das Minimalziel zu erreichen. Wie wär's denn mit Französisch?«

»Ich glaube es nicht!«, rief Sophie verzweifelt aus, schritt zur Tür und ging hinaus. Nach ein paar Sekunden stand sie wieder im Trainingsraum und nahm ihren Platz auf dem Sofa ein. Ihr Gesicht zeigte Entschlossenheit, und sie ließ laut die Atemluft ab.

»Abgestürzt«, sagte Edmond lächelnd und streichelte sanft über Sophies Hand. Sophie zuckte zusammen und sah ihn aus großen Augen an, das Gesicht noch gerötet. Er lächelte sie an, und nach einer Weile seufzte sie und legte ihre Hand auf seine.

Nick tauchte in der Tür auf, schamrot im Gesicht. »Eine saublöde Übung«, knurrte er. »Das würde niemand schaffen. Wirklich, saublöde.«

»Schon mal was von Casanova gehört?«, fragte Christopher.

»Ich glaube, Sophie kann Ihnen sagen, was Sie falsch gemacht haben, Nick«, sagte Kate.

»Klar. Sie ist frigide«, sagte Nick wegwerfend.

»Wie kannst du es wagen?«, rief Sophie wütend, stieß Edmonds Hand weg und sprang auf. »Wie kannst du es wagen? Nicht einmal hast du mich gefragt, was ich denn gern tun würde, du hast mir nicht zugehört, du hast nicht auf meine Einwände reagiert, du hast nicht einmal gefragt, warum ich nein gesagt habe. Und du bist überrascht, dass du nichts erreicht hast? Für jemanden, der intelligent sein will, Nick, kannst du unglaublich dumm sein.«

Nick starrte sie staunend an, als ob sich vor seinen Augen eine Taube in einen Falken verwandelt hätte. »He«, sagte er versöhnlich, »beruhige dich.«

»Danke, Sophie«, sagte Kate und gab ihnen mit einer Geste zu verstehen, sie sollten sich wieder hinsetzen. Es freute Kate, dass Sophie so entschieden aufgetreten war. »Das war eine prägnante Zusammenfassung. Nick, wenn jemand anderer Meinung ist als Sie, hilft es wohl nicht, den eigenen Standpunkt immer wieder vorzubringen. Und es zahlt sich auch selten aus, jemanden zu beleidigen, weil er nicht Ihre

Ansicht teilt. Und wenn ich noch eine Bemerkung auf rein persönlicher Ebene sagen darf – einer Frau vorzuwerfen, sie sei frigide, nur weil sie einen Korb gegeben hat, ist wirklich zum Kotzen.«

Nick presste die Zähne zusammen, dass man es knirschen hörte. Zornig sagte er: »Dann sollen die beiden anderen es mal versuchen. Oder ich probiere es noch einmal – diesmal mit Ihnen, Kate.«

Kate ignorierte Nicks albernes Verhalten. »Edmond, Christopher, sind Sie bereit, es zu versuchen?«

Edmond sah plötzlich unbehaglich aus, aber er sträubte sich nicht. Er stand auf, und dann erhob sich auch Christopher. Sie sagten nichts, als sie das Zimmer verließen.

»Weiß der Himmel, was sich da ergibt«, knurrte Nick schmollend und ließ sich auf seinem Platz nieder. Kate sah ihn stirnrunzelnd an und warf dann einen Blick auf Sophie. Sie saß aufrecht da, die Arme wieder vor der Brust verschränkt, den Blick gespannt auf den Bildschirm gerichtet, was Kate ziemlich erstaunte.

Die beiden Männer füllten den Bildschirm, sie hüstelten verlegen und schauten in die Kamera. Edmond vergewisserte sich, dass die Tür abgeschlossen war, dann kehrte er unsicher in die Mitte des Zimmers zurück und meinte nervös: »Ich kann mir nicht vorstellen, was Kate im Sinn hat. Ich meine, mit uns beiden.«

»Ich habe ein Ziel, Edmond, wenn du nichts dagegen hast«, sagte Christopher mit seiner tiefen Stimme. Er stand sehr ruhig da, die Arme locker an den Seiten. Kate wurde sofort wieder an die vergangene Nacht erinnert.

Edmond schluckte, verschränkte abwehrend die Arme und sagte schließlich: »Also gut, fang an.«

Christophers Hände ballten sich, dann streckte er wieder die Finger aus, als wollte er sich auf diese

Weise entspannen. »Ich möchte es dir mit dem Mund machen«, sagte er mit fester Stimme. »Du wirst überrascht sein, wie gut ich darin bin.«

Nick stieß einen gemurmelten Fluch aus, er riss die Augen auf und starrte in die Kamera.

Sophie biss sich auf die Unterlippe und drückte die verschränkten Arme stärker unter ihre Brüste.

Auf dem Bildschirm sah man immer noch Edmond, der offenbar nicht glauben konnte, was er gehört hatte. Nach einer Weile sagte er: »Bitte?«

»Ich möchte es dir mit dem Mund machen«, erklärte Christopher, die Stimme immer noch klar und fest.

»Ich habe es gleich gewusst«, flüsterte Nick. »Er kam mir sofort seltsam vor. Er ist ein verdammter Schwuler!«

»Ist er nicht«, sagte Kate, die Christopher unbedingt verteidigen wollte.

»Woher weißt du das denn?«, rief Nick aufbrausend.

Es war nicht Kates Plan gewesen, etwas von dem zu erzählen, was gestern abend zwischen ihr und Christopher vorgefallen war, aber sie war wütend auf Nick, und der eine Satz war ihr entschlüpft, bevor sie ihn zurückhalten konnte. »Er war gestern abend bei mir.«

Einen Augenblick lang starrten Nick und Sophie sie an, sprachlos. Dann richteten sie ihre Aufmerksamkeit wieder dem Bildschirm zu.

Christopher richtete das Wort an Edmond. »Willst du es mich versuchen lassen?«

Der arme Edmond, dachte Kate und erinnerte sich an das Profil, das Edmonds Vorgesetzter von ihm angefertigt hatte. Er hasst es, nein zu sagen, er mag nicht unhöflich sein. Und was wird er jetzt tun? fragte sich Kate.

»Ich glaube«, sagte Edmond sehr vorsichtig, »ich würde es lieber nicht tun.«

Christopher nickte. »Ich verstehe deine Antwort«, sagte er. »Aber kannst du mir sagen, warum nicht?«

Edmonds Blick huschte verlegen zur Kamera. »Die Leute ...«, begann er, brach dann ab.

»Es bleibt unser Geheimnis«, sagte Christopher. »Niemand wird es je erfahren. Niemand von uns wird etwas davon erzählen. Das haben wir uns gegenseitig versprochen.«

Edmond tat einen Schritt zurück, als ob er Angst hätte. »Ich ... es würde mir nicht gefallen, das ist alles«, sagte er und wandte den Kopf.

»Hast du es jemals versucht?«, fragte Christopher mit seiner sanften Stimme.

Man konnte sehen, dass Edmond errötete. Die helle Haut seiner Wangen wurde dunkelrot gefärbt. Die Verlegenheit stand ihm gut, sie ließ ihn jünger ausse-hen. Er wirkte so verletzlich. »Nun, ja ... eigentlich nicht. Also, ich meine, das zählt wohl nicht ...« Er zögerte, schaute wieder zur Kamera und sagte dann: »In der Schule, weißt du, war das weit verbreitet, ich meine, in den Schlafräumen und so ...«

»Hat es dir damals gefallen?«, fragte Christopher, als er die Gewissheit hatte, dass Edmond den Satz nicht beenden würde.

»Nun, ja, schon. Aber wir wussten, dass es schlecht war, schlecht und verboten, und wenn man erwischt wurde, drohte einem der Verweis von der Schule, und außerdem war es zu einer Zeit, als ich noch nie etwas mit einem Mädchen hatte, verstehst du?« Edmond bemühte sich verzweifelt um eine plausible Erklärung.

»Ich mache dir einen Vorschlag«, sagte Christopher. Er hatte sich nicht von der Stelle bewegt, als wüsste er, dass Edmond jede Bewegung auf ihn zu als Bedrohung empfinden würde. »Warum lässt du es mich nicht versuchen? Nur ein paar Minuten? Wenn es dir nicht gefällt, höre ich sofort auf, das verspreche ich. Ich will dich nicht verärgern, das kannst du mir glauben.«

Die Falten auf Edmonds Stirn vertieften sich. »Nun ja ...« Man konnte beinahe sehen, wie sich die kleinen Rädchen hinter der Stirn drehten. Schließlich hob er die Hände, spreizte die Finger und lächelte erleichtert; offenbar war ihm die Lösung eingefallen.

»Du kannst es ja versuchen«, sagte er bedächtig, »aber es wird nicht klappen. Ich meine, ich stehe auf Frauen, ich mag Frauen, keine Männer. Ich werde nicht einmal eine Erektion bekommen.«

»Lass das meine Sorge sein«, antwortete Christopher. Seine Stimme klang dunkel und geheimnisvoll. »Setz dich hierhin«, meinte er und wies auf einen Stuhl, der zur Kamera ausgerichtet war. »Mach es dir bequem, und schließe deine Augen.«

Edmond zögerte, hob dann kurz die Schultern und setzte sich auf den Stuhl. Er spreizte die Beine und lehnte sich zurück, die Augen geschlossen. Christopher wandte sich kurz der Kamera zu und bedachte die Zuschauer im anderen Raum mit einem schmelzenden Blick, der Kate erschauern ließ, dann ging er zu Edmond und kniete sich seitlich vor ihm nieder, damit die Kamera einen ungehinderten Blick auf das Geschehen einfangen konnte.

»Oh, verdammt!«, stieß Nick hervor. »Verdammt, er lässt ihn wirklich an sich ran! Mann, ich hätte ihm längst die Zähne eingeschlagen, bevor ich ...«

»Nick«, sagte Sophie mit ihrer leisen Stimme, »halt den Mund und schau zu.«

Kate sah Sophie überrascht an. Ab und zu zeigte die junge Frau eine Entschlossenheit, die man ihr gestern morgen noch nicht zugetraut hätte. Sophies Augen waren auf den Schirm gerichtet. Sie hatte die Schenkel fest zusammengepresst. Christopher kniete vor Edmond. Eine Weile tat er nichts. Dann öffnete er Edmonds Hosengurt, den obersten Knopf, den Reißverschluss. Edmond atmete tief ein und legte den Kopf auf die Rückenlehne des Stuhls. Christopher zog das Polohemd aus Edmonds Hose und legte den flachen Bauch frei, dessen Muskeln aufgeregt zuckten. Er legte seine Finger auf die weiße Haut dicht unterhalb von Edmonds Nabel und ließ sie langsam hinunter gleiten, zum Bund der Unterhose, die er sanft hinunter schob. Er folgte den blonden Haaren bis zu der Stelle, wo sie sich zu einem Busch verdichteten.

Jetzt legte Christopher seine langen Finger auf die Hose und streichelte leicht darüber. Seine Lippen waren geöffnet, und die Zuschauer konnten hören, wie er die Luft zwischen den Zähnen ausstieß.

»Oh«, wimmerte Sophie. Sie hatte sich auf ihrem Platz weiter vorgebeugt, leckte mit der Zungenspitze über die trockenen Lippen und rutschte unruhig hin und her. Kate überlegte, ob sie zu ihr gehen und anbieten sollte, sie zu streicheln, aber sie hielt das noch für zu aggressiv. Nick hatte die Hände vors Gesicht geschlagen, aber die Finger waren gespreizt, so dass er trotzdem alles auf dem Schirm sehen konnte. Wie ein kleiner Junge, der sich vor einem Film fürchtet, dachte Kate. Gleich wird er sich hinterm Sofa verstecken.

Sie hörte einen tiefen Atemzug und schaute wieder rasch zum Bildschirm. Christopher hatte seine Finger unter den Bund der Unterhose gesteckt und sie weiter nach unten gezogen. Die kurzen krausen Haare leuchteten, mittendrin der schlafende Penis.

Edmond hatte die Augen fest geschlossen und die Arme über die Stirn gelegt, als wollte er alles Licht ausschließen. Kate bemerkte, dass er kurz die Hüften bewegte; es mochte eine auffordernde Bewegung sein, sie konnte aber auch der Versuch einer Flucht sein.

Christopher beugte sich vor. Sein Gesicht lag dicht über Edmonds Schoß. Einen Moment lang tat er nichts, atmete nur den männlichen Geruch ein und starrte. Plötzlich erkannte Kate, worauf er starrte: In dem Nest der goldenen Härchen bewegte sich Edmonds langer Penis, er zuckte leicht und wurde dicker.

Sophie hatte beide Hände gegen den Mund gepresst. Die Augen waren vor Staunen weit geöffnet. Sie atmete kurz und hechelnd, als Christopher seine sinnlichen Lippen öffnete und mit der Zungenspitze kurz über die Spitze von Edmonds anschwellendem Penis strich. Edmond stieß ein leichtes Stöhnen aus, und dann ruckte der Phallus plötzlich hoch. Die Eichel verdickte sich und nahm ein wunderbar samtenes Glänzen an, Christopher nahm den Schaft in die Hand, fuhr kosend an ihm entlang und nahm die Spitze in den Mund.

»Ich kann es nicht fassen«, flüsterte Nick und ballte die Hände zu Fäusten. »Ich kann es nicht länger mit ansehen.«

Edmond keuchte, während Christopher seine Hände, Lippen und Zunge einsetzte. Es schien, dass Edmond unter allen Umständen versuchte, sich nicht zu bewegen, aber er verlor den Kampf. Seine Hüften ruckten Christophers Gesicht entgegen und trieben den harten Phallus tief in den Mund. Dabei stöhnte er: »Oh, nein, oh, nein.«

»Schalt den Kasten aus!« forderte Nick plötzlich und wandte den Blick ab. »Schalt ihn aus. Ich will es mir nicht länger ansehen.«

»Ich will es mir ansehen«, sagte Kate mit fester Stimme. »Was ist los mit dir?«

»Es ist entsetzlich«, sagte Nick wütend. »Ich könnte ja noch verstehen, wenn wir dir und Sophie zuschauten, das hätte was, aber sich anzusehen, wie ein Schwuler einen völlig normalen Mann verführt, das ist schon krankhaft.«

»Du irrst dich ganz gewaltig, Nick«, sagte Kate. »Es ist jeder Person selbst überlassen, wie sie ihre Sexualität lebt. Es gibt kein Normal und Unnormal, niemand hat das Recht zu sagen, was richtig und falsch ist. Niemand hat Edmond gezwungen, oder?« Nick schüttelte den Kopf. »Und es scheint ihm Spaß zu machen, oder?«

Nick blickte wieder zum Schirm. Edmond stöhnte jetzt laut, er hatte eine Hand auf Christophers Kopf gelegt, während er immer noch die Hüften rhythmisch hüpfen ließ, und dann hörten sie alle seinen Aufschrei, die Stimme belegt mit Lust: »Verdammt, ich komme . . .«

»Er genießt es«, sagte Kate wieder, und sie spürte, wie es zwischen ihren Schenkeln warm und feucht wurde. Der Anblick der beiden Männer erregte sie.

»Ich möchte dich gern zusammen mit Sophie sehen«, murmelte Nick.

»Träum weiter«, sagte Sophie scharf. »Ich würde mich von Kate ebenso wenig anfassen lassen wie von dir.«

Ist das wirklich so? fragte sich Kate. Es hörte sich wie eine Herausforderung an. Sie sah in Sophies Gesicht, es war gerötet und ein wenig geschwollen, und am Hals erkannte man den rosigen Hauch der Erregung. Sophie fing Kates Blick auf und starrte sie einen Moment lang mit großen Augen an, dann wandte sie sich wieder dem Bildschirm zu.

Kate fuhr sich mit gespreizten Fingern durch die Haare. »Ich glaube«, sagte sie nach einem kurzen

115

Blick auf den Bildschirm, wo sich Edmond und Christopher gerade erhoben, »dass wir uns eine Pause verdient haben.« Ihre Stimme klang unglaublich geschäftsmäßig. »Danach werden wir sehen, ob es noch andere Methoden der Überredung gibt. Christopher hat uns ein überzeugendes Beispiel geliefert. Nick, ist klar geworden, warum er Erfolg hatte und du nicht?«

Nick schüttelte den Kopf. Er schaute zu Sophie, als wollte er sie als Verbündete gegen Kate gewinnen, aber Sophie wich seinem Blick aus. Nick seufzte und sagte dann: »Ja, eine Pause und ein Kaffee.«

Er schlich sich zur Tür wie ein geprügelter Hund.

Siebtes Kapitel

Kate stand nackt vor dem Spiegel in ihrer Suite, betrachtete ihren Körper und dachte an Edmond. Das sanfte Licht der untergehenden Sonne fiel durch die Fenster herein und tauchte ihren wohlgeformten Körper in strahlendes Gold. Draußen hörte sie die ausgelassene Fröhlichkeit ihrer Kursteilnehmer: Edmond hatte hinter dem Hotel ein Croquet-Spielfeld entdeckt und den anderen angeboten, ihnen das Spiel zu erklären. Nick hatte zunächst abgewunken, Croquet war seiner Meinung nach ein Spiel für Schlaffis, aber Christopher hatte ihn lächelnd angesehen und gefragt: »Weißt du nicht, dass es das Lieblingsspiel des Generaldirektors ist? Er hat Croquet für Oxford gespielt.« Daraufhin hatte Nick seine Einwände zurückgezogen.

Die Männer verhielten sich so, als hätte es den Morgen nicht gegeben. Beim Pausenkaffee war Nick schweigsam gewesen, und es hatte eine Zeitlang gedauert, bis er sich gefangen und zu seinem extrovertierten Selbst zurückgefunden hatte.

Edmond und Christopher verhielten sich völlig normal. Christopher schien von irgend etwas beseelt zu sein, aber sein Gesicht verriet nichts. Sophie hatte während des ganzen Nachmittags kaum ein Wort gesagt. Kate hatte das beinahe erwartet und tat Sophies Verhalten mit einem Schulterzucken ab.

Edmond ... der einzige Mann, den sie bisher noch nicht gehabt hatte. Sie dachte an seinen schlanken, durchtrainierten Körper. Beim Abendessen, nahm sie sich vor, würde sie mit ihm flirten, und danach würde sie ihn verführen. Er hatte lange, feingliedrige Finger

117

wie ein Konzertpianist, sie würden geschickt mit und auf ihr spielen.

Wie würde er sie gern gekleidet sehen? Ein junger, wohlerzogener Mann aus einem traditionsbewussten Umfeld. Er würde sie bestimmt gern betont feminin sehen. Kate ging ihre Kleider durch, legte einen spitzenbesetzen Wonderbra und den passenden Slip heraus, zog den BH an und betrachtete sich im Spiegel. Sie fuhr mit den Fingerspitzen über die Zwillingshügel ihrer Brüste. Überlasse das Edmond, dachte sie lächelnd und zog sich das enge Spitzenhöschen an.

Sie nahm ein Seidenkleid aus dem Schrank, eigentlich zu elegant für ein Arbeitsessen, aber es würde dem Zweck dienlich sein. Dazu Sandalen mit hohen Absätzen, die ihre Beine länger scheinen ließen. Die Haare hochgesteckt, nur zwei sanfte Ranken, die bis auf die Schultern fielen. Sie hörte ein leises Klopfen an der Tür. Kate runzelte die Stirn und schaute aus dem Fenster. Die drei Männer vergnügten sich noch beim Croquetspiel. Den Zimmerservice erwartete sie auch nicht. Kate warf sich den Bademantel über, schritt durchs Wohnzimmer und öffnete die Tür.

Sophie stand da, die Hände verschlungen, das Kinn nervös gehoben. »Kann ich hereinkommen?«

»Sophie! Ja, natürlich.« Kate trat beiseite. »Bitte.« Es sah so aus, als hätte Sophie geweint. »Ist etwas nicht in Ordnung? Möchten Sie etwas trinken?«

»Ich will nichts trinken.« Sophie setzte sich in den Sessel, der am nächsten stand, erhob sich aber sofort wieder und ging ans Fenster. Sie blickte hinaus und sah die Männer beim Spiel. Sie wandte sich ab, und ihr Gesicht sah zornig aus. Sie blinzelte ein paarmal, biss sich auf die Unterlippe, und im nächsten Moment kullerten die Tränen über ihre blassen Wangen.

»Sophie«, rief Kate aus, nun echt in Sorge um die

junge Frau. »Was ist geschehen?« Sie lief rasch auf sie zu und legte eine Hand auf Sophies Arm.

Sophie spürte die Berührung und hob abrupt den Arm, um Kates Hand abzustreifen. Kate wich überrascht zurück. Sophie starrte sie mit ihren großen dunklen Augen an. Die Tränen flossen immer noch. »Berühren Sie mich nicht!«, rief Sophie schluchzend. »Tun Sie nicht so, als wäre Ihnen an mir gelegen!« Sie tat einen tiefen Atemzug und fuhr sich mit beiden Händen durch das Gesicht. »Ich habe genug von diesem Kurs«, sagte sie, als sie sich ein wenig gefangen hatte. »Ich habe schon gepackt. Ich fahre heute abend noch nach Hause.«

Damit hatte Kate nicht gerechnet. Sie spürte ein flaues Gefühl im Magen, das man angesichts einer drohenden Niederlage empfindet. »Sophie«, sagte sie leise, »ich verstehe nicht . . .«

»Es ist alles ganz einfach«, sagte Sophie und warf trotzig den Kopf in den Nacken. »Ich gehe. Sie brauchen mich hier doch nicht, Sie sind nur an den Männern interessiert. Ich stehe Ihnen nur im Weg. Ohne mich werden Sie noch eine Menge mehr Spaß haben können.«

Kates Gewissen meldete sich. Ja, sie sollte Schuldgefühle haben, was Sophie anging. »Nein«, sagte sie nach einem Augenblick des Nachdenkens, »nein, Sophie, das stimmt nicht.«

»Ich gehe«, wiederholte Sophie starrköpfig. Sie sah Kate zornerfüllt an, die Stirn gefurcht, dann wandte sie sich zur Tür. »Ich weiß gar nicht, warum ich überhaupt gekommen bin, um Ihnen das zu sagen. Ich hätte mir denken können, dass Sie Ihre schrecklichen Überredungstricks an mir ausprobieren wollen. Aber ich gehe trotzdem, und Sie können zum . . . zum Teufel gehen!«

»Sophie.« Kate fasste wieder an Sophies Arm und hielt sie zurück. Sophie riss sich los und funkelte sie wütend an. »Sophie, ich verstehe Ihre Entscheidung nicht. Sie haben in den beiden Tagen sehr zum Gelingen des Kurses beigetragen, und heute morgen hatte ich das Gefühl, dass es Ihnen Spaß macht. Habe ich mich geirrt? Warum wollen Sie gehen?«

Einen Moment lang schwankte Sophie noch, aber dann spannten sich ihre Lippen, und sie schien eine Entscheidung getroffen zu haben.

»Sie wollen es wirklich wissen?«, fragte sie. »Also gut, ich werde es Ihnen sagen.« Sie zog ihr Handgelenk von Kates Hand weg, verschränkte die Arme unter der Brust und trat ans Fenster. »Ich habe einige Beziehungen gehabt«, sagte sie und schaute hinaus in den lieblichen Sommerabend. »Drei Beziehungen mit Männern, seit ich die Schule verlassen habe. Mit einem war ich sogar verlobt.«

Ihre Stimme klang voller Bitterkeit. »Zuerst geben sie sich Mühe, aber dann sind sie doch alle gleich. Jeder von ihnen wollte, dass ich mich nach ihm richte, dass ich so werde, wie er mich haben wollte. Keiner von ihnen wollte mich so nehmen, wie ich bin. Sie haben mich manipuliert und mich ummodeln wollen.«

Sie atmete tief ein. Kate sagte nichts, sie ging alle Argumente durch, die geeignet sein könnten, Sophie zu einer anderen Entscheidung zu bringen. Es würde auffallen, wenn Sophie früher in ihr Büro zurückkehrte, und wahrscheinlich würde sie den Mund nicht halten können.

»Im Büro ist es nicht anders«, fuhr Sophie fort. »Ich muss die Arbeit tun, die ein Mann mir auf den Schreibtisch legt. Und wenn ich Vorschläge ausarbeite, wie man schneller und günstiger ein Ziel erreicht, dann geben sie meine Ideen als ihre eigenen aus. Ich habe doppelt so viel Grips wie sie, aber das wird nie jemand erfahren, weil sie sich mit meinen Federn schmücken.«

»Ihr Vorgesetzter bewundert Sie«, sagte Kate. »Aber er beklagt, dass Sie nie eine Meinung äußern. Er sagt, wenn er Sie nicht anspricht, geben Sie gar nichts von sich.«

»Ach! Das sagt er?« Sophie schüttelte den Kopf, dass ihre gelockten Haaren flogen. »Bastard! Er ist der schlimmste Dieb meiner Ideen. Er lässt mich die Recherchen betreiben, den Bericht schreiben – und er unterschreibt das Deckblatt. Was für ein Bastard!«

Sie fuhr herum, wandte sich Kate direkt zu. »Ich habe mir viel von diesem Kurs versprochen«, sagte sie. »Ich kann Ihnen gar nicht sagen, was ich mir alles erhofft habe. Eine Freundin von mir war auf einem Kurs von Ihnen, und sie sagt, es sei hervorragend gewesen. Sie meinte, es sei genau das, was ich brauchte. Sie ist eine Frau, habe ich gedacht, sie wird mich verstehen und kann mir helfen.«

Sie hob den Blick und sah Kate kurz an, dann schüttelte sie wieder den Kopf, aber jetzt als Ausdruck ihrer Resignation.

»Und dann, als wir uns das erste Mal trafen und Nick sich gleich so rüde verhielt, haben Sie ganz gelassen und kühl reagiert. Ich habe Sie bewundert, wie leicht Sie mit ihm fertig geworden sind. Ich würde alles geben, wenn ich so sein könnte wie Sie.«

Sophies Augen strahlten, es war, als ob ihr Zorn Funken sprühen ließ. »Aber jetzt«, platzte es aus ihr heraus, »jetzt weiß ich, wie Sie es anstellen. Sie agieren wie ein Mann. Ja, das sind Sie, so herrschsüchtig und ausbeuterisch wie ein Mann. Sie verfolgen Ihr Ziel ohne Rücksicht auf irgendeinen oder irgendwas.«

Kate war entsetzt. Entsetzt und beunruhigt. Sophies

Anschuldigungen trafen ins Mark, sie konnte sie nicht einfach ignorieren. »Sophie«, sagte sie ernst, »bitte, sagen Sie mir, was Sie zu diesem Urteil gebracht hat.«

»Das war Ihr Verhalten heute morgen«, sagte Sophie. Sie zitterte und schlang die Arme um sich. »Ich glaube, gestern war ich so überrascht, weil ich nicht wusste, was ich zu erwarten hatte, und außerdem haben wir ja nur geredet. Aber heute ... Sie haben mich Nick angeboten! Sie haben mich ihm wie eine Hure angeboten!«

Kate schüttelte den Kopf, aber sie wusste, dass Leugnen alles noch viel schlimmer machen würde. »Es tut mir leid, dass Sie das so empfunden haben«, sagte sie leise.

»Ja, ich habe es so empfunden. Sie haben mich mit ihm in das andere Zimmer geschickt, und Sie haben genau gewusst, dass er mich besitzen wollte. Und wenn ich nicht so starrköpfig gewesen wäre, hätte ich vielleicht sogar Sex mit ihm gehabt – obwohl ich es nicht will!«

»Was hätte ich sonst tun sollen?«, fragte Kate.

»Sie hätten mich fragen können. Sie hätten mich vorher fragen können, was ich will. Sie haben mich nicht gefragt, ob ich einen anderen lieber hätte. Wenn es Ihnen nur darum ging, auf dem verdammten Bildschirm zwei Leuten beim Sex zuzusehen, hätten Sie mich mit Edmond gehen lassen sollen. Er hätte mich wenigstens nett gebeten.«

In ihrem Zorn ballte sie die Fäuste. »Es war schrecklich. Es war unentschuldbar, dass Sie mich vorher nicht gefragt haben. Es war gemein und boshaft, und ich habe die Situation gehasst.«

Kate atmete tief ein. Sie wusste, dass Ausflüchte nicht halfen. »Sophie, es tut mir leid. Ich entschuldige mich, wenn ich Sie beleidigt habe.«

Sophie sah sie argwöhnisch an. Ihr Gesicht war gerötet von Zorn und Erregung, und der dunkle Schimmer ließ sie noch attraktiver aussehen. Kate leckte sich die Lippen und sagte leise: »Darf ich erklären, was geschehen ist?«

»Wenn es sein muss«, sagte Sophie kühl.

»Gestern abend«, sagte Kate, »kam Christopher zu mir und sagte, er wollte abreisen.«

Sophie fuhr herum. »Christopher?« fragte sie ungläubig. »Aber heute war er ...«

»Gestern abend war er sehr unglücklich über den Verlauf des ersten Tages«, sagte Kate. »Er fürchtete, ich würde das sexuelle Thema fortsetzen, und dann würde irgendwann herauskommen, dass er Männer ebenso liebt wie Frauen. Er hatte Angst vor Nicks Reaktion. Ich habe ihm meine Hilfe angeboten. Deshalb habe ich Sie und Nick heute morgen in eine Gruppe gesteckt – denn Christopher wollte es mit Edmond versuchen. Wobei es nicht um den Akt selbst ging – es sollte nur bewiesen werden, was man mit überzeugenden Argumenten erreichen kann. Es tut mir leid, Sophie, dass Sie das Erlebnis mit Nick so entsetzt hat. Ich habe diese Wirkung auf Sie nicht bedacht.«

»Ich meine«, sagte Sophie, schon ein wenig ruhiger geworden, »ich meine, wenn Sie mich mit Christopher zusammen eingeteilt hätten, wäre es okay gewesen. Er ist furchtbar groß, aber er ist so ein besonnener Mann. Ich glaube, dann hätte es mir nicht so viel ausgemacht. Aber Nick! Er ist so egozentrisch, dass es wehtut.«

»Ich glaube, sein Selbstbewusstsein hat heute gelitten«, sagte Kate lächelnd.

Auch Sophie lächelte. »Ja, das stimmt. Wissen Sie, was ich glaube? Das Geschehen zwischen Christopher und Edmond hat ihn wirklich heiß gemacht. Ich habe gesehen, dass er ... also, seine Hose spannte sich ganz schön.«

Kate nickte. »Sophie, Sie beobachten sehr gut, Sie sind intelligent. Sie könnten eine Menge von diesem Kurs profitieren. Die Themen der ersten zwei Tage waren für Sie nichts Neues, Sie verstehen es meisterhaft, Brücken zu schlagen. Ich habe selten jemanden gesehen, der im ersten Versuch so souverän war wie Sie, und ich bin sicher, dass jemand mit Ihrer Intelligenz auch mit einfachen Mitteln überzeugen kann. Aber um dahin zu gelangen, müssen Sie die Leute dazu bewegen, Ihnen zuzuhören, und das lernen Sie morgen. Dann beschäftigen wir uns damit, das zu erreichen, was wir uns vorgenommen haben – oder besser noch: was uns zusteht. Es geht um die Einordnung des eigenen Selbstbewusstseins. Sophie, was kann ich tun, um Sie zu überreden, bei uns zu bleiben?«

Sophie nahm einen tiefen Atemzug und schaute Kate nachdenklich an. »Ich weiß nicht«, sagte sie bedächtig. »Um was geht es genau?«

»Zum Thema Selbstbewusstsein gehört, das zu sagen, was man erreichen will. Es geht nicht um Aggression oder Wut, sondern darum, seine eigenen Rechte einzubringen und sie durchzusetzen.«

»Meine eigenen Rechte einzubringen und durchzusetzen?«, wiederholte Sophie, und ihre Augen weiteten sich.

»Ja, es geht um Ihre Rechte«, bestätigte Kate. »Sie könnten also sagen: Ich habe ebenso ein Recht wie Sie auf sexuelle Befriedigung. Ich will einen Orgasmus haben.« Sie bemerkte, wie sich Sophies Gesicht veränderte, es wurde weicher, und eine sanfte Röte stieg in ihre blassen Wangen. »Dann weiß jeder um Ihre Position. Man kann diese Offenheit durchaus einsetzen, um das Verhalten von Menschen zu verändern.«

»Das glaube ich nicht.«

»Doch, es funktioniert, wenn Sie wissen, wie Sie Ihre Rechte vortragen. Zuerst streuen Sie ein paar positive Dinge aus, dann sagen Sie offen, was Ihnen an den Kollegen nicht gefällt, und zuletzt sagen Sie, was sie tun sollen, was Sie von ihnen erwarten. Ich will Ihnen ein Beispiel geben. Ich könnte zu Ihnen sagen: Sophie, mir gefällt es, wie Sie auf sexuelle Einflüsse reagieren, ich halte Sie für eine sehr sinnliche Frau. Aber mir gefällt nicht, dass Sie sich an den Aktivitäten nicht beteiligen. Ich möchte von Ihnen hören, warum das so ist.«

Sophie blickte Kate in die Augen. »Ist das nur ein Beispiel, oder möchten Sie wirklich eine Antwort hören?«

»Ich möchte gern eine Antwort hören.«

Sophie zitterte. Sie ging ein wenig näher an Kate heran und leckte sich nervös die Lippen. »Wissen Sie«, sagte sie zögernd, »am liebsten würde ich gar nicht über Sex sprechen, ich möchte nicht einmal daran denken, und vom Tun bin ich weit, weit entfernt. Ich hatte immer gehofft, dass es mir Spaß bringen würde, aber mit jedem Mann ist es bisher eine Enttäuschung gewesen. Als Nick mich fragte, ob Fallschirmspringen besser als Sex sei, hätte ich beinahe mit ja geantwortet. Was mich angeht, ist es viel, viel besser. Einen Orgasmus bekomme ich nur, wenn ich mich selbst streichele – und das habe ich heute das erste Mal seit Jahren wieder getan. Aber ich habe Orgasmen – ich bin nicht frigide!«

»Ich habe den Eindruck, Sie sind das Gegenteil von frigide«, sagte Kate. »Ich habe Ihnen heute zugeschaut, wie Sie zum Orgasmus gekommen sind. Als

Nick Ihnen diesen schrecklichen Vorwurf machte, hätte ich ihm am liebsten den Kopf abgerissen.«

»Nun ja«, fuhr Sophie fort, »da es mit Männern immer so enttäuschend war, habe ich für mich beschlossen, damit aufzuhören. Nicht nur mit Männern, sondern mit Sex überhaupt. Ich hatte mir vorgenommen, Sex zu vergessen.«

»Sophie«, sagte Kate mit heiserer Stimme, »das ist ja entsetzlich.«

»Es war meine Entscheidung«, sagte Sophie. »Ich mag keine halben Sachen.«

Kate nickte langsam. Sie begriff, dass Sophie nicht nur gegen sie kämpfte, sondern auch gegen sich selbst.

»Aber mit diesem Kurs«, fuhr Sophie fort, »haben Sie mich natürlich zum Nachdenken gebracht. Bisher habe ich über meine Entscheidung nie nachgedacht. Ich muss gestehen, dass es unglaublich erregend ist, über Sex zu sprechen, aber ich weiß auch, dass es bedrohlich für mich ist. Ich beneide Sie, Kate, wirklich. Sie holen sich, was Sie wollen, und Sie genießen es. Sie behalten bis zuletzt die Kontrolle. So etwas wird mir nie gelingen.«

»Es gibt Menschen, denen das leichter fällt als anderen«, sagte Kate, »aber glauben Sie, Sophie, wenn es Ihnen gelingt, klar auszudrücken, was Sie wollen, was Sie für sich beanspruchen, dann werden Sie Ihr Ziel eher erreichen als einer wie Nick, der sich in Aggressionen flüchtet. Sie haben das Geschick, jetzt müssen Sie nur noch lernen, sich zu behaupten, Ihr Selbstbewusstsein zu entwickeln.«

Sophie sah sie lange an, ohne etwas zu sagen. Ihre dunklen Augen waren weit aufgerissen, die Lippen leicht geöffnet. Schließlich sagte sie: »Kate, belügen Sie mich nicht. Möchten Sie wirklich, dass ich bleibe?«

»Ja.« Es stimmte. Kate empfand eine Welle des Mitgefühls und der Freundschaft zu Sophie. Sie hatte Mitleid mit einem Menschen, der sich aus Enttäuschung völlig des Sex enthalten hatte. »Ja, mir ist sehr daran gelegen, dass Sie bleiben. Ich möchte Ihnen beibringen, wie Sie selbstbewusst werden. Morgen sollen Sie sich durchsetzen.«

»Wenn Sie es sagen, hört es sich ganz leicht an«, sagte Sophie leise. »Wenn ich so etwas sage, nimmt man mich nicht ernst.«

»Das liegt an der Erziehung«, erklärte Kate. »Unsere Kultur hat das jahrhundertelang vorgeschrieben. Frauen haben Männer zu unterstützen und sich zurückzuhalten, und es war unerhört, wenn sich Frauen etwas zutrauen und kühn sagen, was sie wollen. Aber Sie werden erfahren, Sophie, dass es Ihnen sehr helfen wird.«

»Und ich kann tatsächlich lernen, mich durchzusetzen? Auch auf sexuellem Gebiet?« Sophie schaute Kate mit großen Augen an.

»Ja«, sagte Kate. »Was haben Sie schon zu verlieren? Der Kurs unterliegt strikter Vertraulichkeit. Wenn Sie morgen zurück in Ihrem Büro sind, wird jeder wissen, dass Sie aufgegeben haben.«

Sophie sah sie stirnrunzelnd an. Dieses Argument hatte sie überzeugt. »Also gut«, sagte sie. »Ich bleibe.«

»Oh, das freut mich wirklich.« Kate trat vor, nahm Sophies Hände in ihre und drückte sie. »Ich weiß, Sie werden es nicht bereuen.« Sie lächelte Sophie an. »Morgen wird es anstrengend werden. Sollen wir uns schon ein wenig darauf vorbereiten?«

Sophie nickte eifrig. »Ja, sehr gern. Ich möchte alles lernen, was es zu lernen gibt.«

»Gut. Nehmen wir uns erst einen Drink. Was möchten Sie trinken?« Kate ging zur Minibar und öffnete die Tür. »Ich habe eine Flasche Champagner hier. Was halten Sie davon?«

»Champagner?« fragte Sophie verblüfft. »Wozu denn das?«

»Champagner fördert das Zutrauen in die eigene Kraft«, behauptete Kate.

Sophie zuckte die Achseln. Kate fand zwei geeignete Gläser und schenkte die perlende Flüssigkeit ein, nachdem sie den Kampf mit dem Korken gewonnen hatte. Sie reichte Sophie ein Glas. »Auf Ihre Gesundheit.«

»Auf Ihre.« Sophie nahm einen Schluck und kicherte, als die Bläschen auf ihrer Nase tanzten.

Kate setzte sich aufs Sofa. »Denken wir darüber nach, welches Ziel Sie sich für morgen vornehmen. Wichtig ist nämlich das richtige Planen.«

»Ein sexuelles Ziel?«, fragte Sophie und sah verkrampft aus.

»Ja.«

Sophie schüttelte den Kopf. »Das kann ich nicht. Ich habe Ihnen doch gesagt, dass ich nicht an Sex denke. Ich kenne das ganze Vokabular nicht, ich habe keine angenehmen Erinnerungen, auf die ich zurückgreifen könnte.«

»Sophie«, fragte Kate, die Stimme voller Mitgefühl, »wollen Sie damit sagen, dass es nichts gibt, was Sie sexuell erregen kann? Dass Sie sich an nichts erinnern, was Sie heiß gemacht hat? Vielleicht ein Bild? Haben Sie denn auch keine sexuellen Phantasien?«

»Nun, ich hatte keine.« Sophie nippte am Champagner. Dann stellte sie das Glas ab und schaute Kate in die Augen. »Aber gestern und heute«, flüsterte sie, »bin ich erregt gewesen. Sonst ... nein, ich stelle mir nichts vor. Ich hätte auch nie gedacht, dass ich mich streicheln kann, wenn andere im Zimmer sind, aber heute habe ich das getan, und es war mir egal, dass Nick und Sie mich beobachten konnten. Ich musste mich einfach streicheln.«

»Was war es, das Sie so erregt hat?«

Sophie schluckte. »Das waren Edmond und Christopher«, sagte sie leise. »Ich hätte es nie für möglich gehalten ... ich wusste gar nicht ... hat Christopher wirklich gestern abend mit Ihnen geschlafen, oder haben Sie das nur gesagt, um Nick zum Schweigen zu bringen?«

»Nein, wir haben zusammen geschlafen«, bestätigte Kate. Sie erinnerte sich an Christophers ungestüme Kraft und erschauerte. »Er war sehr rau.«

»Und heute hat er Edmond überreden können. Er ist ein komplizierter Mensch. Ich finde ihn wunderbar, aber er jagt mir auch Angst ein. Als ich sah, wie ... wie er Edmonds Penis berührte, wie er ihn in den Mund genommen hat ... also, solche Gefühle habe ich noch nie erlebt. Ich war in meinem ganzen Leben noch nicht so erregt. Deshalb musste ich mich anfassen, mich streicheln.« Sophie erhitztes Gesicht war wieder von einer bezaubernden Röte überzogen. Sie zitterte leicht und sagte kaum hörbar: »Ich muss ziemlich wirr im Kopf sein.«

»Wirr? Sie sind nicht wirr, sondern nur tolerant«, sagte Kate mit einem Lächeln. Sie schenkte Champagner nach und sah, wie Sophie wieder nach ihrem Glas griff und einen tiefen Schluck nahm. »Hören Sie, Sophie, wir brauchen keine Wiederholung des Geschehens von gestern oder heute, daraus würden wir nichts Neues lernen. Ich möchte Ihnen gern ein paar weitere Ideen nahebringen. Wollen Sie?«

Sophies Augen wurden größer und größer. »Was sind das für Ideen?«, fragte sie unsicher.

»Ich habe so etwas wie eine erotische Bibliothek

mitgebracht«, sagte Kate lächelnd. »Ich habe sie im Schlafzimmer. Wollen Sie mal sehen?« Sie stand auf und streckte ihre Hand aus, und nach einem kurzen Zögern erhob sich auch Sophie.

Sie gingen zusammen ins Schlafzimmer. Sophie sah das breite Bett mit den vier hohen Pfosten. »Oh, was für ein schönes Bett!«, rief sie. »Und was für ein schönes Zimmer!« Sie sah sich um wie ein Kind in einem Spielwarenladen. Dann verdunkelte sich ihr Blick. »War Christopher hier bei Ihnen?«, fragte sie leise.

»Er hat mich hineingezerrt«, sagte Kate und beobachtete Sophies Gesichtsausdruck.

»Er hat Sie gezerrt?«

»Ja, ich habe mich gewehrt.«

»Aber dazu ist er doch viel zu kräftig.«

»Ja, das ist er, ich hatte keine Chance. Deshalb hat es mich erregt, mich gegen ihn zur Wehr zu setzen.« Kate wurde heiß bei der Erinnerung. Sie öffnete ihren Bademantel und ließ ihn über die Schultern rutschen. Sie stand in Höschen und BH da. »Er hat mich gefesselt«, sagte sie, stellte sich vor den Bettpfosten und hob die Arme, um Sophie zu zeigen, in welcher Position Christopher sie festgebunden hatte. »Zuerst hier, und dann hat er meine kleine Schatztruhe durchwühlt. Dann musste ich mich aufs Bett knien, und er hat meine Hände wieder an diesen Bettpfosten dort gebunden, ehe er mich von hinten genommen hat.«

»Von hinten«, wiederholte Sophie.

»In die hintere Öffnung«, stellte Kate klar.

Sophie bedeckte den Mund mit beiden Händen und stieß keuchend hervor: »Aber er ist so gewaltig! Hat es nicht wehgetan?«

»Das habe ich auch befürchtet«, antwortete Kate. »Aber es war wundervoll.« Sie bot Sophie einen Platz auf dem Bett an und stellte den kleinen Koffer neben sie, damit sie gemeinsam den Inhalt betrachten konnten.

Sophie schaute in den Koffer, nachdem Kate den Deckel geöffnet hatte, und sog tief den Atem ein. Nach einer Weile griff sie hinein und holte ein ledernes Bekleidungsstück heraus. Sie hielt es zwischen Daumen und Zeigefinger. »Was ist das?«, fragte sie und kicherte.

»Oh, das ist großartig«, sagte Kate. Sie nahm das Stück in die Hand und zeigte Sophie, wie man es trug. »Es ist ein viktorianisches Korsett. Es hebt die Brüste so hoch, als würden sie auf einem Teller präsentiert, und es lässt die Nippel frei. Es schnürt die Hüften zusammen, und es ist nichts da, was einen zwischen den Beinen stören könnte. Ich liebe es.«

Sophie sah entsetzt und fasziniert zugleich aus. »Könnte ich es tragen?«, fragte sie gebannt. »Passt es mir?«

»Sie sind schlanker als ich«, stellte Kate fest. »Man schnürt es auf dem Rücken. Ja, sicher passt es Ihnen. Wollen Sie es anprobieren?«

»Nein . . .« Sophie wandte den Kopf. Kate legte das Korsett aufs Bett, während Sophie mit einer Hand wieder in den Koffer griff. Diesmal fischte sie den glänzenden Holzphallus heraus, mit dem Kate sich am Abend ihrer Ankunft vergnügt hatte. »Oh, schauen Sie nur, wie dick er ist!«

Sophie saß einen Moment schweigend da. Kaum merklich presste sie ihre kleinen Brüste mit den Armen zusammen. Die erigierten Warzen drückten sich gegen die leichte Baumwollbluse. Sie hielt den Phallus in der Hand und drückte ihn sanft in das Tal ihrer Brüste. Sie hatte den Mund leicht geöffnet und atmete schwer. Mit der aufkommenden Erregung veränderte sich auch wieder ihre Gesichtsfarbe.

Sie sah so zerbrechlich und verletzlich aus, dass Kate sie am liebsten in den Arm genommen hätte. Es wäre leicht gewesen, sie jetzt zu verführen. Wenn Kate sich über sie gebeugt und sie geküsst hätte, wäre Sophie nicht imstande gewesen, sich zu sträuben. Aber das war nicht Kates Plan. Sophie sollte bekommen, was sie haben wollte. Vielleicht wollte sie keine andere Frau lieben. Nun, dachte Kate, ich werde es herausfinden.

Sophie schaute plötzlich Kate an. Außer Atem sagte sie: »Es ist schrecklich warm hier im Zimmer.«

»Das ist die Nachmittagssonne«, meinte Kate. Sie stand auf, um die Vorhänge zuzuziehen. Draußen waren die Männer noch beim Croquetspiel. Nick regte sich auf und beschimpfte die anderen. Christopher und Edmond standen da, sahen sich schulterzuckend an und schüttelten den Kopf. Kate lächelte und zog die Vorhänge zu.

Als sie sich umwandte, hatte Sophie Bluse und Hose ausgezogen und saß in der Unterwäsche auf dem Bett. Sie trug einen normalen Büstenhalter und ein Baumwollhöschen. Sie war ans Kopfende gerutscht und hatte sich ein Kissen in den Rücken geschoben. Ihre schlanke Figur war so zart, dass sie als Lolita hätte posieren können. Sie wiegte den hölzernen Phallus immer noch zwischen den Brüsten und bewegte ihn leicht über ihre seidige Haut.

»Ich habe auch ein paar Bücher mitgebracht«, sagte Kate und ließ sich neben Sophie nieder. Sie griff in den Koffer und holte einen Großband hervor. »Dies hier gefällt mit besonders«, sagte sie und zeigte ihn Sophie. »Mein Freund hat ihn mir vor ein paar Jahren mitgebracht. Mir gefallen fast alle Bilder. Sollen wir sie uns gemeinsam anschauen? Vielleicht bringen uns die Bilder auf die eine oder andere Idee.«

Sophie nickte. »Ja, gern.« Sie blickte an sich hinab und hielt die Luft an, als wäre sie überrascht, den dicken Holzschaft immer noch im Tal ihrer Brüste zu sehen. Hastig legte sie den Phallus beiseite und rutschte näher an Kate heran, die das Buch auf ihrem Schoß liegen hatte und jetzt aufschlug.

Bei den ersten Bildern handelte es sich um Zeichnungen aus dem neunzehnten Jahrhundert. Sie zeigten Paare bei der Paarung, künstlerisch auf hohem Niveau, aber auch mit einer Liebe zum Detail. Auf jedem Bild war die Penetration deutlich zu sehen, ein dicker, langer Penis, der in einen feuchten Tunnel einfuhr.

Sophie schüttelte sich und blätterte rasch weiter, immer schneller, als ob die Darstellungen des Liebesaktes sie verstörten.

Dann folgten Wasserfarbenzeichnungen eines drallen, hübschen Mädchens, das einen kräftigen jungen Mann mit Händen und Lippen bediente. Es waren sehr schöne, kolorierte Zeichnungen im impressionistischen Stil, und man musste genau hinschauen, um die feinen Details zu erkennen; die eine Hand des Mädchens, die ihre Finger um den Schaft des Mannes gelegt hatte, wobei der Schaft so dick war, dass sie die Finger nicht schließen konnte, und gut gelungen war auch der selige Ausdruck des Mannes, der die Augen verdrehte und zum Himmel blickte.

»Gefallen Ihnen die Bilder?«, fragte Kate leise.

Sophie schaute sie flüchtig an. »Einer meiner Freunde besaß ein Buch mit pornographischen Bildern«, sagte sie, »und er hat mich mehr oder weniger gezwungen, sie mir anzuschauen. Aber sie waren sehr derb, und ich fand sie entsetzlich. Diese Bilder hier finde ich sehr schön, auch wenn ich mich erst daran gewöhnen muss, dass sie so explizit sind.«

Wieder eine neue Seite, ein rasches Umblättern. Dann ein blondes Mädchen, nackt, die langen Haare fast bis zum Po. Sie wehrt sich gegen einen vollständig bekleideten Mann, der zwischen ihren gespreizten Schenkeln steht und versucht, in sie einzudringen.

Das Bild zweier Frauen; Haare und Kleider deuten auf die Zwanziger Jahre hin. Eine junge Frau liegt auf dem Bett, nackt, die Schenkel schamlos gespreizt, die feingliedrigen Finger an ihren Nippeln.

Die andere Frau kniet über ihr, sie hat den Rock gehoben, um dem Betrachter den ungestörten Blick auf den runden Hintern zu ermöglichen. Ihre Hände ruhen hoch auf den Schenkeln der liegenden Frau, sie umrahmen die zarten Lippen ihres Geschlechts, auf das auch der Blick der Frau gerichtet ist, lüstern und dunkel, die Zungenspitze zwischen den leicht geöffneten Lippen.

Sophie lehnte sich gegen Kate und schaute sich das Bild lange an. Sie sagte nichts, aber Kate spürte, wie der zierliche Körper leicht bebte. Kate schaute in Sophies Gesicht und sah dort sehnsüchtiges Verlangen.

Wieder ein paar umgeblätterte Seiten, dann ein weiteres Bild, das Sophie sich genauer ansah. Drei Frauen, nackt bis auf ihren Schmuck und den Lippenstift. Eine Frau kniet breit über dem Gesicht der anderen, deren forschende Zunge zu erkennen ist, und eine dritte Frau steht zwischen den Schenkeln der liegenden Freundin, einen Dildo umgeschnallt, dessen Spitze schon zwischen den Labien verschwunden ist. Der Rest wird folgen.

Es folgte noch eine Reihe von phantasiereichen Kompositionen, und Sophie überblätterte fast alle Szenen, in denen der Mann zu dominieren schien. Dann blieb ihr Blick wieder länger an einem Bild haften.

Ein wunderschönes Mädchen liegt auf einem Bett, den Kopf zurückgeworfen, die langen Haare reichen bis auf den Boden. Sie scheint vor Lust dahinzuschmelzen. Über ihr kniet ein anderes Mädchen, sie schmiegt sich an den Körper und leckt mit der Zungenspitze die kleine erigierte Kuppe der Brust, während sie mit einer Hand über das Geschlecht des liegenden Mädchens streicht und eine Fingerspitze auf den deutlich sichtbaren Knopf der Klitoris legt.

Der Künstler hat den Augenblick der Ekstase des Mädchens festgehalten, diese köstliche Sekunde, in der sie bewegungslos daliegt, weil der Orgasmus sie im nächsten Moment herumwirbeln wird.

Sophie lehnte sich zurück in Kates Arme, schloss die Augen und wurde von einem tiefen Seufzer durchgerüttelt. Einen Moment lang bewegte sich Kate nicht, sie saß still da, ihre Arme um Sophie gelegt, die wie ein Kind in ihrem Schoß saß. Dann raunte Kate leise: »Sophie, du musst mir sagen, was du möchtest.«

Sophie schlug die Augen auf, wandte den Kopf und sah zu Kate hoch. Ihre Lippen zitterten. Unter dem dünnen Gewebe ihres Büstenhalters waren die harten Nippel zu sehen, sie stießen gegen den Stoff und schrien danach, berührt zu werden. Eine Weile schien Sophie nicht in der Lage zu sein, etwas zu sagen. Sie schluckte ein paarmal, und dann kam es laut über ihre Lippen. »Kate, ich möchte Liebe mit dir machen.«

Kate beugte sich über sie und drückte ihre Lippen auf Sophies bebenden Mund. Die Berührung dauerte nur ein paar Sekunden, sie brachen gleichzeitig den Kuss ab, dann bewegten sich die Münder wieder aufeinander zu.

Sophies Körper entspannte sich, sie ließ den Kopf weit in den Nacken fallen und gab sich ganz Kates geschickten Liebkosungen hin.

Kate fuhr mit der Zunge sanft über Sophies Lippen und spürte ihre Wärme und Feuchtigkeit, labte sich an der köstlichen Fülle. Sophie gab ein leichtes Stöhnen von sich und öffnete den Mund weiter, und Kate drückte die Lippen hart auf den Mund und stieß die Zunge tief hinein. Ihre Zungen trafen sich, und die ganze Zeit stieß Sophie kleine zitternde Schreie aus. Oh, was für Küsse, was für süße Küsse.

Die Bilder hatten Kates Säfte fließen lassen, und sie war schon nass zwischen den Beinen, aber Sophie zu küssen, die Zunge zwischen die zitternden Lippen zu stoßen, erfüllte Kate mit einer kaum zuvor empfundenen Zärtlichkeit, einem Verlangen, Lust zu geben, was noch schöner war, als Lust zu empfangen.

Langsam bewegten sich Kates Hände auf Sophies Körper zu, sie streichelte sanft über den flachen Bauch, spürte die Rippen unter der zarten Haut und dann die kleinen Schwellungen ihrer Brüste, die noch von dünner Baumwolle umgeben waren, aber gespannt vor Sehnsucht.

Kate glitt mit einer Hand auf Sophies schmalen Rücken und tastete nach dem BH-Verschluss, sie öffnete ihn mit dem Geschick einer Frau. Sophie schüttelte sich, als die Bänder von den Schultern und die Arme hinab rutschten und die Körbchen ihre schmerzenden, geschwollenen Brüste mit den steifen Warzen freigaben.

Kate löste sich für einen Moment von Sophies Mund und flüsterte: »Deine Brüste sind wunderschön, Sophie, so wunderschön.«

Dann küsste sie sie wieder und streichelte mit den Händen über Sophies Arme, hinauf zu den schmalen Schultern und hinunter zur sanften Schwellung der kleinen runden Brüste. Kate nahm sie in die Hände, fing die Nippel mit Daumen und Zeigefinger ein und drückte sie behutsam. Die kleinen Spitzen wurden länger und härter unter Kates Berührungen, und Sophie wölbte schnurrend den Rücken und drückte ihre Hüfte gegen Kates weichen Leib.

Kate war es, als wäre sie Sophie. Sie konnte die Lust der Freundin spüren, die Lust, die sich von den Brüsten zum Schoß ergoss, als sie Sophies erigierte Nippel drückte und rieb und koste, und sie fühlte mit ihr die Gier, die Sophie wimmern und stöhnen ließ.

»Sophie, süße Sophie, sage mir, was du haben willst, sage mir, was ich tun soll.«

Sophies ganzer Körper war in Bewegung, sie lag immer noch eng an Kate geschmiegt, hatte die Augen geschlossen und öffnete sie auch nicht, als sie leise sagte: »Berühre mich, Kate, berühre mich überall.«

Kate nahm eine Hand von Sophies Brüsten und glitt mit gespreizten Fingern die sanften Kurven von Sophies blassem Körper entlang, an der kleinen Senke des Nabels vorbei, hinunter zum Bund des Baumwollhöschens, das sich fest an ihre Haut schmiegte. Kates Hand glitt unter den Stoff, und die Fingerspitzen berührten das seidige weiche Haar, das Sophies Venusberg umrahmte.

Oh, wie sich das Fleisch unter ihren tastenden, forschenden Fingern öffnete. Eine wunderbar weiche Spalte, warm und nass. Die Finger suchten und fanden den hervorlugenden Kitzler, geschwollen und stolz und zuckend vor Begierde.

Kate wusste, was sie zu tun hatte, so deutlich, als wollte sie sich selbst die höchste Lust verschaffen. Ihre Finger glitten ein wenig zurück, tauchten in die glitschige Tiefe und kehrten dann zum Kitzler zurück, streichelten über ihn, stießen ihn an, rieben ihn voller Wissen und Erfahrung.

Während dieser Zeit hatte sie Sophies Mund nicht

freigegeben, immer noch stieß ihre Zunge in die warme Höhle hinein, und Sophie schrie auf, aber der Schrei ihrer Lust wurde gedämpft durch Kates Lippen. Kate ließ nicht nach. Unermüdlich erforschte ihre Zunge den Mund der Freundin, ihre Finger zwickten und streichelten die harten Nippel, und die Finger der anderen Hand brachten die zitternde Knospe der Klitoris zum Blühen.

Sophies Schreie kamen jetzt fortdauernd, ihr Atem kam in heftigen Stößen, und sie wand sich hilflos in Kates Armen, hilflos und benommen vor Lust.

Kate setzte ihre Berührungen härter fort, aus dem Streicheln wurde ein Reiben, und während sie mit dem Daumen über den Kitzler rieb, stieß sie zwei Finger rhythmisch in die zuckende Scheide hinein. Sie spürte, wie sich die inneren Muskeln um ihre Finger spannten.

Sophies Körper bäumte sich auf, sie warf Brüste und Schoß den kosenden Händen der erfahreneren Frau entgegen, und plötzlich riss sie sich von Kates Mund los und warf den Kopf weit zurück.

»Oh, ja, ja, Kate, ich komme, ich komme, hör nicht auf, hör nicht auf«, stöhnte sie, und dann setzte ihr Atem sekundenlang aus, und jeder Muskel war angespannt, die Augenlider flatterten, und ihr Körper unterwarf sich dem Orgasmus, der von ihr Besitz ergriffen hatte. Nach einem langen Moment der Ekstase, begleitet von Schreien der Lust, von Juchzern und Seufzern, schmiegte sie sich wieder an Kate und ließ das Echo ihres Höhepunkts abklingen.

Sie presste ihre Wangen gegen Kates Brüste und murmelte: »Oh, Kate, das war so schön, es war ungeheuerlich. Du hast genau gewusst, wo ich berührt werden wollte.« Kate lächelte und küsste Sophies Haar.

Sophie rutschte noch ein wenig tiefer und schaute ein wenig unglücklich zu ihr auf. »Ist es, weil du eine Frau bist?« fragte sie mit leiser Stimme.

»Das möchte ich nicht sagen, Sophie.« Kate lächelte. »Ich habe Männer kennengelernt, die genau wissen, wie man's macht.« Plötzlich musste sie an Edmond denken, und spontan sagte sie: »Nimm Edmond zum Beispiel. Er hat so wunderbare Hände, lange, feine Finger. Ich bin sicher, er gehört zu den Männern, die wir meinen . . .«

Sie brach ab, weil sie bemerkte, dass Sophie sie mit einem traurigen Ausdruck ansah. Mit einer Stimme voller Hoffnungslosigkeit fragte sie: »Hast du mit ihm auch geschlafen?«

»Mit Edmond? Nein.« Kate lächelte, und obwohl sie die Antwort kannte, fügte sie hinzu: »Warum fragst du?«

»Oh«, sagte Sophie und rutschte unruhig in Kates Armen herum, »es ist nur . . . ich mag ihn, und ich dachte, ich könnte vielleicht . . . ich meine, ich würde gern . . .«

»Sophie«, unterbrach Kate sie sanft. »Sophie, vergiss nicht zu sagen, was du willst. Ich mag, ich mag nicht, ich will, ich will nicht.«

Sophies Augen weiteten sich. Sie schwieg einen Moment, dann sagte sie mit halb schüchterner Festigkeit: »Kate, ich mag dich, aber mir gefällt der Gedanke nicht, dass du auch mit Edmond schläfst. Ich will, dass du erst Sex mit ihm hast, wenn ich es dir sage.«

»Das war ausgezeichnet«, sagte Kate und gab Sophie einen Kuss auf die Lippen. »Ich werde Edmond nicht anrühren, bis du es mir erlaubst.«

Achtes Kapitel

»Wir reden heute über das Selbstbewusstsein, über das eigene Zutrauen, über den unbändigen Behauptungswillen«, sagte Kate. »Es geht einfach darum, an sich selbst zu glauben.«

Sie spürte Sophies Blicke auf sich, als wollte sie Kraft aus dem Anblick der Trainerin schöpfen. Sophie war heute anders gekleidet, sie trug ein schlichtes Kleid aus cremefarbenem Jersey. Es schmiegte sich eng an ihren schlanken Körper an und gab den Blick auf Kurven frei, die man bisher nicht bei ihr vermutet hatte.

Sie hatten es an diesem Morgen gemeinsam ausgesucht, nach einer Nacht, die ihnen viel zu kurz vorgekommen war. Sophie war wie ausgewechselt gewesen, und ihre Faszination von Kates Körper hatte keine Grenzen gekannt. Sie hatte darauf bestanden, sich bei Kate zu revanchieren, hatte sie geküsst und geleckt und gestreichelt, und Kate konnte sich nicht erinnern, wann sie das letzte Mal mit einer Frau soviel Spaß erlebt hatte.

Sie hatten sich nach dem Aufwachen noch einmal kurz und heftig geliebt, und dann hatten sie Sophies Garderobe ausgewählt. Kates Kleiderschrank bot eine Fülle von Alternativen, aber das weiche, anschmiegsame Jerseykleid war die beste Wahl, das wusste Kate sofort, als Sophie es übergestreift hatte. Kate wusste auch, dass Sophie nichts ausser einem winzigen weißen Spitzenhöschen darunter trug.

Die Männer wussten es nicht, aber natürlich sahen sie die Wandlung in Sophies Erscheinen. Der Ausdruck auf ihren Gesichtern verriet Kate auch, dass alle vermuteten, Sophie sei von Kate verführt worden. Christopher bedachte Kate mit einem sanften, zustimmenden Lächeln, und seine sinnlichen Lippen verbreiterten sich dabei. Nick und Edmond schauten von Kate zu Sophie und wieder zu Kate. Sie waren verdutzt.

»Man kann selbstbewusst sein«, fuhr Kate fort, »wenn man weiß, dass man Rechte hat. Das bedeutet nicht, dass andere Menschen keine Rechte haben, oder dass deren Wünsche nicht zählen. Sie können die Rechte der anderen respektieren, müssen aber Ihre eigenen behaupten.«

Sie ging zur Tafel. »Reden wir von Stimme und Körpersprache«, sagte sie. »Wenn ich mich durchsetzen will, wie werde ich dann sprechen? Wie werde ich mich bewegen?«

»Kräftig«, sagte Nick. »Laute Stimme, sehr betont.«

»Okay«, sagte Kate und schrieb die Stichworte an die Tafel. »Und was drückt meine Körpersprache aus?«

»Direktheit«, sagte Christopher, der immer noch sanft lächelte. »Gerade heraus, keine Umwege, keine Defensive.«

»Genau richtig.« Kate schrieb *direkt* und *vorwärts gerichtet* an die Tafel. Sie drehte sich wieder zu ihnen um und stand da, die Füße ein wenig auseinander, der Körper gestreckt, aufrecht und entspannt. »Sie müssen vermitteln, dass Sie mit beiden Beinen auf dem Boden stehen, und jeder muss erkennen, dass sie entspannt sind. Verkrampfung oder Nervosität werden Sie von Ihrem Ziel abbringen. Halten Sie Ihre Hände immer geschlossen, wenn Sie die Hände öffnen, wirkt das unterwürfig. Und zeigen Sie nicht mit dem Finger auf Ihr Gegenüber.«

»Warum nicht?«, fragte Nick. »Damit will ich doch unterstreichen, was ich sage.«

»Es ist unhöflich«, sagte Edmond und sah Nick stirnrunzelnd an. »Mit dem Finger auf jemanden zeigen ist aggressiv und unhöflich.«

»Danke, Edmond«, sagte Kate, »das stimmt natürlich. Selbstbewusstsein hat nichts mit Aggressivität zu tun. Aggressives Verhalten schließt ein, dass man auf Menschen herumtrampelt, dass man ihre Rechte missachtet und sie nicht ernst nimmt. Und allzu oft löst es auf der anderen Seite ebenfalls aggressives Verhalten aus. Wer selbstbewusst handelt, stößt selten auf Aggression.«

»Was ist mit der Mimik?«, fragte Sophie. »Mir ist aufgefallen, dass Sie gestern oft gelächelt haben, Kate, aber heute noch nicht einmal.«

Sophie hatte wieder einmal auf den Knackpunkt gezeigt. »Im Zusammenhang mit selbstbewusstem Verhalten, um sich zu behaupten, ist Lächeln eine vergeudete Energie. Das trifft noch mehr für Lachen zu. Beide Regungen zeigen, dass Sie unsicher sind, und höhlen das aus, was Sie erreichen wollen. Wenn Sie sich durchsetzen wollen, müssen Sie ein ernstes Gesicht zeigen.«

»Und überhaupt nicht lächeln?«, fragte Edmond, dem man seine Verwirrung ansah.

»Richtig. Das ist nicht leicht. Ich übe es oft vor dem Spiegel.«

Nick und Christopher grinsten und glucksten über diese Bemerkung. Kate musterte sie kühl, und bald glätteten sich ihre Gesichter, und sie wandten Kate wieder ihre ganze Aufmerksamkeit zu.

»Es ist nicht leicht, sich assertorisch zu verhalten«, fuhr Kate fort, »und man muss es immer wieder üben. Aber wenn Sie es beherrschen, kann es Ihnen einen enormen Machtzuwachs bringen.«

Sie drehte die Tafel. Dort hatte sie vor Beginn des Kurses an diesem Morgen die Sätze niedergeschrieben:

Ich mag ...
Ich mag nicht ...
Ich will ...

»Das mag unglaublich simpel aussehen«, sagte sie und sah Nick stirnrunzelnd an, der leise den Kopf schüttelte, »aber glauben Sie mir, es hilft. Bevor Sie es anwenden, müssen Sie definitiv wissen, was Sie wollen. Auf dieses Ziel müssen Sie zugehen, ohne Umweg, ohne Schnörkel. Soll ich Ihnen das an einem Beispiel verdeutlichen?«

Nicken. »Also gut, Nick.« Nicks Kopf fuhr herum, er starrte sie an. »Nick, mir gefällt die Dynamik, mit der Sie alles angehen, was Ihnen zusagt. Mir gefällt nicht, wie Sie über Dinge lachen, die Sie nicht verstehen. Ich will, dass sie Ihre Albernheiten ablegen und diesen Test versuchen.«

Kate sprach mit kräftiger, ernster Stimme, und sie verzog dabei keine Miene. Die vier Kursteilnehmer schauten Kate erstaunt an, und Nick errötete leicht. Er schluckte ein paarmal, schaute zu Edmond und Christopher und erhob sich dann. »Na, gut«, sagte er. »Um was geht es?«

»Wir spielen eine Szene durch«, sagte Kate. »Christopher, kommen Sie her, bitte. Nick, setzen Sie sich. Stellen Sie sich vor, Sie seien in einem Restaurant. Christopher ist Ihr Kellner. Er bringt Ihnen eine Flasche Wein, aber der Wein schmeckt nach Kork. Sie bitten ihn, die Flasche zurückzunehmen und eine neue zu bringen. Sie gehen zielstrebig vor, denn es ist Ihr Recht, eine neue Flasche zu fordern. Aber dabei verhalten Sie sich nicht aggressiv, vergessen Sie das nicht. Christopher, Sie brauchen nichts zu sagen. Wenn Nick fertig ist, werde ich Sie fragen, wie er die Aufgabe erfüllt hat. Die anderen schauen nur zu.«

»Ist das alles?«, fragte Nick.

Kate hob die Brauen. »Alle sind bereit?«, fragte sie. »Hallo, Kellner.«

Christopher stellte sich neben Nick und wartete geduldig. »He, Mann«, sagte Nick, »dieser Wein taugt nichts. Er schmeckt nach Kork. Weg damit, und sofort eine neue Flasche, sonst gibt's Ärger.«

Schweigen. Nick schaute Kate herausfordernd an. Nach einem Moment wandte sich Kate an Christopher. »Hätten Sie ihm den Wein gebracht?«

»Nein«, antwortete Christopher kühl. »Eher hätte ich ihm die Flasche über den Schädel gezogen.«

Sophie und Edmond lachten. Kate sagte: »Nick, mit Ihrer Aggressivität erreichen Sie nichts. Versuchen Sie es noch einmal, aber halten Sie sich an die Vorgaben, die ich an die Tafel geschrieben habe.«

Nick sah sie verständnislos an, und Kate sagte eindringlich: »Nick, es funktioniert wirklich. Es hilft Ihnen, sich durchzusetzen. Ich möchte, dass Sie es noch einmal versuchen.«

Einen Augenblick lang blieb Nick regungslos sitzen und starrte ihr in die Augen. Dann rief er: »Kellner!«

Christopher beugte sich wieder zu ihm. »Mir gefällt dieses Restaurant«, sagte Nick. »Mir gefällt auch die Atmosphäre. Aber dieser Wein gefällt mir nicht, er hat Kork. Ich möchte, dass Sie mir eine andere Flasche bringen.«

Christopher sagte: »Gewiss, Sir!«, und nahm eine unsichtbare Flasche aus Nicks Hand. Sophie und Edmond sahen sich an und schauten dann zu Kate.

»Na, bitte«, sagte sie, »das war doch nicht schwierig, Nick. Sie verhalten sich normalerweise aggressiv, deshalb müssen Sie zurückdrehen, wenn Sie etwas erreichen wollen. War es nicht einfacher? Und Sie sehen, es hat funktioniert.«

Nick schaute sie wieder sehr eindringlich an, er atmete in kurzen Schüben und stand schließlich auf. »Jetzt kann ein anderer es mal versuchen.«

»Wir werden es alle versuchen«, sagte Kate. »Edmond, nehmen Sie jetzt auf dem heißen Stuhl Platz?«

Edmond setzte sich. Das Unbehagen war ihm im Gesicht anzusehen. Sein erster Versuch scheiterte, er wurde rot, lachte nervös und brachte die richtigen Sätze nicht heraus. Dann probierte er es noch einmal.

»Ich mag dieses Restaurant«, sagte er, »ich komme oft hierhin, es ist wirklich sehr gemütlich. Aber ich fürchte, mit dem Wein stimmt etwas nicht. Könnten Sie sich liebenswürdigerweise davon überzeugen und mir dann eine andere Flasche bringen?«

Er schaute verunsichert zu Kate, wie ein Hund, der erwartet, von Frauchen zurück ins Körbchen geschickt zu werden.

»Edmond«, sagte Kate sanft, »dies ist kein Kurs über Höflichkeit. Es geht darum, wie wir uns behaupten, wie wir unser Recht durchsetzen. Je weniger Worte Sie machen, desto besser. Und sagen Sie klar und deutlich, was Sie wollen. Vergessen Sie alles andere.«

»Aber das hört sich schrecklich an«, rief Edmond kläglich.

»Wenn es richtig über Ihre Lippen kommt«, sagte Kate, »wird es sich stark anhören. Denken Sie daran, dass Sie gerade und aufrecht sitzen sollen. Beide Füße auf den Boden. Nicht die Arme verschränken.«

Edmond blickte ein paar Minuten lang auf die Tafel, als wollte er sich die Worte ins Gehirn brennen. Dann setzte er sich auf dem Stuhl aufrecht hin, schaute zu Christopher hoch und sagte mit fester Stimme: »Kellner, ich mag dieses Restaurant. Aber ich mag nicht diesen Wein, der nicht in Ordnung ist. Ich möchte, dass Sie mir eine andere Flasche bringen.« Seine Lippen bewegten sich, als wollte er noch ›bitte‹ hinzufügen, aber sein Mund schloss sich, und er sagte nichts mehr.

Sophie applaudierte, und auch Kate zeigte ein leises Lächeln. »Und?«, fragte sie. »War's so schwer? Sie können es, wenn Sie sich darauf konzentrieren. Wie haben Sie sich dabei gefühlt?«

»Ich war unhöflich«, sagte Edmond betrübt.

»Nein, das war nicht unhöflich«, widersprach Christopher. »Du hast das vorgetragen, was für die Sache richtig und wichtig war. Dir steht eine neue Flasche Wein zu.«

»Sophie«, sagte Kate, »Sie sind an der Reihe. Aber wir haben gestern abend vereinbart, dass Sie eine andere Übung versuchen wollen, ja?«

Die drei Männer schauten auf Sophie. Ihr blasses Gesicht wurde noch etwas blasser, dann errötete sie. »Oh«, sagte sie, »ich weiß wirklich nicht, ob ...«

»Aber wir haben es gestern abend geübt«, unterbrach Kate sie. »Und Sie wollten es wirklich versuchen. Sophie, lassen Sie mich nicht hängen.«

»Mir ist nicht danach«, sagte Sophie scheu und schaute verlegen zu Boden.

»Sophie«, sagte Kate, »es wäre schade, wenn Sie die Gelegenheit verpassen. Versuchen Sie es.«

Sophie hob den Kopf und schaute Edmond an, dann Kate. Sie biss sich auf die Unterlippe, kaute nervös darauf, und die Hände bewegten sich fahrig. »Ich kann es nicht«, sagte sie dann. »Ich kann einen anderen nicht dazu bringen, etwas zu tun, was er nicht tun will.«

»So soll es ja auch nicht sein«, stellte Kate richtig. »Sie sagen nur, was Sie wollen, mehr nicht. Sie können niemanden zu etwas zwingen, dazu haben Sie auch kein Recht. Aber Sie können eine Brücke zu jemandem schlagen, um ihn besser kennenzulernen und sein Vertrauen zu gewinnen, und dann können Sie ihn überreden oder überzeugen, etwas zu tun. Sie wissen, dass Sie dieses Geschick haben. Aber zuerst muss dieser Jemand wissen, was Sie von ihm wollen, Sophie. Sie müssen es ihm sagen.«

Eine Weile sagte Sophie nichts. Dann hob sie den Kopf, reckte das Kinn hoch und sagte: »Also gut. Aber wir haben vereinbart, es im anderen Zimmer zu tun, und die anderen können es hier auf dem Bildschirm verfolgen.«

Kate nickte und wandte sich an die drei Männer. »Sophie hat sich ein ungewöhnliches Szenario ausgedacht, das sie üben will. Ich nehme an, niemand hat Einwände, dass sie es im Nebenzimmer ausführt, während wir es auf dem Schirm beobachten?«

Sie schüttelten den Kopf. Ihre Gesichter waren gespannt und erregt, aber jeder reagierte auf die Situation ein wenig anders.

Christopher betrachtete Sophie mit stiller Zuneigung und sogar mit etwas Stolz – wie ein Mann, der seine kleine Tochter das erste Mal laufen sieht. Nick saß wie auf dem Sprung da, offensichtlich in der Erwartung einer Chance, seine Scharte auszuwetzen, die er am zweiten Tag hatte einstecken müssen, als er Sophie mit unzulänglichen Mitteln zu übertölpeln versucht hatte. Edmond dagegen sah unglücklich aus, als ob er sicher wäre, übersehen und vergessen zu werden.

»Edmond«, sagte Kate, »wenn Sie bitte mit Sophie gehen wollen.«

Edmonds Gesicht ging auf wie die strahlende Sonne, und Nicks Gesicht verdüsterte sich. Sophie und Edmond gingen zur Tür, und als sie hinaus auf den Flur traten, nahm Sophie ihn an die Hand.

Christopher trat an den Fernsehapparat und schaltete ihn ein. Als er zurückkam, blieb er vor Kate stehen und schaute in ihr Gesicht. »Ich glaube«, sagte er leise, »dass du der kleinen Sophie ein paar Privatstunden gegeben hast.«

»Ich habe ein wenig nachgeholfen«, antwortete Kate und lächelte zu ihm hoch.

»Typisch«, sagte Nick wütend. »Ich habe gestern gesagt, dass ich euch zweien gern zuschauen würde – und hast du mich eingeladen? Nein, hast du nicht. Statt dessen habe ich bei diesem blöden Croquetspiel mitmachen müssen.«

»Ich dachte, dir läge nichts an Sophie«, fuhr Christopher fort und ignorierte Nick. »Ich war sicher, dass du sie am liebsten aus dem Kurs verbannt hättest. Lag ich so falsch?«

»Bis gestern nachmittag traf das vielleicht zu«, räumte Kate ein. »Aber nachdem sie sich mir anvertraut hatte, empfand ich Mitleid mit ihr. Wir kamen überein, dass sie heute ihre Chance erhalten sollte, das zu lernen, was sie braucht.«

Der Bildschirm wurde hell, und dann sahen sie die beiden im anderen Trainingsraum. Sophie und Edmond standen nah beieinander, nur einen halben Schritt von einem langen Sofa entfernt. Sophie schaute zur Kamera und kicherte. Edmond sagte: »Du darfst nicht lachen, das ist eine Verschwendung von Energie und Konzentration. Du musst ein ernstes Gesicht machen.«

Sophie fuhr sich mit der flachen Hand übers Gesicht, als wollte sie das Lachen wegschieben. »Also gut«, sagte sie, »es geht los. Edmond, ich mag dich.« Sie brach ab und fuhr mit der Hand zum Mund, als könnte sie nicht glauben, diesen Satz gesprochen zu haben.

Edmond starrte sie mit großen Augen an, die Lippen vor Spannung und Erwartung geöffnet.

»Ich mag dich sehr«, sagte Sophie und tat einen zögerlichen Schritt auf Edmond zu, und Edmond nahm ihre Hände in seine und küsste sie.

Kate schüttelte den Kopf. »Assertorisch ist das nicht«, murmelte sie.

»Ich komme mir vor wie beim Anschauen des Films *Vom Winde verweht*«, knurrte Nick säuerlich aus der Tiefe seines Sessels.

Plötzlich schien Sophie zu begreifen, was geschehen war. Sie zog ihre Hände aus Edmonds zurück, wischte sie an ihrem Kleid ab und schaute verlegen zur Kamera. »Tut mir leid«, sagte sie, »das sollte ich doch gar nicht üben. Ich versuche es noch einmal.«

Edmond sah verwirrt und enttäuscht drein. Sophie wandte sich ihm wieder zu, ihr Gesicht gefasst und ernst. Die Zuschauer erkannten, dass sie tief einatmete.

»Edmond«, sagte sie dann, »ich mag dich wirklich sehr. Was ich nicht mag, ist deine Zurückhaltung. Warum hast du mich noch nicht gefragt, ob ich mit dir schlafen will? Ich will, dass du . . .« Ihre Stimme brach ab, zögerte, kehrte zurück, kräftig wie zuvor. »Ich möchte, dass du mich hier küsst.« Sie streichelte mit einer Hand über ihren Schoß.

Stille im anderen Trainingsraum. Nick war in seinem Sessel bis zum Sitzende gerutscht.

Edmond sagte: »Wie, bitte? Was hast du gesagt?«

Sophie warf einen kurzen Blick zur Kamera, als ob sie Hilfe benötigte, weil sie nicht mit Widerstand gerechnet hatte. »Ich möchte deinen Mund spüren«, sagte sie laut.

»Was, jetzt? Hier? Bist du sicher?«, Edmond starrte sie an, als könnte er es nicht glauben. Er hatte die

Kamera vergessen, sein Blick war auf Sophie fixiert, auf den langen weißen Hals, auf die blasse Haut ihres Gesichts, auf ihre lockigen Haare. »Bist du sicher?«, vergewisserte er sich noch einmal.

»Edmond, ich weiß, was ich will«, sagte Sophie. Ihre Stimme wurde mit jeder Wiederholung stärker. »Ich weiß, was ich will. Ich will, dass du mich küsst, ich will deine Zunge spüren, ich will, dass ich mit dir einen Orgasmus erlebe.«

Plötzlich dachte Kate an die Szene, als sie allein im Büro war und sich über Alex' Schulter beugte, dabei seinen männlichen Geruch von Körper und Haaren einatmete und sich nach ihm sehnte. Sie hatte sich nicht getraut, es ihm zu sagen, obwohl sie sich nichts mehr wünschte.

Warum, dachte sie, kann ich es anderen Menschen beibringen, mir selbst aber nicht? Warum?

Christopher stellte sich dicht hinter sie. Sie spürte seine Gegenwart und wandte sich nach ihm um. Er lächelte sie an und legte die Hände um ihre Taille. »Mir gefällt das«, sagte er. »Ich bin sehr damit einverstanden. Du hast das für Sophie arrangiert. Zuerst habe ich dich für ein eigensüchtiges Luder gehalten. Ich bin froh, dass ich mich geirrt habe.«

Kate lehnte sich mit den Schultern gegen ihn und spürte seine Kraft und Wärme, seinen harten muskulösen Körper, der sich gegen ihren presste. Es war ein köstliches Gefühl. Am liebsten hätte sie die Augen geschlossen und sich zu ihm treiben lassen, aber sie wollte sehen, was im anderen Zimmer geschah. Sie legte ihre Hände auf Christophers, und er stützte sein Kinn auf ihren Kopf, und gemeinsam beobachteten sie das Geschehen auf dem Bildschirm.

Edmond schaute Sophie in die Augen. »Ich möchte dir sagen, dass du schön bist. Wahnsinnig attraktiv.

Ich wollte dir das schon am ersten Tag sagen. Ich glaube . . .«

»Edmond«, unterbrach Sophie ihn, »ich möchte deinen Mund spüren, aber dich nicht reden hören.« Sie bückte sich, hob den Saum ihres Kleids an , richtete sich auf und zog das Kleid wie einen Pullover über den Kopf. Darunter war sie nackt, abgesehen vom weißen V des Spitzenhöschens, das die kleinen dunklen Härchen ihres Dreiecks verhüllte.

Edmond stieß einen kleinen Schrei aus und fiel auf die Knie nieder. Er hielt sich mit den langen Händen an Sophies schmalen Hüften fest und presste seine Lippen oberhalb des Nabels gegen ihren flachen Bauch.

Sie hörten, wie er immer wieder ihren Namen murmelte. Sophie legte die Hände auf Edmonds blonden Schopf, warf den Kopf in den Nacken und öffnete die Lippen.

»Schau dir das an«, zischte Nick. »Schau dir das an.« Er warf Kate einen Blick zu, und sein Gesicht verfinsterte sich noch mehr, als er sah, dass sie in Christophers Armen lag.

Auf dem Bildschirm küsste Edmond noch immer die weiße Haut von Sophies Bauch. Seine Finger zogen das Höschen sanft herunter, und gleichzeitig streichelte er über ihre Schenkel. Das Höschen lag auf dem Boden, und Sophie stand nackt da, ganz ruhig, die Augen geschlossen. Edmond küsste jede Stelle, die er erreichen konnte, zuletzt das Tal zwischen ihren Brüsten, dann stand er auf, fasste Sophie an den Schultern an und drehte sie ein wenig, dass sie direkt in die Kamera blicken würde, wenn sie die Augen öffnete.

Die unsichtbaren Zuschauer sahen, wie Edmond den zierlichen Körper der jungen Frau streichelte, er fuhr mit den Fingerspitzen über die sanfte Schwellung ihrer Brüste, berührte die Hüften und strich leicht über den Venusberg. Sophie öffnete die Augen nicht. Ihr Gesicht sah aus wie das Gemälde einer jungfräulichen Märtyrerin im Moment von Glückseligkeit und Ekstase. Edmond führte Sophie zwei Schritte rückwärts und ließ sie langsam auf das breite, lange Sofa nieder. Er drapierte sie kameragerecht mit den Schultern auf die Armlehne, so dass ihr Kopf weit nach unten hing, die Lippen geöffnet, den langen Hals weit gestreckt, als wollte sie einen Vampir einladen.

Die Spitzen ihrer Brüste waren geschwollen und gespannt. Ein Bein ruhte auf dem Sofa, ein wenig angezogen, das andere ragte über das Sofa hinaus. Man konnte die weichen, rosigen Lippen ihres Geschlechts sehen, sie lugten durch die feinen krausen Härchen.

Christopher verlagerte sein Gewicht von einem Bein aufs andere und legte seine Hände auf Kates Brüste. Er drückte sie sanft. Sie spürte, wie er sich gegen sie presste. Sein versteifter Penis drückte gegen ihre Backen. Kate ließ genüsslich den Hintern rotieren, schmiegte sich an ihn, stimulierte ihn und sich selbst.

Edmond beugte sich über Sophie und küsste ihren Hals und ihre Schultern. Sie wandte den Kopf und seufzte voller Lust. Er kniete sich zwischen ihre gespreizten Beine und nahm eine geschwollene Brustwarze zwischen seine Lippen, saugte und leckte an der harten Spitze.

Sophie wandte sich unter ihm hin und her. Ihr Körper erschauerte, als wäre er soeben von einer Welle erfasst worden. Immer noch hatte sie die Augen geschlossen.

Edmond bewegte sich an ihrem Körper entlang, hinterließ mit den Lippen eine feuchte Spur, die über

Bauch und Nabel führte und schließlich im weichen Vlies des Venusbergs mündete. Dort zögerte er einen Augenblick, den er nutzte, um in die Kamera zu schauen. Er streichelte die Innenseiten von Sophies Schenkeln, und dabei schob er sie noch weiter auseinander. Durch die Bewegung öffneten sich die Labien und zeigten den Zuschauern jene geheime Stelle, die rosig und in feuchter Bereitschaft glänzte.

»Er ist ein Showman«, flüsterte Christopher in Kates Ohr. Sie sagte nichts, drückte nur ihre Brüste gegen seine forschenden Hände.

Edmond drückte seine Lippen auf die sanfte, empfindliche Haut von Sophies Innenseiten, fuhr mit dem Mund auf und ab, von einem Bein zum anderen.

Sophie atmete tief durch, und ihre Brüste hoben und senkten sich. Die erigierten Nippel wiesen nach oben, schamlos und zitternd.

Edmond hielt den Kopf eine Weile still, verharrte mit dem Gesicht an ihrem Schenkel und schaute fasziniert auf die geschwollenen Labien. Dann hob er eine Hand, legte seine Finger auf die äußeren Lippen und zog sie behutsam zurück.

Sophie verrenkte sich den Hals, um sehen zu können, was Edmond mit ihr anstellte. Sie stieß einen lauten Seufzer aus, als er ihr Geschlecht öffnete und die kleine Fleischperle bloßlegte, die ganz oben zwischen den Lippen hervorlugte.

Er beugte sich über sie, öffnete ihre Lippen noch weiter und strich mit der feuchten Zunge über die kleine Perle. Er tupfte vorsichtig dagegen, leckte darüber und labte sich an Sophies Seufzern. »Ah . . .«

Kate spürte, dass ihr Verlangen immer stärker wurde. Sie stieß ihren Po gegen Christophers Schoß und spürte die immense Länge seines Phallus, der sich in die Kerbe ihres Hintern schmiegte. Sie wünschte, er würde ihren Rock hoch schieben, ihr das Höschen vom Leib reißen und in sie eindringen.

Er liebkoste immer noch ihre Brüste, tat es behutsam, einfühlsam und auf delikate Art, und mit jeder Berührung hob er sie auf ein höheres Plateau der Erregung. Sie spürte seinen heißen Atem an ihrem Ohr, und seine Lippen huschten über die sanfte Haut ihres Nackens.

Sie stieß immer wieder gegen seinen Schoß und spürte das pochende Leben zwischen ihren Backen. Ihre Bewegungen wurden rhythmisch, beinahe so, als hätte er sie penetriert. Ihre Brüste schmerzten vor Lust.

Edmond kniete noch zwischen den Schenkeln Sophies und hörte nicht auf, über Sophies heiße Knospe zu lecken, die immer stärker anschwoll und wie der Ministamm einer exotischen Frucht aussah.

Sophie stöhnte unentwegt, und ihre Hände griffen an ihre Brüste, streichelten und kneteten die kleinen Hügel. Die dunkelroten Nippel vibrierten und reckten sich, als wollten sie noch größer werden.

Plötzlich schrie sie auf, zuerst war es ein spitzer Schrei, dann zog er sich in die Länge. Sophie bäumte sich auf, stemmte sich mit den Fersen auf Sofa und Boden ab und bildete mit dem Rücken eine biegsame Brücke, während Edmond die Zunge tief in sie hineinstieß. Sophie zupfte an den Nippeln, quetschte sie zwischen Daumen und Zeigefinger.

Edmond blickte kurz hoch, um den wirbelnden Körper sehen zu können. Er lächelte und kehrte wieder zu seiner Beschäftigung zurück, kümmerte sich wieder um die Lustknospe, sog sie in den Mund und saugte daran, als wäre sie eine Brustwarze.

»Oh!«, rief Sophie aus. »Oh, Edmond, es ist ja so gut, so gut. Hör nicht auf. Oh, Edmond, Edmond, ich komme ... ich komme ...« Ihr Körper wand sich zuckend, die schlanken Lenden stießen seinem Mund entgegen, und ihre Hände kneteten das glühende Fleisch ihrer Brüste.

Sie schloss die Augen, und aus ihren Händen wurden kleine Fäuste, mit denen sie auf das Sofa trommelte. Der ganze Körper wurde von Kopf bis Fuß geschüttelt, als die Wucht des Höhepunkts sie ergriff.

Edmond konnte sich nicht mehr zwischen ihren Schenkeln halten, er rutschte auf den Boden, hielt sie mit beiden Händen fest und erlebte voller Stolz, wie sie ihren Orgasmus auskostete, den er ihr bereitet hatte.

Allmählich schwächte sich das Zucken und Schütteln ab, und Edmond hob den Kopf. Sein Gesicht glänzte von Sophies Säften. Er küsste ihren Bauch und legte sich auf sie. Sie schlang die Arme um ihn, und dann verbanden sich ihre Lippen zu einem langen Kuss.

Neuntes Kapitel

»Hallo?«

»David? David, ich bin's, Kate. Kannst du frei sprechen?«

»Ich bin in der Dunkelkammer, niemand ist bei mir. Was ist denn los? Etwas nicht in Ordnung?«

»Nein, nein, es ist alles in Ordnung - eigentlich.«

»Was ist los?« Davids Stimme klang weicher. »Ist irgendwas nicht so gelaufen, wie du es dir vorgestellt hast? Hat jemand Ärger gemacht?«

»Nein, nein.« Kate rollte sich auf ihrem Bett zusammen. Sie trug nur den dünnen Bademantel und klemmte das Telefon zwischen Ohr und Schulter ein. »Nein, es hat keine Schwierigkeiten gegeben. Aber ich wollte trotzdem mit dir darüber reden. Hast du Zeit?«

»Ja, ich kann die ganze Nacht mit dir reden, wenn du willst. Wie läuft es denn? Wie viele der Männer hast du schon gehabt?«

»Zwei. Nick und Christopher.«

»Der dunkle Typ, der dir auf Anhieb gefallen hat, und der wuchtige Kerl, der so einen ruhigen Eindruck macht. Und? Bist du zufrieden mit ihnen?«

»Ja, ja. Es war sehr gut. Aber, David, ich weiß nicht, was ich da losgetreten habe.« Kate erläuterte kurz, wie der Kurs bisher verlaufen war. »Besonders heute hat sich alles verselbstständigt«, meinte sie. »Oder genauer gesagt: Sophie konnte nicht genug bekommen. Dass sie ihre neu gewonnene Selbstsicherheit mit Edmond ausprobierte, war von mir gewollt und gewünscht, aber danach hat sie sich alle drei Männer vorgenommen, die sich ihren Anweisungen bereitwillig unterworfen haben. Ehrlich, David, sie hat einen Höhepunkt nach dem anderen gehabt. Aber jetzt fühle ich mich irgendwie verloren.«

Es entstand ein kurzes Schweigen, ehe David mit sanfter Stimme sagte: »Kate, mein Liebling, ich kann dir genau sagen, was für ein Problem du hast.«

»Welches?«

»Man nennt es ›Nicht-im-Rampenlicht-stehen‹. Das ist eine Situation, die du mehr hasst als jede andere.«

»David!«

»Nein, es ist wahr. Die Männer haben ihre Aufmerksamkeit auf Sophie konzentriert, das stimmt doch, oder? Und irgendwie hast du dich fehl am Platz gefühlt. Komm, gib's zu.«

»Ich habe zugeschaut.«

David lachte. »Zuschauen ist nicht gerade deine Stärke, Kate. Du willst mittendrin sein. Du bist extrovertiert, schamlos, eine typische Schauspielerin. Und du liebst es, bewundert zu werden. Auch wenn du nur einen Morgen lang auf dem Rücksitz Platz nehmen musst, fühlst du dich anschließend mies – so wie jetzt.«

Sie wollte gern etwas einwerfen, aber sie kam nicht dazu, denn David hörte gar nicht mehr auf.

»Du magst es, wenn du das Gefühl hast, dass Menschen dich brauchen, Kate. Mit diesen Kursen ist es immer gleich. Auch wenn du nur die Teilnehmer im Sinn hast, durchlebst du eine depressive Phase, wenn du bemerkst, sie benötigen dich nicht mehr so sehr wie zu Beginn des Kurses. Diese Erkenntnis trifft dich besonders schlimm, weil du dir doch vorgenommen hattest, dir selbst eine gute Zeit zu bescheren. Erinnerst du dich, dass ich dir prophezeit habe, du würdest nicht davon loskommen, dich um deine Teilnehmer zu kümmern? Genau das ist geschehen. Und jetzt bekümmert es dich, dass sie sich untereinander amüsieren – und dich dazu nicht einmal brauchen.«

Einen Moment lang sagte Kate nichts. Sie lag auf dem Bett, nagte an der Unterlippe und murmelte widerwillig: »Kann sein, dass da was dran ist.«

»Ich habe recht, und du weißt es.« Sie konnte David lächeln hören. »Ich habe dir das schon vor ein paar Tagen gesagt. Aber keine Sorge, Kate. Ich bin nicht nur gut in der Diagnose, ich weiß auch die Heilung.«

»Wie sieht die denn aus?«, fragte Kate ohne großes Interesse.

»Rede mit mir noch ein wenig länger«, sagte David, und seine Stimme klang wie ein Streicheln. »Nur ein bisschen länger. Ich garantiere dir, dass es mir gelingt, dich aufzuheitern.«

»David«, murmelte Kate. Sie wusste genau, was er meinte. Als sie mit David noch zusammengelebt hatte, waren sie durch ihre Arbeit oft voneinander getrennt gewesen, und in dieser Zeit hatten sie die Kunst dessen, was sie Fern-Liebe nannten, verfeinert.

Es war jetzt Monate her, seit sie sich das letzte Mal auf diese Art ergötzt hatten, und die Aussicht auf eine Neubelebung erfüllte Kate mit angenehmer Spannung. Sie streckte langsam die Beine aus und spürte, wie ihre Nippel allein bei dem Gedanken, was jetzt kommen würde, zu kribbeln begannen.

»Also gut«, sagte sie träge, »versuche, mich aufzumuntern.«

»Ich bin in der Dunkelkammer«, sagte David. »Du erinnerst dich noch an sie, nicht wahr? Erinnerst du dich auch noch daran, wie du mal reingekommen bist, als ich die Bilder entwickelt habe, die ich von dir aufgenommen hatte? Sie haben uns so angemacht, dass wir es spontan auf dem Boden der Dunkelkammer getrieben haben – weißt du noch?«

Kate sah vor ihrem geistigen Auge das rote Licht, das ihren nackten Körper mit einem unwirklichen Schimmer belegte. Ihre blasse Haut sah wie Koralle aus, und die rosigen Labien wirkten merkwürdig blass.

»Ich erinnere mich noch gut daran«, flüsterte sie. »Wir hatten kaum Platz, und ich musste die Beine anheben und stützte sie auf dem Waschbecken ab. Und zum Schluss hast du mich auf deinen Schoß gezogen. Oh, David, ja, ich erinnere mich. Du hast mich an den Hüften gepackt und mich auf deinen Schaft gehoben, hast ihn in mich hineingebohrt, wieder angehoben, und dabei hast du meine Brüste geleckt. Warum war es so unvergleichlich gut? Warum hat es sich so unendlich gut angefühlt?«

»All diese Bilder von dir«, sagte David, seine Stimme so sanft wie dicker dunkler Pelz. »Die ganzen Bilder, die ich von dir geschossen habe. Es waren die ersten überhaupt, die ich von dir gemacht habe. Sie lagen um uns verstreut. Erinnerst du dich, wann ich sie gemacht habe? Es war der Tag, an dem wir nicht aus dem Bett gekommen sind. Wir haben uns stundenlang geliebt, und danach habe ich Bilder geschossen, wie du auf dem Bett gelegen hast. Ich habe noch eins davon hier, es hängt an der Wand. Erinnerst du dich, wann ich sie aufgenommen habe? Ich hatte mich gerade aus dir herausgezogen und langte nach der Kamera und knipste drauflos, gerade mal eine Minute, nachdem ich dich gefüllt hatte. Dein Orgasmus war höchstens zwei Minuten alt.«

Oh ja, und wie sie sich erinnerte! Es war ein himmlischer Tag gewesen.

»Du hattest einen seidenen Unterrock an, aber auf dem Bild sieht er wie ein zerknautschter großer Lappen aus, die Träger sind von den Schultern gerutscht, und er ist bis zu den Hüften hochgeschoben, so dass ich deine bloßen Brüste und zwischen deine Beine sehen kann. Du bist vollkommen entspannt, alles an dir ist weich, deine Lippen sind so sanft, die Augen sind nur schmale Schlitze, weiche, maskaraverschmierte Schlitze, und deine Nippel sind geschwollen und glänzen von meinem Speichel. Zwischen deinen Schenkeln ist alles ganz nass von deinen Säften und meinem Sperma, und du siehst unendlich zufrieden und befriedigt aus. Du siehst aus, als wolltest du der Welt sagen: Ich bin stolz auf mich.«

Kate atmete schwer. Sie schob den Hörer in eine bequemere Position, sie wollte die Hände frei haben. Sie begann, ihre Brüste zu streicheln, dann drückte sie die Nippel, als wollte sie Milch herausziehen. Sie musste sich die Lippen befeuchten, ehe sie etwas sagen konnte.

»Ist es dein Lieblingsbild von mir?« fragte sie. »Oder eines deiner Lieblingsbilder überhaupt?«

»Nein, mein Lieblingsbild von dir hängt hier an der Wand, ich habe es noch am gleichen Tag aufgehängt, und es wird immer dort bleiben. Erinnerst du dich? Es ist das Bild, auf dem du sich selbst streichelst.«

»Was tue ich auf dem Bild?«

»Du liegst auf dem Sofa. Du hast den Kopf weit in den Nacken geworfen, deine Augen sind geschlossen, deine Lippen geöffnet. Ich mag deine sinnlich geöffneten Lippen, sie sind völlig entspannt und locker, als ob du es nicht erwarten kannst, irgendwas dazwischen zu spüren, am liebsten einen steifen, prallen Schaft. Eine Hand liegt zwischen deinen Beinen. Ein sinnlicher Kontrast – deine weiße Haut und die dunklen Schamhaare.« David hatte immer schon diesen Kontrast geliebt. Für ihn, den Fotografen, musste es eine ständige Herausforderung gewesen sein.

»Mit dem Mittelfinger berührst du deine Klitoris. Alle anderen Finger hast du angezogen, als wolltest du sie nicht im Weg haben. Es sieht seltsam und wahnsinnig elegant aus. Die andere Hand liegt auf deiner Brust. Du drückst die Brust hart, die Schatten fallen auf deine Finger, die sich im Fleisch vergraben. Der Nippel steckt zwischen Ring- und Mittelfinger, und ich kann sehen, wie du die braune Brustwarze quetschst. Es sieht ungeheuer erregend aus.«

»Sage mir, warum du das Bild so liebst.«

»Ich liebe es, weil du so hemmungslos und losgelöst aussiehst. Und so wollüstig – ja, das ist das treffende Wort. Du siehst so aus, als würdest du zu jedem und allem ›ja‹ sagen. Du siehst wie die Kaiserin Messalina aus. Wenn ein Dutzend römische Soldaten einträten, würdest du die Augen öffnen, die Männer betrachten und mit rauchiger Stimme sagen: ›Kommt her, Jungs‹, und du würdest nicht eher ruhen, bis sie alle erledigt wären, ausgelaugt und abgeschlafft.«

Kate lächelte. »Ich will nicht die römischen Soldaten«, raunte sie, »ich will dich, David. Ich winke dich zu mir heran, und du kommst zögernd, weißt nicht genau, ob du mich stören sollst, aber dann kommst du, und ich sehe, dass deine Hand an deinem Hosenlatz liegt . . .«

»Ich öffne meine Jeans«, sagte David. »Mein Glied ist so steif, dass es schmerzt, und die Hose spannt sich hart darüber. Ich will in dich rein, Kate, ich will deinen warmen Mund spüren. Du beugst dich vor, und ich spüre, wie deine Zunge probierend über die Eichel leckt, du speichelst sie ein, züngelst am empfindlichen Bändchen an der Unterseite, und dann öffnest du die Lippen und nimmst mich auf.«

»Du legst deine Hände auf meinen Kopf«, flüsterte Kate. Eine Hand streichelte über die Brustwarzen, die andere hatte den Weg zwischen die Schenkel gefunden, und nachdem zwei Finger die Labien öffneten, drückte sie mit der Daumenkuppe über den gereizten Kitzler. »Du verstärkst den Druck auf meinen Kopf und schiebst dich in meinen Mund, du stößt rhythmisch hinein. Oh, du schmeckst so gut, und während ich verstärkt sauge, höre ich dich stöhnen. Ich will dich schlucken, David, ich will, dass du mich mit deinem Samen füllst. David, David ...« Ihre Stimme brach ab, ging in stoßweises Keuchen über, während sie sich immer schneller streichelte.

»Ich kann deine Lippen auf mir spüren«, murmelte David, die Stimme belegt. »Deine Zunge fährt durch die Furche zwischen Eichel und Stamm. Dein Lecken treibt mich in den Wahnsinn. Ich öffne die Augen, ich muss es sehen, wie du mich schluckst. Ich greife nach unten und drücke deine Brüste, zwicke deine Nippel. Oh, verdammt, ich spüre, wie sich meine Hoden spannen. Kate, Kate, ich werde kommen. Du auch, Kate, komm mit mir ...«

David hörte auf zu reden und stieß ein dumpfes Stöhnen aus, das tief aus seiner Kehle kam, und als Kate das hörte, fühlte sie ihren eigenen Orgasmus aufsteigen. Sie wurde von den Wellen der Lust gepackt, sie keuchte und stöhnte und hechelte, und ein paar Minuten lang sagte niemand etwas, sie hörten nur das heftige Atmen am anderen Ende der Leitung.

Ein letztes Seufzen, dann sagte Kate leise: »Danke, David, das war wunderschön.«

»Kate, ich halte dich für die begehrenswerteste Frau der ganzen Welt«, sagte David. Glucksend fügte er hinzu: »Ich bin froh, dass wir den Kick nicht verloren haben. Wir können es immer noch, was?«

»Wem sagst du das?«, keuchte Kate. »David ...« Ihr Blick fiel auf den kleinen Wecker neben dem Bett. »Oh, verdammt, ich komme zu spät zum Essen.« Abrupt fand sie sich in der Wirklichkeit wieder. »Tut mir leid, David, aber ich muss mich fürs Essen zurechtmachen.«

»Geht es dir besser?«, fragte David.

»Ja.« Das entsprach der Wahrheit. »Es geht mir viel, viel besser. Danke. Gute Nacht, David.«

»Komm bei mir vorbei, wenn du zurück bist«, sagte David. »Morgen abend bist du wieder da, nicht wahr? Bei mir liegt noch dein rüder Kündigungsbrief an deine Bossin. Komm vorbei, dann reden wir darüber, ob du ihn abschicken wirst oder nicht.«

»Ja, ich komme.«

Zehntes Kapitel

Kate hatte geduscht und sich ein Top und Shorts angezogen, noch bevor Edmond und Sophie wach geworden waren. Die ganze Zeit unter der Dusche hatte Kate an die vergangene Nacht mit dem Pärchen denken müssen – und an die rasante Entwicklung, die Sophie in den vergangenen drei Tagen genommen hatte. Es war Edmond gewesen, der sie angerufen und schüchtern gefragt hatte, ob er und Sophie nicht in ihre Suite kommen könnten, sie wollten bestimmte Eindrücke des Kurses vertiefen.

Ja, sie hatten eine Menge vertieft in der vergangenen Nacht. Sophie hatte den größten Teil des Programms bestimmt, und dabei hatte sich auch herausgestellt, dass sie sehr wohl ausschweifende sexuelle Phantasien hatte, und jede einzelne hatte sie mit den bereitwilligen Teilnehmern Edmond und Kate ausleben können. Kate kam aus dem Badezimmer und sah, wie Sophie sich über Edmond beugte. Im nächsten Moment schauten zwei Augenpaare zur Badezimmertür. Offenbar war den beiden nicht sofort bewusst, wo sie sich befanden.

»Alles in Ordnung?« fragte Kate fröhlich. Edmond schien eine lange Anlaufzeit zu benötigen. Er grunzte dumpf und barg sein Gesicht im Kissen.

Sophie setzte sich neben ihm auf. Ihre zerzausten lockigen Haare bedeckten die Hälfte ihres Gesichts. Sie streckte sich wie ein Kätzchen. »Oh, ich bin ja noch so müde«, murmelte sie gähnend.

»Es ist halb neun«, sagte Kate. »Wir treffen uns um neun im Fitness Center. Ich habe den Zimmerservice angerufen und Kaffee und Croissants bestellt, sie sollten jeden Moment hier sein. Ich selbst werde mich mal nach Nick und Christopher erkundigen. Wer weiß, wie sie ohne uns den letzten Abend überstanden haben. Edmond, wenn du zu uns kommst, bringst du dann mein kleines Schatzköfferchen mit?«

Edmond grunzte wieder, und Kate ging lächelnd zur Tür. Als sie die Hand nach dem Knopf ausstreckte, hörte sie Sophie sagen: »Kate?«

»Ja?«

»Kate, versprichst du mir, dass du uns heute aufforderst, etwas zu tun, was du willst?«

Kate musste lächeln. Sie hatte beabsichtigt, den Kurs allein für ihre eigenen sexuellen Ziele zu nutzen, aber seit der ersten hastigen, verschwitzten Begegnung mit Nick auf der Damentoilette hatte es sich so ergeben, dass sie den Wünschen anderer gefolgt war.

»Ich werde es versuchen«, sagte sie.

Als sie die Tür hinter sich zuzog, öffnete sich der Lift, und ein junger Kellner trat mit dem Frühstückstablett heraus. Er sah Kate an und wurde rot.

»Oh, Madam, ich bringe Ihnen Ihr Frühstück. Bin ich zu spät dran? Gehen Sie schon hinunter?«

»Ja, aber ich habe für die Nacht das Zimmer getauscht. Das Frühstück ist für ein junges Paar gedacht, das unbedingt das breite Bett ausprobieren wollte«, sagte Kate lächelnd.«

Sie sah, dass der junge Kellner den Mund öffnete, um zu fragen: Und wieso kommst du gerade aus deiner Suite? Aber er sagte nichts, hob nur die Augenbrauen, trat an die Tür und klopfte. Kate betrat lächelnd den Aufzug und drückte den Knopf fürs Restaurant.

Ein Kellner fing sie an der Tür ab. »Miss, die beiden Herren haben mich gebeten, Ihnen auszurichten, dass sie das Frühstück im Fitness Center einnehmen. Sie warten dort auf Sie.«

»Danke.«

Das Fitness Center befand sich in einem getrennten Gebäude. Es gab einen überdachten Gang dorthin, aber weil es ein schöner Morgen war, spazierte Kate über den Rasen und atmete den Tau und die Frische der Blumen ein. Plötzlich überkam sie eine stille Traurigkeit. Heute war der letzte Tag, und heute abend würden sie alle wieder ihre getrennten Wege gehen, zurück in ihre Büros in den verschiedenen Abteilungen, und ihre spontane, schockierende Vertrautheit würde Vergangenheit sein. Außer vielleicht für Edmond und Sophie. Kate konnte sich vorstellen, dass die beiden auch über den Kurs hinaus ein Paar blieben. Kate dagegen wusste immer noch nicht, was sie nach diesem Kurs machen würde. Zurück in ihr Büro, an ihren Schreibtisch, und Alex mit seiner unwiderstehlichen Schönheit im Büro nebenan? Oder doch Kündigung und der Aufbruch zu neuen Ufern?

Sie öffnete die Doppeltür zum Fitness Center und nahm sofort den strengen Chlorgeruch vom Pool und den schwach parfümierten Duft aus dem Jacuzzi wahr. Das Fitness Center bestand nur aus einem großen Raum, der vom Pool beherrscht wurde. Der Jacuzzi lag dahinter, er bot zehn bis zwölf Personen Platz. Am Pool entlang standen gepolsterte Ruheliegen auf Rollen, und dahinter standen die verschiedenen Geräte, an denen man sich in Schweiß arbeiten konnte, direkt vor einer deckenhohen Spiegelwand. Sauna und Dampfraum befanden sich auf der anderen Seite des Pools. Überall im Raum standen Palmen und andere Bäume und Sträucher in Kübeln und sorgten für ein entspanntes, sinnliches Gefühl.

Zunächst konnte Kate weder Nick noch Christopher sehen, aber dann hörte sie Wasser klatschen. Eine schlanke Gestalt pflügte durch das Becken. Kate trat näher und sah Nick, der mit absoluter Konzentration seine Runden drehte. Er kraulte, hob den Kopf nur nach jedem vierten Zug aus dem Wasser, um Luft zu schöpfen. Er war ein guter Schwimmer, und es war ein Genuss fürs Auge, ihm zuzusehen. Die Wassertropfen perlten auf seinem muskulösen Körper. Die Schultern bewegten sich mit der Regelmäßigkeit einer Maschine.

»Ein ästhetischer Anblick, nicht wahr?«, sagte Christopher mit seiner tiefen Stimme. Kate zuckte zusammen und wandte sich um. Christopher saß auf einer Liege, ein Glas Orangensaft in der Hand. Er trug einen Bademantel des Hotels, seine Füße waren nackt. Die Palmen in den Kübeln hatten Kate den Blick auf ihn verstellt.

»Ja, das ist es«, stimmte Kate zu. Sie setzte sich neben Christopher auf eine Liege. Die Karaffe mit dem Orangensaft und ein paar Gläser standen auf einem Tablett zu seinen Füßen. Sie schenkte sich ein Glas ein und trank gierig. »Wie geht es dir?«, fragte sie. »Tut mir leid wegen gestern abend, aber . . .«

» . . . aber eine persönliche Lehrstunde für Edmond und Sophie war angesagt«, beendete Christopher ihren Satz. »Dafür habe ich Verständnis. War es erfolgreich?«

»Ja, aber . . .« Nein, sie hatte kein Recht zu diesem Aber. Sie wollte sagen, dass Sophie das Programm bestimmt hatte, dass sie selbst nur Staffage gewesen war, eine willige Statistin. »Ja, danke«, sagte Kate, und sie hörte, dass ihre Stimme spröde klang.

»Oh, ich will keine Berufsgeheimnisse ausforschen«, sagte Christopher und grinste. Er sah gut aus, sein sonst so ernstes Gesicht war freundlich und entspannt. »Nun, um mich hättest du dir keine Gedanken machen müssen. Ich hatte einen großartigen Abend. Ich habe mich einer kleinen Herausforderung gestellt.«

»Und? Erfolgreich?«

»Ja, tatsächlich.«

»Darf ich mehr davon hören?«, fragte Kate und sah ihn an, eine Augenbraue leicht gehoben.

»Aber gern.« Er grinste über das ganze Gesicht. »Es war köstlich. Ich bin sicher, dass es dich zum Lachen bringen wird, Kate. Es ging um eine Wette.«

Kate hob jetzt beide Brauen. Ihre Neugier war geweckt.

»Nick und ich haben schon vor dem Abendessen ein paar Drinks genommen. Du weißt, wie reserviert er mir gegenüber war, seit er die Szene mit mir und Edmond gesehen hat. Das war gestern abend nicht anders. Nach einer Weile ging mir das auf den Geist, deshalb fragte ich ihn, um die Luft zu klären, was er eigentlich gegen mich hätte. Ich will dich nicht mit seinen ganzen Einlassungen langweilen. Sie liefen darauf hinaus, mir beweisen zu wollen, dass Frauen keine bisexuellen Männer wollen. Er bot mir eine Wette an, dass ich an diesem Abend keine Frau verführen würde. Wobei er natürlich unterstellte, dass ihm das gelingen würde.«

Kate konnte ein Lachen nicht unterdrücken. »Das ist mal wieder typisch für ihn«, sagte sie. »Oft gehen seine Vorurteile mit ihm durch.«

»Das ist wohl so.«

»Aber mich überrascht, dass du auf eine solche Wette eingegangen bist.«

»Überrascht?« Christopher sah sie argwöhnisch an. »Warum überrascht? Höre ich in dieser Feststellung so etwas wie einen Tadel heraus?«

»Kann schon sein«, sagte Kate. »Ich meine, eine Wette bei so einer Sache einzugehen, ist vielleicht bei Teenagern zu erwarten, aber nicht bei gestandenen Männern, habe ich gedacht. Und dann eine solche kindische Wette von Nick anzunehmen – wirklich, ich hätte eher geglaubt, dass dich so etwas abstoßen würde.«

Christopher sah sie mit verengten Augen an, dann lächelte er. »Ach, hör auf mit deiner Moral. Es war eine simple Frage der Risikoabwägung. Ich war überzeugt, gewinnen zu können, und habe einen höchst interessanten Wetteinsatz ausgehandelt.«

»Welchen?«

»Eine Kiste Champagner für ihn, falls er gewinnt, und eine Strafe für ihn, falls ich gewinne, wobei er nicht darauf bestand, die Strafe sofort festzulegen. Ich muss sagen, dass er schon einiges getrunken hatte, sonst hätte ich ihn wohl nie dazu bringen können, darauf einzugehen. Aber zu diesem fortgeschrittenen Zeitpunkt war er so sehr davon überzeugt, er würde die Wette gewinnen, dass er sich keine Gedanken über seine mögliche Strafe machen wollte.«

»Das kann ich mir gut vorstellen. Und an welche Strafe hast du gedacht?

Christophers Grinsen verbreiterte sich, und Kate wusste, was er im Sinn hatte. »Oh, Mann!« rief sie kichernd, zog die Beine an und legte den Kopf auf ihre Knie, sah ihn von der Seite an. »Erzähle mir alles, Christopher. Und lasse kein einziges saftiges Detail aus.«

»Es muss wohl mein Glückstag gewesen sein«, sagte Christopher lächelnd. Er schaute hinüber zu Nick, der immer noch seine Kraulrunden zog. »An der Bar saß eine junge Frau, die ohne Begleitung dort zu sein schien. Ich schlenderte hinüber zu ihr, und wir kamen ins Gespräch. Ihr Freund hatte sie sitzen lassen, und sie verging in Selbstmitleid. Ich gab ihr einen Drink aus, und wir redeten eifrig miteinander, und die ganze Zeit saß Nick mit seinem Drink in einer Ecke und wurde zunehmend nervöser.«

»Wie sah sie aus?«

»Sie war hübsch«, sagte Christopher. »Ich sollte mich ein wenig schuldig fühlen, sie nur wegen einer Wette anzumachen, aber ich muss gestehen, dass meine Freude überwog, Nick eins auswischen zu können. Sie heißt Karen und arbeitet in der Stadt in einer Boutique. Sie war ein wenig zu festlich angezogen, und sie trug auch zuviel Make-up, aber darunter war sie hübsch. Ihre Figur eher wie deine, nicht so zierlich wie Sophie. Sie hatte ein ansteckendes Lachen, und dabei zeigte sie ihre weißen, ebenmäßigen Zähne. Und sie ließ sich leicht in ein Gespräch verwickeln.«

»Das arme Mädchen hat sich in dich verguckt«, sagte Kate und empfand Mitleid mit Karen.

Christopher hob die Schultern. »Kann schon sein, aber ich habe ihr nichts vorgespielt. Ich habe gesagt, ich sei verheiratet und ein paar Tage geschäftlich hier. Sie wusste, dass es nur für eine Nacht sein würde.«

»Ich hätte gern Nicks Gesicht beobachtet«, sagte Kate kopfschüttelnd. »Wie ging es weiter?«

»Es lief alles auf das eine Ziel zu«, antwortete Christopher. »Wir tranken und redeten . . .«

»Worüber?«

»Zu Beginn waren es die üblichen Themen, was wir beruflich machten, wo wir wohnten. Ich habe ihr nicht viel über mich erzählt, was sie auch nicht weiter störte, da sie ja glaubte, ich sei verheiratet. Dann sprachen wir über Filme, besonders über Sexszenen in Filmen. Ich versuchte sie davon zu überzeugen, dass die Szene in *Das Piano*, in der Harvey Keitel seinen Finger über das Loch in Holly Hunters Strumpf gleiten lässt, sinnlicher und erotischer ist als *Basic Instinct* und *9 1/2 Wochen* zusammen.«

Kate nickte. »Gutes Thema.«

»Dann schlug ich einen Spaziergang vor. Ich wollte, dass Nick genau verfolgen konnte, was geschah, sonst hätte er bestimmt den Wettausgang angezweifelt. Mir fiel kein Weg ein, ihn und Karen aufs Zimmer mitzunehmen.«

Kate kicherte. »Das hätte ich gern gesehen.«

»Es war ein lauer Sommerabend«, fuhr Christopher fort, »und sie war dafür. Also spazierten wir durch die Hotelanlage. Ich hatte Mühe, mir das Lachen zu verbeißen, weil Nick hinter uns her trottete und von Schatten zu Schatten sprang – es war wie in einem drittklassigen Spionagethriller. Es ist verblüffend, wie leicht man einen Verfolger erkennen kann.«

»Ich kann mir Nick als unauffälligen Überwacher auch schlecht vorstellen«, warf Kate ein. »Wohin seid ihr dann gegangen?«

»Wir sind in der Hotelanlage geblieben. Hinter dem Park gibt es eine Wiese, die nicht gemäht wird, das Gras steht hoch, und dazwischen prangen die schönsten Blumen in allen Farben. Die Sonne ging gerade unter, als wir dort ankamen, und alles wurde in einen rotgoldenen Schimmer getaucht. Es war eine romantische Szene, wie man sie sich schöner nicht wünschen kann. Ich sagte zu Karen, sie hätte einen langweiligen Abend zu einem unvergesslichen gemacht, dann küsste ich sie, und sie erwiderte den Kuss, und von da an wußte ich, dass Nick seine Wette verloren hatte. Ich konnte ihn zwar in diesem Augenblick nicht sehen, aber ich spürte, dass er in der Nähe war und alles mit ansah.«

»Was hast du mit ihr gemacht?«, fragte Kate.

»Nichts Ungewöhnliches«, antwortete Christopher und zeigte ein breites Grinsen. »Nichts so Aufregendes wie die Sachen, die wir ausprobiert haben. Sie wollte sich nicht ins Gras legen, weil sie Angst um ihr Kleid hatte, deshalb gab ich mich als englischer Gentleman und diente als Polster zwischen ihr und dem Boden.«

»Sie hat dich geritten?« Kate leckte sich über die Lippen und stellte sich das unbekannte Mädchen vor, das sich über Christophers kräftigen Stamm schwingen konnte.

»Fast«, sagte er. »Sie war plötzlich Feuer und Flamme, und du hättest mal sehen sollen, wie geschickt sie mir ein Kondom überstreifte. Ich kniete mich hin, sie grätschte über mich, und ich ließ sie langsam herunter. Sie fädelte meinen Schaft ein, und ich hob und senkte sie. Du hättest ihre Schreie in der Hotelküche hören können, glaube ich. Ihre inneren Muskeln packten mich, ich hatte das Gefühl, gemolken zu werden. Es war wirklich ein sehr angenehmes Erlebnis.«

»Du selbstgefälliger Bastard«, sagte Kate, aber sie lächelte, während sie den Kopf schüttelte.

»Das hat Nick auch gesagt«, gestand Christopher. »Er war ausser sich vor Wut. Ich setzte Karen in ein Taxi und habe dem Fahrer Geld gegeben, damit er sie nach Hause brachte, danach kam Nick und belegte mich fast eine halbe Stunde mit üblen Beschimpfungen. Er kam mit tausend Argumenten, warum die Wette nicht gültig sei, und als sie alle nicht zogen, stürzte er sich in sein Auto und brauste davon. Ich bin sicher, er fürchtete, dass ich seine Wettschulden sofort eintreiben und ihn an Ort und Stelle vergewaltigen würde, deshalb verschwand er in die Nacht hinein.« Christophers Lächeln schwand, er sah entschlossen aus und schaute wieder zum Pool.

»Welche Strafe wirst du ihm auferlegen?«, fragte Kate.

»Ich weiß es noch nicht«, murmelte Christopher, »aber es macht Spaß, sich das eine oder andere auszudenken und vorzustellen.« Er sah Kate herausfordernd in die Augen. »Mir ist danach, mich heute völlig gehen zu lassen«, sagte er. »Nick, Sophie und

Edmond haben von mir noch nichts gesehen, das soll nicht so bleiben.«

»Und was ist mit mir?«, fragte Kate halb im Scherz, aber sie hörte selbst, dass ein leichtes Zittern der Hoffnung in ihrer Stimme mitschwang.

Für sie überraschend beugte sich Christopher vor und berührte ihren Mund mit seinen Lippen. »Bei dir habe ich mich schon gehen lassen«, murmelte er. »Jetzt will ich es auch bei den anderen tun. Du verstehst mich ja schon.«

»Ich hätte nichts dagegen«, sagte Kate leise, »wenn du es mit mir noch einmal wiederholen würdest.« Christopher war eine faszinierende Persönlichkeit, und je mehr sie sich mit ihm unterhielt, desto attraktiver fand sie ihn. Ja, es wäre schön, noch einmal seinen muskulösen Körper und den dicken Schaft zu spüren.

Christopher sah sie ernst an, musterte sie intensiv unter seinen dunklen Brauen. »Nun, wenn wir . . .«

Neben ihnen stemmte sich Nick aus dem Becken. Das Wasser rann in kleinen Bächen seinen gebräunten Körper hinunter. »Ihr habt über mich geredet«, sagte er vorwurfsvoll und schaute Kate an. Er war außer Atem und blickte zornig.

»Du hast recht«, sagte Kate unumwunden. »Natürlich haben wir über dich geredet. Ich bin überrascht, dich überhaupt an diesem Morgen zu sehen, Nick.« Sie warf Christopher einen raschen Blick zu und bemerkte, dass er Nick wieder bedrohlich anschaute. War es ein bedrohlicher Blick? Eher begierig, wie ein hungriger Mann, der einem anderen beim Essen zuschaut.

Es lag auf der Hand, dass Christopher sich heute nicht um sie kümmern würde. Soviel zu meinem Vorsatz, mir das zu holen, was ich haben will, dachte sie trocken. Aber es hatte keinen Sinn, Trübsinn zu blasen. Nick würde sie bestimmt nicht zurückweisen.

Sie richtete ihren Blick wieder auf Nick und sah mit leicht geöffneten Lippen, wie die Wassertropfen sich auf seiner glatten Haut sammelten und den Körper hinunter rannen.

»Im Gegensatz zu dem, was einige Leute vielleicht behaupten«, sagte Nick zischend, »stehe ich zu meinen Wettschulden. Und ich laufe auch nicht davon.« Er ging gemächlich hinüber zu einem Stapel Badetücher und rieb Körper und Haare trocken.

»Christopher hat mir erzählt, dass du gestern abend weggefahren bist«, fing Kate wieder fröhlich an. »Wo warst du denn? War es interessant?«

»Ich war in einem Nachtclub in der Stadt«, antwortete Nick. »Und es war ein erbärmlicher Reinfall.«

»Wirklich?« Kates Blicke labten sich an Nicks Körper. Er war von seltener Schönheit. Nass und wütend stand er da. Wenn sie Männer wie Nick sah, wünschte sich Kate, malen zu können. »Das ist aber schade«, sagte sie, als wollte sie das Messer in seiner Wunde noch ein paarmal umdrehen. »Ich meine, Christopher hatte dir doch erst kurz vorher gezeigt, wie es gemacht wird.«

»Ich glaube, ich war nicht locker genug drauf und bin zu hart auf mein Ziel losgesteuert«, sagte Nick. Er mied es, in Christophers Richtung zu schauen; seit er aus dem Pool gestiegen war, waren sich ihre Blicke noch nicht begegnet. Aber er müsste blind sein, wenn er nicht die intensiven Blicke bemerkt hätte, mit denen Christopher ihn bedachte.

Nick rieb sich das Tuch kräftig durch die Haare, dann warf er es beiseite und bückte sich nach der Orangensaftkaraffe. Seine Beinmuskeln spannten sich, und Kate ließ sich keine Bewegung der Muskeln entgehen. Sie spürte, dass ihr Mund ganz trocken wurde.

»Und was war mit dir?«, fragte Nick. Er ignorierte Christopher noch immer. »Hast du Sophie und

Edmond zusammen gehabt? Wer hat mit wem geschlafen? Hast du sie so hart herangenommen, dass sie jetzt nicht aus den Federn kommen?«

»*Au contraire*, Nick«, hörten sie Edmonds helle Stimme von der Tür. Nicks Kopf fuhr herum und sah Edmond mit Kates kleinem Koffer in der Tür stehen. Er hatten einen Arm um Sophie gelegt, und er errötete leicht.

»Hier sind wir, Kate«, sagte Sophie und überbrückte die Spannung, die sich zwischen Nick und Edmond aufzubauen begann, »fit und gestärkt für die nächsten Übungen. Ist das kein herrliches Fitness Center?« Sie schaute sich um, bewunderte die Pflanzen und den Pool. Wie Kate war auch sie nur mit einem Hemd und Shorts bekleidet. Das lockige Haar hatte sie zu einem kurzen Pferdeschwanz zusammengefasst.

»Was ist in dem Koffer?«, fragte Nick.

Edmond ging um den Pool herum, stellte den Koffer ab und öffnete den Deckel. Er schaute Nick herausfordernd an, während der andere stirnrunzelnd den Inhalt registrierte. Nick trat einen Schritt näher, als könnte er nicht glauben, was er auf den ersten Blick gesehen hatte. Dann hob er den Kopf und sah Kate an. »Ich wette, du hast das alles mitgebracht.«

»Diese Wette wenigstens hast du gewonnen«, sagte Kate grinsend. Ihr Blick fiel auf Nicks Schoß, wo sich unter dem engen feuchten Stoff der Badehose der Penis abzeichnete. Er rührte sich leicht und schien wachsen zu wollen.

»Nun denn«, sagte Nick laut, um sicherzustellen, dass alle ihm zuhörten. »Ich schätze, dass ihr gestern abend alle zum Zuge gekommen seid. Ich aber nicht. Und das bedeutet, Leute, dass ich heute morgen die Gelegenheit erhalte, das zu entscheiden, was ablaufen soll.«

»Wer sagt das?«, fragte Edmond.

»Ich sage es! Verdammt, drei Tage lang hat man mir versucht beizubringen, zuzuhören und zu überreden und nicht aggressiv zu sein. Aber jetzt will ich das bekommen, was ich haben will. Es ist Kates Schuld, schließlich hat sie den Koffer mit diesem Zeug angeschleppt, und das hat mich erst auf die Idee gebracht.«

Einen langen Augenblick herrschte Schweigen. Kate spürte die Blicke von Sophie und Edmond auf sich. Sie erwiderte die Blicke und wusste, was sie dort sehen würde. Ja, ihnen grauste davor, dass Nick die Kontrolle übernahm, sie fürchteten sich vor ihm. Sie wollten, dass Kate einschritt. Sophie formulierte sogar ein wortloses ›Bitte‹. Aber auch diese Situation würde ihnen eine Lehre sein: Sie mussten lernen, wie man mit Aggression umging. Kate hob die Schultern und schüttelte kaum merklich den Kopf. Sie sollten selbst für sich eintreten.

Die Atmosphäre war plötzlich zum Schneiden dick, und sie wurde noch dicker, als Nick sagte: »Sophie, ich habe dich schon einmal gefragt, und du hast mir die kalte Schulter gezeigt. Diesmal frage ich nicht lange.«

Er warf mit einer ruckartigen Kopfbewegung sein nasses Haar zurück und trat dicht vor Sophie. Die junge Frau wich aufstöhnend zurück, und im nächsten Augenblick sprang Edmond dazwischen und fasste Nicks Arm. »Das kannst du vergessen, Nick!«

»Wer bist du denn, ihr Hüter?«, fragte Nick wütend und riss sich von Edmonds Hand los. »Sie kann für sich selbst sprechen, oder nicht? Und was erwartest du von deiner Heldentat? Willst du dich um sie duellieren? Okay, ich habe nichts dagegen.«

Edmond wollte zu einer scharfen Replik ansetzen, aber bevor er etwas sagen konnte, sagte Christopher in seiner rauchigen Stimme: »Einen Augenblick, Nick.« Alle Augen waren auf Christopher gerichtet. Er war auf nackten Füßen zwischen sie getreten und stand direkt vor der Schatztruhe, blickte auf sie hinab und lächelte.

Nick presste die Lippen aufeinander und schluckte schwer. Auf seinem Rücken und auf den Schultern zeigte sich eine Gänsehaut.

»Ich glaube, die Zeit ist gekommen, meinen Wetteinsatz zu fordern«, sagte Christopher.

Nicks Hände ballten sich zu Fäusten. Die Knöchel traten weiß hervor.

Edmond und Sophie schauten sich verständnislos an und blickten dann fragend zu Kate. Sie begriffen nicht, um was es ging. Nick versuchte, seine trockenen Lippen mit der Zunge zu befeuchten. Er sagte nichts, aber sein Kopf bewegte sich langsam von einer Seite zur anderen.

»Weißt du, was der Einsatz für die verlorene Wette ist?« Christophers tiefe Stimme klang schmeichelnd wie eine Umarmung. »Ich habe mich jetzt erst spontan dafür entschieden. Ich hatte nicht damit gerechnet, dass wir in den Genuss kommen würden, den Inhalt von Kates kleiner Schatztruhe zur Verfügung zu haben. Nick, ich binde dich an das Klettergerüst. Du stehst da, und Edmond und ich können mit dir anstellen, was uns gerade einfällt.«

Die Luft wich aus Nick, als hätte jemand mit einer dicken Nadel in ihn hineingestochen. Er wich unwillkürlich ein paar Schritte zurück und starrte Christopher mit seinen blauen Augen voller Entsetzen an.

»Das kommt nicht in Frage«, flüsterte er und hielt beide Hände hoch, ein Zeichen hilfloser Selbstverteidigung. »Nie und nimmer.«

»Was geht hier eigentlich vor?«, fragte Edmond.

»Ich habe gestern Abend eine Wette gegen Nick gewonnen«, erklärte Christopher. »Er schuldet mir seinen Wetteinsatz. Ich habe mir gedacht, Edmond, dass du mich unterstützen kannst, den Einsatz zu fordern.«

Ein leises, befriedigendes Grinsen überzog Edmonds Gesicht. »Ich verstehe«, sagte er. »Da mache ich natürlich gern mit, mein Freund.«

Nick stand jetzt am Beckenrand und konnte nicht mehr weiter zurückweichen. Er sah in seiner Beinahe-Nacktheit hilflos und verletzlich aus. Einen Augenblick konnte man den Eindruck haben, er würde Christopher bitten oder gar anflehen, den Wetteinsatz zu ändern, sich etwas anderes einfallen zu lassen, aber dann erkannte er die kühle Entschlossenheit in den dunklen Augen des großen Mannes.

Statt dessen wandte sich Nick an Kate, und wieder hob er als Zeichen seiner Machtlosigkeit beide Hände. »Kate«, sagte er, und seine Stimme zitterte ein wenig, »Kate, ich will das nicht. Du hast gesagt, dass niemand das Recht hat, einem anderen seinen Willen aufzuzwingen. Erinnerst du dich? Du hast es gesagt, Kate!«

»Vor ein paar Minuten warst du noch entschlossen, uns alle nach deiner Pfeife tanzen zu lassen«, sagte Kate, »und die Konsequenzen waren dir egal. Du bist die Wette eingegangen, und du warst leichtsinnig genug, eine Wette anzubieten, ohne den Wetteinsatz genau zu definieren. Du hast die Wette verloren, also sei Mann genug, sie einzulösen.«

Ein leises Geräusch ließ Nick herumfahren. Er sah, dass Christopher über dem Koffer hockte und ein paar weiße Stricke herausnahm. Panik breitete sich auf Nicks Gesicht aus.

»Wenn du annimmst, dass es mir gefallen könnte, so zu sein wie du, Christopher, dann hast du dich mächtig in den Finger geschnitten«, sagte Nick.

Christopher erhob sich und schien darüber nachzudenken. Er ging langsam auf Nick zu und bewegte sich wie eine Raubkatze auf Beutegang. Sein im Schatten liegendes Gesicht zeigte seine ganze Konzentration. Dicht vor Nick blieb er stehen, die Stricke in der Hand, und nach einem längeren Schweigen, durch das die Spannung noch erhöht wurde, sagte er: »Vielleicht hast du recht.«

Die Erleichterung spiegelte sich auf Nicks Gesicht wider. Sein Körper entspannte sich von einer Sekunde zur anderen, aber er zuckte vor Schock zusammen, als Christopher kühl sagte: »Deine rechte Hand, bitte.«

»Aber . . .«, protestierte Nick.

»Wir treffen uns auf halbem Weg«, sagte Christopher. »Das ist zwar nicht nötig, denn schließlich ist und bleibt es ein Wetteinsatz, dessen Bedingungen ich wählen kann. Aber ich verspreche dir eins – wenn du nicht erregt bist, werden Edmond und ich dich nicht berühren.«

»Was?«, fragte Nick und schaute stirnrunzelnd um sich. »Wie meinst du das?«

»Soll ich es deutlicher formulieren? Also gut: Wenn du eine Erektion bekommst, können Edmond und ich tun, was uns gerade einfällt. Solange du schlapp bleibst, bist du in Sicherheit. Na, ist das fair?«

Nick zögerte noch, dann nickte er. »Ja«, sagte er, mehr als überzeugt, dass er sich unter Kontrolle haben würde. »Ja, klar, einverstanden. Aber ich hätte noch gern eine Frist, nach der du mich wieder losbinden musst.«

»Ja, sicher, die steht dir zu. Wie wäre es mit einer halben Stunde?«

Nick schaffte es nicht, sein Grinsen zu unterdrücken. »Kein Problem.« Er hob den Kopf, selbstsicher wie eh und je. »Wo willst du mich haben?« Er stellte sich vor das Klettergerüst und hielt seine Arme hoch. Christopher folgte ihm durch den Raum und band Nicks Hände an das metallene Gerüst fest. Er achtete darauf, dass die Stricke die Blutzirkulation nicht abschnitten, aber zugleich mussten sie so fest sein, dass Nick sich nicht befreien konnte.

Dann legte Christopher seine Hände auf Nicks Badehose. Nick schloss die Augen, während Christopher die enge Hose über die Hüften zog, die muskulösen Beine hinunter. Er trat zurück und gab den Blick frei auf Nicks nackte Gestalt.

Der gefesselte Körper war atemberaubend schön. Kate atmete schwer, während ihr Blick sich auf den breiten Brustkorb konzentrierte, dann zur schlanken Taille huschte. Den weichen Penis, der einladend zwischen den Schenkeln ruhte, sparte sie sich für zuletzt auf. Bisher hatte sie ihn noch nicht so entspannt betrachten können, aber dieser Anblick entschädigte sie für vieles, was ihr bisher entgangen war.

Sie musterte ihn so genau, als müsste sie ihn danach aus dem Gedächtnis malen, und sie sehnte sich danach, ihre Finger über seinen Torso gleiten zu lassen, das Spiel der Muskeln unter ihren Fingern zu spüren, den Penis in die Hand zu nehmen und die schlafenden Hoden zu wecken.

Nick hatte arrogant den Kopf gehoben, als wollte er ihnen allen mitteilen: Seht her, mir kann keiner. Aber er sagte nichts.

Das Schweigen lastete schwer im Raum, und niemand traute sich, sich zu bewegen. Dann meldete sich, zu Kates Überraschung, Edmond zu Wort. »Christopher, was geschieht jetzt?« fragte er.

Nick schloss die Augen und biss sich auf die Unterlippe. Sein schlaffer Penis rührte sich nicht. Kate wußte, wenn sie so festgebunden wäre, nackt zur

Schau gestellt würde, wäre sie über alle Maßen erregt. Sie konnte sich die warme, feuchte Luft auf ihren bloßen Brüsten vorstellen, wie ihre Nippel sich aufstellten, als wollten sie betteln, berührt und geleckt zu werden. Vielleicht hatte Nick keine exhibitionistische Neigung, dachte Kate. Oder er hatte Angst vor dem, was geschehen würde, wenn er hart wurde.

»Nun«, sagte Christopher bedächtig, »ich denke, wir sollten Kate und Sophie bitten, uns behilflich zu sein.«

Nick riss die Augen auf. »Was?« rief er wütend und zerrte ungestüm an seinen Handgelenkfesseln. »Kate und Sophie? Das ist nicht fair, Christopher, du Bastard. Davon war vorher nicht die Rede . . .«

»Nein, wie hätte das auch sein können?«, fragte Christopher. »Es ist immerhin möglich, dass sie nicht zustimmen. Ich kann sie nur bitten.« Er wandte sich zu den beiden Frauen um. Zuerst sah er Sophie an. »Sophie«, fragte er mir sanfter Stimme, »hast du eine Ahnung, womit wir Nick ein wenig . . . eh . . . in Stimmung bringen könnten?«

Seit Nick so begierig und bullig auf sie zugegangen war, hatte sich Sophie etwas zurückgezogen und stand immer noch hinter einer der breiten Palmen und betrachtete die Szene mit ihren großen dunklen Augen. Jetzt trat sie hervor.

Sie lächelte beinahe katzenhaft, und Kate erinnerte sich, dass Sophie ihre Erregung gestanden hatte, als sie Christopher und Edmond zugeschaut hatte. Jetzt hoffte sie offenbar auf eine Ergänzung dieser Szene.

»Ja«, sagte sie mit ihrer weichen Stimme, »ich glaube, mir fällt da etwas ein.« Nick starrte sie an, als sie langsam auf ihn zu trat. Der Ausdruck ihres Gesichts verriet so etwas wie Triumph.

»Er hat mehr als einmal erwähnt, dass er mich und

Kate zusammen sehen möchte. Wenn Kate also bereit ist, sollten wir ihm diesen Gefallen tun.«

»Verdammt!«, rief Nick aus, und wieder zerrte er an seinen Fesseln.

Kate bemerkte mit einem wohligen Schauer, der ihr über den Rücken lief, dass selbst Sophies Worte schon eine Wirkung auf Nick hatten: Der ruhende Penis zwischen den Schenkeln zuckte, als hätte er ein Eigenleben und heimlich zustimmen wollen.

Nick presste fest die Augen zu. »Ich werde einfach nicht hinschauen«, sagte er zwischen zusammengebissenen Zähnen. »Da könnt ihr machen, was ihr wollt.«

»Das macht nichts«, sagte Sophie. Sie fuhr mit ihrer kleinen Hand durch Nicks Gesicht. Es war eine sanfte Berührung, aber Nick wich mit dem Kopf zur Seite, als hätte er sich verbrannt. »Du brauchst nicht hinzusehen, Nick«, sagte sie. »Ich werde dir alles sagen, was gerade geschieht.« Sie drehte sich um. »Kate, hilfst du mir?« Die Erregung war ihr an den geröteten Wangen anzusehen.

»Das versteht sich von selbst«, antwortete Kate. Sie spürte, wie sich ihre Brüste spannten, und in ihrem Bauch begann ein sinnliches Glimmen. Sie würden Nick erregen, und dann lieferten sie ihn an Christopher aus. Die ganze Situation war so ungewöhnlich und wahrscheinlich unwiederholbar, dass es sie schüttelte.

»Was soll ich tun?«, fragte Kate.

»Wartet mal«, schaltete sich Christopher ein. »Edmond, du stellst dich an diese Seite von Nick und beobachtest seine Reaktion, und ich bleibe hier stehen und überwache alles. Bei einem Winkel von neunzig Grad ist die Voraussetzung erreicht, einverstanden?«

»Ihr seid alle verdammte Bastarde!«, rief Nick und

ruckte jetzt mit aller Kraft an den Fesseln. Er trat mit den Beinen aus und wollte Christopher treffen, aber der wich rasch genug aus, und das Bein trat ins Leere.

»Versuche das noch einmal, Nick, dann binde ich dir auch die Füße noch fest«, warnte Christopher. Seine Stimme klang wild entschlossen.

»Du kommst nicht an mich heran«, keuchte Nick und zielte mit dem anderen Fuß. Er war stark und energiegeladen, und diesmal traf er Christophers Hüfte. »Ich schwöre, du kommst nicht an mich heran.«

»Edmond«, sagte Christopher, »bring mir noch ein paar Stricke, ja?«

Die zwei Männer hielten Nick fest, dann banden sie die Fußgelenke um die unteren Latten des Gerüsts, die Füße einen guten Schritt auseinander. Nick stemmte sich noch ein paarmal gegen die Fesseln auf, dann sah er wohl ein, dass es sinnlos war, er gab sich geschlagen und stieß ein paar leise Verwünschungen aus. Die beginnende Versteifung seines Penis war nicht mehr zu sehen, er lag weich und klein und hilflos zwischen den Schenkeln. Seine Position am Klettergerüst war die des Mannes, den Leonardo gezeichnet hatte. Er sah so erregend verletzlich aus, dass Kate spürte, wie sich ihre Säfte sammelten.

Sophie stand neben Kate und befeuchtete sich die Lippen mit der Zunge. Die Männer stellten sich wieder rechts und links neben Nick hin. Sophie schaute Kate fragend an, dann zog sie das Band aus ihrem Haar, und der Pferdeschwanz löste sich auf. Das lockige Haar fiel über ihre Schultern.

»Wir müssen ganz subtil vorgehen«, flüsterte sie Kate zu. »Ich will versuchen, dass wir es schaffen, ohne ihn überhaupt zu berühren.« Sie sah die Trainerin an. »Ziehst du deine Sachen aus?«

Kate nickte. Sie und Sophie entledigten sich rasch der wenigen Kleider. Sophie warf Edmond einen spitzbübischen Blick zu. Dann wandte sie sich wieder an Kate. »Überlässt du mir das Kommando?«

Kate nickte wieder und fragte sich, was die so plötzlich selbstbewusste Sophie ausgeheckt hatte.

»Kate, knie dich vor ihn hin«, sagte Sophie. Kate gehorchte. Nicks Augen waren fest geschlossen, aber Edmond und Christopher hatten nur Blicke für die beiden nackten Frauen. Sophie stand hinter Kate, ihr Atem ging schwer, und die kleinen Brüste senkten und hoben sich.

»Oh, mein Meister«, hauchte sie mit unterwürfiger Stimme.

Nick stieß ein Stöhnen aus, seine Lippen spannten sich und gaben den Blick auf seine zusammengebissenen Zähne frei. Er wandte den Kopf, als könnte er die nackten Frauen durch seine Lider sehen.

Sophie lächelte. »Mein Herr und Meister«, fuhr sie in der leisen Stimme fort, »wir sind hier, wie du befohlen hast. Willst du uns nicht anschauen?«

Nicks Augen blieben fest geschlossen. Seine Lippen zitterten, und die Nasenflügel bebten. Kate schaute an seinem schönen Körper hoch und spürte, wie sich die Erregung in ihr ausbreitete. Sie hätte ihn gern gestreichelt, ihre Lippen geöffnet und den weichen Penis in den Mund genommen, ihn in ihrem Speichel gebadet und mit der Zunge und den Lippen zu voller Größe gelockt. »Oh, Meister«, flüsterte Sophie, »der Sklavenmeister hat uns auf deinen Befehl hin ausgewählt. Wenn du uns nicht anschaust und kein Vergnügen an uns hast, wird der Sklavenmeister uns auspeitschen.« Sie ging neben Kate auf die Knie. »Hier ist meine Freundin, die danach lechzt, dir alle Vergnügungen dieser Welt zu bereiten.«

Kaum merklich veränderte Nick die Richtung seines Kopfs; er hatte bemerkt, dass Sophies Stimme aus einem anderen Winkel zu ihm drang.

»Sie ist wunderschön, mein Herr, ihr Körper ist wie eine reife Frucht. Siehst du, oh, Meister, wie sie dir ihre Brüste entgegen streckt?«

Kate war es, als müsste sie das als Stichwort aufnehmen. Sie drückte die Hände unter ihre Brüste und hob sie an, Nick entgegen. Er öffnete die Augen nicht, aber ein kleines hilfloses Geräusch entrang sich seiner Kehle, und Sophies Lippen zuckten triumphierend, als sie bemerkte, dass sich der Penis zu rühren begann.

Kate fiel in Sophies Rollenspiel ein. »Oh, Meister«, murmelte sie, »meine Freundin ist frisch wie der Morgentau und schlank wie ein Reh. Ich bitte dich, sie anzuschauen, Meister, sie steht dir zur Verfügung.«

Nicks Hände verkrampften sich um die Stangen des Klettergerüsts, an das er gefesselt war. Sein Kopf fiel auf seine Brust, als wäre seine Erschöpfung übermächtig. Er atmete flach, und die Muskeln von Bauch und Schenkeln schienen in ständiger Bewegung zu sein. Er bemühte sich, gegen seine Erregung anzukämpfen, aber trotzdem richtete sich sein Penis auf, er wurde länger und dicker.

Sophie fing einen Blick von Edmond auf, der grinste und den Daumen nach oben streckte.

»Oh, Meister«, flüsterte Sophie, »wenn du uns nicht anschauen willst, was sollen wir dann tun? Es verlangt uns nach dir, hast du nicht Erbarmen mit uns?« Nick blieb reglos stehen. »Nun denn«, sagte Sophie, »dann müssen wir uns mit uns selbst vergnügen.«

Sie rutschte auf den Knien näher an Kate heran, beugte den Kopf und saugte eine Brustwarze der Freundin in den Mund. Ein Lustschwall durchlief

Kate so heftig, dass er sich beinahe wie ein Schmerz anfühlte. Unvermittelt stieß sie einen leisen Schrei aus. Nick wandte den Kopf, die Augen immer noch geschlossen, und Sophie schaute hoch.

»Hast du gehört, mein Herr, wie sie vor Lust geschrien hat, als ich ihren Nippel zwischen die Zähne nahm? Stell dir vor, um wieviel lauter sie schreien wird, wenn ich ihre geheime Stelle küssen werde, wenn ich meine Zunge tief in sie hinein stoße und meine Lippen ihren Kitzler saugen ...«

Sie legte Kate sanft auf den Boden und begann, ihren Worten Taten folgen zu lassen. Sie teilte Kates Schenkel mit ihren kleinen Händen und bedeckte ihren Bauch mit schmatzenden Küssen.

Kate schloss die Augen und gab sich ganz den wunderbaren Gefühlen hin, die Sophie in ihr wachrief. Seufzend warf sie sich hin und her, als Sophies Zunge die Labien teilte und auf und ab fuhr. Kate fasste sich an die Brustwarzen und zwirbelte sie, gleichzeitig hob sie die Hüften an und stieß gegen Sophies Mund.

Im nächsten Moment wimmerte sie protestierend, als Sophies Liebkosungen plötzlich aufhörten. Kate stützte sich auf die Ellenbogen und blickte auf.

Der dicke Stab zwischen Nicks Schenkeln war jetzt voll ausgefahren und begann, sich steil zur Decke zu strecken. Nick selbst hatte die Augen immer noch fest geschlossen. Sophie war aufgestanden und glitt dicht an Nick heran, bis sich ihre Körper fast berührten. Sie stellte sich auf die Zehenspitzen und hob ihr herzförmiges Gesicht, als wartete sie auf seinen Kuss.

»Mein Herr«, flüsterte sie, »ich habe sie mit meinem Mund gekost. Kannst du ihre Liebesgabe auf meinen Lippen schmecken, mein Herr? Sie begehrt dich so sehr ...«

Nick stieß einen Fluch aus und wandte rasch den

Kopf ab, aber der Schaden war schon angerichtet. Er sog den moschusartigen Geruch von Kates Erregung ein, der ihm auf Sophies glänzenden Lippen nahegebracht wurde, und als würde er von Strippen gezogen, hob sich sein Phallus, zeigte sich in seinem ganzen Stolz. Die weiche Haut des Hodens spannte sich, und der Schaft zuckte und wies zur Decke.

Sophie flüsterte: »Oh, Meister.«

Edmond kicherte. »Nick, du hast verloren. Jetzt kannst du ruhig deine Augen öffnen.«

»Eine gute Idee«, sagte Christopher. »Kate, Sophie, setzt das gute Werk fort. Offenbar kann er nicht genug von euch bekommen.«

Langsam öffnete Nick die Augen. Sophie schaute ihn an, ihre Blicke verhangen und voll sinnlichen Verlangens. Sie drückte ihre Lippen auf seinen Mund und gab ihm einen tiefen Kuss. Dann ließ sie sich vor ihm wieder auf die Knie fallen und umarmte Kate. Sie küssten und umarmten sich. Nick schaute ihnen gierig zu und flüsterte: »Verdammt, wie sollte ich da eine Chance haben?« Sein Penis war zu einer vollen Erektion gewachsen, die scharlachrote Spitze zuckte voller Eifer.

Kate und Sophie sanken wieder zu Boden, und ihre Münder suchten die Labien der anderen Frau. Nick stöhnte auf. Er schien kaum zu bemerken, dass Christopher vor ihm kniete und den geschwollenen Phallus tief in den Mund nahm. Als er den feuchten Mund spürte, stieß er rhythmisch zu und suchte die Erlösung von seiner Lust.

Kate und Sophie waren unglaublich erregt von der ganzen Szene, und jetzt wollten sie erleben, wie Nick sich verhielt, wenn er den beiden anderen Männern ausgeliefert war, aber ihre eigene Lust wurde stärker, je intensiver sie sich mit dem Geschlecht der anderen beschäftigten. Es schien nur Sekunden zu dauern, bis sie stöhnten und von einem intensiven Orgasmus gepackt wurden, der es ihnen unmöglich machte, irgend etwas anderes im Raum zu sehen oder wahrzunehmen. Nach einer kurzen Weile ebbten die Zuckungen ab, und neugierig hoben sie den Kopf, um sich zu vergewissern, was mit Nick geschehen war.

Sie bekamen gerade noch mit, wie er sich stöhnend ergoss und wie Christopher sich heftig atmend zu Boden gleiten ließ. Nick schrie auf und ruckte an seinen Fesseln, dann hing er schlaff und keuchend am Klettergerüst, während Christopher die Augen aufschlug und glücklich aufschaute.

»Lasst ihn jetzt frei«, sagte Sophie und sprang auf die Füße. Mitleid überkam sie. »Der arme Nick! Lasst ihn frei.« Sie begann, an den Knoten der Stricke zu zupfen, und Kate kroch zu seinen Fußfesseln und mühte sich dort mit den Stricken ab. Bald schon war er frei und sank zitternd zu Boden. Er hielt den Kopf gesenkt, und sein Atem kam beinahe schluchzend.

Sophie ließ sich neben ihm auf die Knie nieder und legte ihre Arme um ihn.

Kate streichelte über Nicks Haare. »Nick«, flüsterte sie, »es war ein wunderschöner Anblick. Ich war selten so erregt. Das war sexy.«

»Nick, gib zu, dass es dir gefallen hat«, sagte Edmond. Er hatte den Ablauf des Geschehens aus nächster Nähe verfolgt, und sein geschwollener Penis zeigte, dass er nicht unbeteiligt geblieben war.

Nick hob den Kopf und sah in die Gesichter, die alle ihm zugewandt waren. Er schien sowohl niedergeschlagen wie eigenartig entrückt zu sein. »Also gut«, sagte er mit rauer Stimme. »Ja, es hat mir gefallen. Aber vergesst nicht, ihr habt mir versprochen, dass alles unter uns bleibt. Das, was eben geschehen ist, soll ein Geheimnis bleiben.«

Er zog Kate und Sophie an sich und drückte sie an seine Brust. »Verdammt«, sagte er, »ihr zwei seid heiße Ware. Ich wusste, wenn ich die Augen öffne ...«

Christopher meldete sich. »Ich bin froh, dass ihr alle Gefallen daran gefunden habt.« Er wies auf seinen Penis, der weit von seinem Körper abstand. »Edmond und ich haben einiges nachzuholen. Kate und Sophie, habt ihr in den nächsten zwei bis drei Stunden was vor?«

Elftes Kapitel

Sie saßen im Jacuzzi und sprachen darüber, wie sie ihre neu erworbenen Kenntnisse bei der Arbeit einsetzen konnten. Kate forderte die Teilnehmer auf, sich auf ein neues Verhalten festzulegen, das sie im Büro zeigen würden, und später sollten sie sich gegenseitig anrufen, um zu erfahren, ob man durchgehalten hatte.

»Ich werde mich vom ersten Tage an im Büro durchsetzen«, sagte Sophie sofort. »Ich werde Mike, meinem Boss, sagen, dass ich sein Vertrauen sehr schätze, dass mir aber nicht gefällt, wie er seinen Namen unter meine Berichte setzt. Meine Berichte werden mit meinem Namen an die Direktion gehen.«

»Auch ich werde durchschlagkräftiger sein«, sagte Edmond voraus. »Ich werde einer meiner Kolleginnen sagen, dass ich gern mit ihr zusammen arbeite, dass es mir aber nicht gefällt, wie sie ihre Sachen immer nur halb fertig abliefert. Statt eine Aufgabe zu Ende zu bringen, wendet sie sich lieber der nächsten zu – die sie auch nicht abschließt. Ich werde darauf bestehen, dass sie die nächste Aufgabe, die ich ihr gebe, komplett erledigt.«

»Wir können das untereinander proben«, fügte Sophie eifrig hinzu. »Wir machen Rollenspiele, Edmond und ich. Das wird uns beiden helfen.«

Nick und Christopher schwiegen. Nach einer Weile fragte Kate: »Was ist mit dir, Nick?«

Nick räusperte sich. »Ich werde Bob, das ist mein Boss, sagen, dass es richtig war, mich in der Vergangenheit zu kritisieren. Ich werde ihn fragen, wie ich mich ändern soll, und ich werde gut zuhören, was er sagt. Ich will eine Brücke zu ihm schlagen.«

»Das wird nicht leicht sein«, sagte Kate, weil sie seinen Optimismus dämpfen wollte.

»Das ist mir klar«, sagte Nick und zeigte dann zu aller Überraschung ein freundliches Lächeln.

Alle Augen richteten sich auf Christopher. Er lag rücklings im Jacuzzi, den Kopf auf dem Rand, die Augen geschlossen. Dann konnte er das erwartungsvolle Schweigen nicht länger ignorieren. Er richtete sich ein wenig auf. »Mir gefällt der Gedanke nicht, dass ich mich ändern soll«, sagte er leise.

»Ich erwarte nicht, dass du dich selbst änderst, Christopher«, sagte Kate so einfühlsam, wie sie konnte. »Du weißt, dass ich dich nicht ändern will. Ich möchte nur, dass du dich mit einem veränderten Verhalten identifizierst. Hast du darüber nachgedacht?«

Nach einer langen Pause sagte Christopher: »Aber ich weiß nicht, was ich ändern soll. Ich meine, ich weiß nicht, von welcher Änderung ich profitieren würde. Ich arbeite gut. Genügt das nicht?«

Kate hätte ihm am liebsten gesagt, was sie an seiner Stelle ändern würde, aber sie wartete ab. Wie sie geahnt hatte, meldete sich Nick, nachdem er Edmond und Sophie lauernd angesehen hatte. »Nun ja, Christopher«, begann er, »in den letzten vier Tagen haben wir festgestellt, dass wir dich mögen. Aber es fällt auf, dass du nie zeigst, was du denkst. Und du sprichst es nicht aus. Das erschwert den Umgang mit dir.«

»Du hast uns immer wieder überrascht«, fügte Sophie hinzu. »Weil wir nicht wussten, was wir zu erwarten hatten. Glaubst du, du könntest ein bisschen mehr – geradeheraus sein? Offenherziger?«

»Offenherziger«, murmelte Christopher. Er zögerte, dachte offenbar nach. Dann sagte er: »Was ist das für ein Unterschied, wenn ich zeige, was ich denke? Warum sollte euch das interessieren?«

Die anderen sahen sich an. Dann sagte Edmond sehr bedächtig: »Christopher, wir haben dir schon gesagt, dass wir dich mögen. Aber ich zum Beispiel habe keine Ahnung, ob du mich magst.« Sophie nickte bestätigend. Christopher schien noch nicht überzeugt zu sein, und Edmond fuhr fort: »Weißt du, mir bedeutet es viel, ob du mich magst oder nicht. Deshalb bin ich an deiner Meinung interessiert, deshalb will ich es in deinem Gesicht lesen können.«

»Wenn du uns nichts zeigst, schließt du uns aus«, sagte Nick, und wieder überraschte er alle anderen. »Wir können nicht mit dir reden, und das kann dir nicht einerlei sein.«

»Niemand ist eine Insel«, zitierte Sophie. »Jeder Mensch ist ein Teil des Kontinents, ein Teil des Ganzen.«

Edmond lächelte, rutschte näher zu Sophie und legte seinen Kopf auf ihre Schulter.

Nach längerem Schweigen stellte sich Christopher auf die Füße und hievte sich aus dem Jacuzzi heraus. Er schritt davon, die Hände hinter dem Kopf verschränkt, die Ellenbogen an die Wangen gedrückt, als wollte er sein Gesicht verbergen oder schützen.

Kate und die anderen starrten auf seinen nackten Rücken. Die Ungewissheit über das, was Christopher tun würde, nahm den anderen den Atem. Das Schweigen zog sich hin, lastete immer schwerer auf denen, die noch im Jacuzzi saßen. Kate wollte das Schweigen brechen, wollte eine einfache Lösung anbieten, die jeder Trainer immer parat hat, weil er Dinge weiß, die andere nicht wissen, aber ihr fiel keine Lösung ein. Sie wusste, wenn sie den Mund öffnete, würde sie rufen, dass sie ihn liebte, und sie würde ihn anflehen, ihr nicht den Rücken zuzuwenden. Absurd, sagte sie sich. Absurd und lächerlich. Du willst ihn nur haben, weil du ihn nicht haben kannst. Mach dich nicht zur Närrin.

Schließlich drehte sich Christopher zu ihnen um und sah sie an. Er schien völlig verdutzt zu sein. Als er sprach, klang seine Stimme verunsichert, beinahe scheu – sehr ungewöhnlich für ihn. »Ihr meint«, sagte er zögernd, »ihr meint, es ist wichtig für euch zu wissen, was ich denke?«

»Ja«, antwortete Sophie für sie alle. »Es ist uns wichtig, Christopher.«

»Nun«, sagte Christopher und atmete tief durch. Er schien Mühe zu haben, die Worte zu formulieren. »Nun, dann wird es euch nicht wehtun, wenn ich sage, zu Anfang des Kurses hielt ich euch alle für ziemlich langweilig und gewöhnlich. Aber seitdem habe ich meine Meinung geändert.«

»Du meinst, du magst uns jetzt?«, hakte Nick nach und lächelte Christopher an. Er antwortete nicht, aber er nickte und schaute zu Boden.

Was ist mit dir geschehen, Christopher? fragte sich Kate. Was ist dir in der Vergangenheit widerfahren, dass du so verschlossen bist, so in dich gekehrt? Das kann nicht eine Frage der Sexualität sein. Nein, damit hat es nichts zu tun. Sie fragte sich, ob es ihr gelingen würde, das je herauszufinden. Christopher stieg wieder ins Jacuzzi, er sagte nichts und schien so bewegt zu sein wie die anderen, als sie jetzt die Hände ausstreckten und ihn hinunter ins Wasser zogen, ermunternd und liebevoll. Er sagte nichts und gab vor, damit beschäftigt zu sein, sich Wasser ins Gesicht zu klatschen.

Kate spürte, dass es an der Zeit war, einen lockeren Ton anzuschlagen, bevor die Situation zu intensiv und zu schwer wurde. Sie sagte fröhlich: »Zu diesem Zeitpunkt eines Kurses bin ich stets dankbar dafür, dass der Trainer selbst keine Verpflichtung zu einem veränderten Verhalten in der Zukunft abgeben muss.«

»Du?«, rief Sophie aus, Überraschung auf dem

ganzen Gesicht. »Aber Kate, du kannst doch alles. Du beherrschst jede Situation. Ich jedenfalls hätte keine Probleme, wenn ich so wäre wie du.«

Kate lachte hohl. »Das glaubst auch nur du«, sagte sie. »Ich will euch was gestehen.« Sie schilderte kurz die Situation mit Alex, seine Schönheit und ihr unbefriedigtes Verlangen. »Es gibt keinen Grund, warum ich ihm noch nichts davon gesagt habe«, meinte sie abschließend und zuckte mit den Schultern. »Aber irgendwie scheint es nie der richtige Zeitpunkt zu sein. Ich denke darüber nach, nehme es mir fest vor, aber ich tue es nicht.«

»Dann glaube ich, solltest du auch die Verpflichtung zu einem veränderten Verhalten eingehen«, sagte Nick grinsend. »Ich werde dir nächste Woche eine E-Mail schicken und nachfragen, ob du Alex schon in dein Bett eingeladen hast.«

»Ich auch«, sagte Edmond.

Kate lächelte. »Guter Versuch, Nick, danke, Edmond. Aber wahrscheinlich werde ich schon nicht mehr da sein, um die Nachricht noch lesen zu können.«

»Wieso?«, fragte Sophie irritiert. »Bist du wieder unterwegs?«

»Ich werde meinen Job aufgeben«, antwortete Kate ohne Umschweife. »Ich kündige.«

»Kündigen?«, riefen alle zusammen. Selbst Christopher schien entsetzt zu sein.

»Aber wieso?«, fragte Sophie wieder. Sie schien am meisten enttäuscht zu sein. »Warum, Kate?«

»Ich will dir mal was sagen«, begann Nick. »In den Kursanweisungen heißt es, dass in einigen Monaten eine Auffrischung der Kursinhalte stattfinden soll. Darauf habe ich mich nämlich schon gefreut. Kannst du dir die Langeweile mit einem anderen Trainer vorstellen?«

»Hast du ein besseres Angebot erhalten?«, wollte Edmond wissen.

Kate schüttelte den Kopf. »Ich habe überhaupt kein Angebot, ich habe mich nicht einmal woanders beworben. Ich habe einfach genug von diesem Job. Oder genauer – von meinem Boss. Sie ist ungenießbar. Heute will sie das, morgen genau das Gegenteil. Ich bin nur hier, weil Bob« – sie wies mit dem Kopf zu Nick, der überrascht die Augenbrauen hob – »der Direktor unseres Firmenzweigs ist. Er hat darauf bestanden, dass ich den Kurs übernehme, deshalb konnte Bryony nichts dagegen unternehmen. Sie hatte mich vorher schon für die Anwerbung neuer Kunden eingeteilt. Dass ich diesen Kurs übernehmen soll, hat sie mir erst am Freitagabend erzählt, und darüber war ich wütend.«

»Das erklärt auch deinen Entschluss, ein wenig unorthodox an die Kursinhalte heranzugehen«, sagte Christopher lächelnd. »Du wolltest deinen Frust an uns auslassen, nicht wahr?«

Kate wollte es leugnen, aber bevor sie etwas sagen konnte, murmelte Edmond: »Ein wenig unorthodox.« Er lachte und zog Sophie in seine Arme und ins wirbelnde Wasser. »Das ist eine starke Untertreibung, Christopher! Schau dir nur an, was sie aus uns beiden gemacht hat.«

»Sie hat Erfolg gehabt, oder nicht?«, fragte Sophie und krümmte den Rücken. Ihre kleinen Brüste hüpften, umgeben von platzenden Wasserbläschen.

»Sie hat Erfolg gehabt«, stimmte Nick zu. »Kate, erinnerst du dich, was ich in der Rubrik *Ziele des Kurses* geschrieben hatte?«

»Natürlich erinnere ich mich«, sagte Kate und grinste ihn an. Sie sah, dass die anderen sie fragend anschauten, deshalb erklärte sie: »Nur zwei kleine Worte, die besagten, dass er sich nichts vom Kurs versprach.«

»Und du hast mich wirklich umgewandelt«, sagte Nick. »Ich meine, es wird natürlich nicht leicht sein, mein Verhalten von Grund auf zu verändern, aber ich werde es ernsthaft versuchen, und damit ist mir verdammt ernst.«

»Wir werden in Verbindung bleiben und fragen, wie es dir gelingt«, bot Sophie an.

»Kate, kündige nicht«, sagte Edmond. »Es gibt immer einen Weg um den bösen Boss herum. Kannst du nicht mit ihr reden?«

Kate schüttelte den Kopf. »Sie ist nicht gerade die weltbeste Zuhörerin. Sie sitzt da und sieht dich eine Weile an, während du etwas vorträgst, aber sie hört nicht wirklich zu. Sie kennt nur ein Ziel, das ist ihre eigene Zukunft im Unternehmen. Immer höher hinauf.«

»Aber . . .«, begann Sophie.

»Wenn du Alex erst einmal in dein Bettchen gezogen hast, geht es dir bestimmt besser«, sagte Nick.

»Hört zu, ich werde darüber nachdenken«, sagte Kate. »Und wenn ich kündige, schreibe ich euch und sage euch, wo ich zu erreichen bin. Es gibt keinen Grund, warum wir uns nicht wiedersehen sollten, auch wenn es sich nicht um einen Auffrischungskurs handelt.« Sie konnte nicht verhindern, dass sie Christopher dabei mit einem Blick bedachte, in dem all ihre Hoffnung lag. Die anderen spürten, dass Kate das Thema nicht weiter vertiefen wollte, und dann war es Sophie, die mit Edmond zu balgen begann. Sie warf sich über ihn, grätschte die Beine und stieß gegen Nick, der sofort die Chance nutzte und an Sophies kleinen Brüsten saugte.

Sophie quietschte vergnügt und griff mit einer Hand zum bestenfalls halbsteifen Penis ihres Freundes. Sie rieb ihn sanft auf und ab, und als sie spürte, wie der Schaft sich mit Blut füllte, warf sie Kate einen triumphierenden Blick zu. Kate schaute zu Christopher, der die Szene mit einem Schmunzeln verfolgte. Während sie noch überlegte, ob sie zu ihm rutschen sollte, oder ob es besser war, auf seine Annäherung zu warten, nahm Christopher ihr die Entscheidung ab.

»Es scheint, dass Sophie die Aufteilung vorgenommen hat«, sagte er und watete Kate entgegen. Sie saß am Rand, beobachtete das Spiel seiner Muskeln und starrte auf seinen massiven Penis, der sich langsam erhob. Es war ein eindrucksvolles Schauspiel, und Kate leckte sich unwillkürlich über die Lippen.

Christopher blieb dicht vor ihr stehen und schaute hinunter auf Kate, deren Schenkel sich wie von selbst spreizten. Sie fuhr sich mit einer Hand über die Brüste und nahm die geschwollene Brustwarze zwischen Daumen und Zeigefinger. Sie hob den Blick und schaute Christopher an, dessen Adamsapfel aufgeregt hüpfte. Wenige Schritte von ihnen entfernt hatte sich Sophie auf Edmond eingerichtet, und Kate wurde durch Sophies kleinen Schrei auf die Szene aufmerksam, genüsslich ritt sie auf dem harten Schaft, während sie Nick mit dem Mund verwöhnte. Nick hatte die Augen geschlossen und stieß die Hüften rhythmisch vor und zurück.

Christopher wandte den Kopf und betrachtete ebenfalls die Szene, und diesen Moment wählte Kate, um den waagerecht stehenden Stab mit den Lippen zu umschließen. Christopher zuckte leicht und wandte den Kopf, stöhnte auf und murmelte: »Oh, Kate, das ist wunderbar . . .«

Sie spürte, wie der Schaft in ihrem Mund noch weiter wuchs. Sie fuhr mit dem Kopf vor und zurück, rieb weiter über ihre Brüste und ließ die andere Hand zu ihrem Schoß gleiten. Sie stöhnte dumpf auf, um den

Schaft in ihrem Mund herum. Christopher hatte begonnen, langsam zuzustoßen, und Kate spürte, wie der Schaft zu pochen anfing. Lange würde es nicht dauern, sie waren alle überreizt, und in diesem Moment hörte sie auch Sophie gedämpft aufschreien, Edmond stieß von unten kräftig in sie hinein, und Nick erlebte gerade seinen Höhepunkt, wild und ungestüm, begleitet von einem langgezogenen Stöhnen, das in die Kakaphonie der anderen lustvollen Geräusche passte. Kate und Christopher kam es fast gleichzeitig. Als sie bemerkte, dass er den Punkt erreicht hatte, an dem es keine Umkehr mehr gab, verstärkte sie das Reiben ihres Kitzlers, und dann spürte sie auch schon, wie ihr Mund sich füllte, und glücklich und heftig zuckend nahm sie alles auf, und stolz und verliebt blickte sie hoch und sah, wie Christopher sich verrenkte, wie er sich keuchend neben sie niederließ und sie in die Arme nahm.

Wenige Sekunden vorher hatte sich die Tür des Fitness Centers geöffnet, und als sie jetzt mit einem lauten Krachen ins Schloss fiel, starrten alle zur Tür.

»Was, zum Teufel, geht hier vor?«, wollte die kleine Gestalt an der Tür wissen.

Bryony trat ein paar Schritte vor. Sie zitterte vor Staunen und Entsetzen. Sie trug ein eng geschnittenes Kostüm und sah wütend aus, erzürnt wie ein Racheengel. Edmond zog Sophie beschützend in seine Arme, und sogar Nick schien ein paar Zentimeter zurückzuweichen.

»Kate!«, zischte Bryony und trat näher an den Jacuzzi heran, wo Kate nackt und hilflos saß. »Kate, ich kann es nicht fassen! Ich hatte das Gefühl, das du irgendeine Gemeinheit planst, aber was soll das hier? Was hast du dir dabei gedacht?« Ruckartig warf sie den Kopf in den Nacken, und ihr rotgoldenes Haar wirbelte herum. »Komm sofort da raus und verschwinde! Wage dich nicht mehr in dein Büro. Ich schicke dir deine Sachen nach Hause. Und glaube nur nicht, dass du ein Zeugnis erhältst. Wenn es nach mir geht, bist du in diesem Geschäft für alle Zeiten erledigt. Du findest keinen Job mehr.« Kate brachte keinen Ton heraus. Ihr Kopf war noch benebelt vom unterbrochenen Orgasmus und dem Schock von Bryonys unerwartetem Auftritt. Sie atmete tief ein und blinzelte. Sie wusste nicht, was sie tun sollte oder konnte. Langsam erhob sie sich aus dem Wasser.

Christopher legte eine Hand auf ihre Schulter und zog sie wieder hinunter. »Kate«, sagte er, »wer ist diese Person? Kannst du sie uns vorstellen?«

»Ich bin Bryony Griffith«, sagte Bryony kalt, »Leiterin der Entwicklungsabteilung. Kate arbeitet für mich – oder genauer: Sie *arbeitete* für mich.«

»Und Sie sind eine Expertin in solchen Kursen?« wollte Christopher wissen.

Bryony ruckte den Kopf zur Seite. Sie witterte die Herausforderung, die in der Frage lag. »Ich weiß jedenfalls, was Missbrauch und Verstoß gegen gute Sitten ist«, sagte sie wütend. »Und wer sind Sie?« Sie hielt den Blick auf Christopher gerichtet und ignorierte die Tatsache, dass er nackt war, der Penis immer noch halb steif.

»Ein Teilnehmer dieses Kurses, der sehr viel Nutzen aus diesem Kurs gezogen hat«, antwortete Christopher.

Mit einer wegwerfenden Bewegung wandte sich Bryony von ihm ab und musterte die anderen Teilnehmer. Sie bemerkte, dass Sophie und Edmond sich noch umschlungen hielten, und reagierte mit einem verächtlichen Zug um die Mundwinkel auf die romantische Szene. Dann wandte sie sich Nick zu, betrachtete dessen Körper von oben bis unten, ehe der Blick zu seinem Gesicht zurückkehrte.

»Ich habe Sie schon mal im Büro gesehen«, sagte Bryony. Der Ton klang deutlich gemäßigter, offenbar war ihr bewusst, wer Nick war, was sich im nächsten Satz bestätigte. »Sie sind Bobs Privatsekretär.«

»Stimmt«, sagte Nick. »Und ich möchte wissen, was Sie sich dabei gedacht haben, unseren Kurs auf diese derbe, unangebrachte Weise zu stören.«

Bryony wich einen Schritt zurück, als wäre sie gestochen worden. »Das darf doch alles nicht wahr sein! Schauen Sie sich doch mal um!«, rief sie aus. »Die Firma soll bezahlen, dass Sie *das* lernen? Haben Sie eine Ahnung, was ein solcher Kurs kostet? Es ist unerhört!«

»Was gibt Ihnen das Recht, hier einzudringen und sich aufzuspielen?«, fragte Sophie. Ihre Stimme hörte sich so an, als stellten sich ihre Nackenhaare hoch, wie bei einer Katze, die ihre Jungen verteidigt. »Sie wissen nichts von dem, was bisher abgelaufen ist, was jeder von uns erreicht hat. Wir haben alle gelernt, was wir lernen wollten.«

»Glauben Sie, wir sind Marionetten?«, fragte Edmond. »Glauben Sie, Kate könnte uns zu irgendwas zwingen, was wir nicht wollten?«

»Hört zu, Leute«, sagte Kate. »Ich will euch nicht auch noch in Schwierigkeiten bringen. Ich gehe und ...«

»Kate«, sagte Christopher mit sanfter Stimme, »bleib, wo du bist.« Er hielt sie mit beiden Händen auf den Schultern zurück und neigte sich ihr seitlich zu, dass sie seinen Penis an der Hüfte spüren konnte.

Kate zitterte am ganzen Körper. Sie konnte kaum glauben, dass alle vier sich so uneingeschränkt für sie einsetzten und den Kurs verteidigten.

Einen Moment lang schien Bryony um ein weiteres Argument verlegen zu sein, dann wandte sie sich von

Edmond und Sophie ab und richtete ihre Aufmerksamkeit wieder Nick zu. »Ich weiß, dass Bob Sie unbedingt bei diesem Kurs haben wollte«, sagte sie. »Er hat darauf gedrängt, dass Kate als Trainerin eingesetzt wird. Ich glaube nicht, dass er davon ausging, sie würde mit euch allen vögeln.«

»Ich schlage vor, Sie warten eine Woche ab und fragen ihn dann, ob er glaubt, dass der Kurs die gewünschte Wirkung gezeigt hat«, sagte Nick gelassen. Er ging langsam auf Bryony zu, während er mit ihr redete. Eine Weile blieb sie stehen, den Kopf stolz erhoben, das Kinn vorgestreckt, als wollte sie ihn herausfordern, aber nach ein paar Sekunden schmolz ihre Selbstsicherheit. Seine körperliche Nähe verunsicherte sie. Sie wich seinem Blick aus, und Kate bemerkte, dass sie hart schluckte.

Nick begriff Bryonys Unbehagen, und ein gieriges Grinsen breitete sich auf seinem Gesicht aus. »Wenn Sie mit Bob sprechen, wäre ich gern dabei, damit ich Kates unorthodoxe Methoden erklären kann.«

»Unsinn«, sagte Bryony. »Ich glaube kein Wort. Sie ist fertig, ein für allemal. Ich gehe jetzt und rufe Bob an, damit er erfährt, was hier abläuft.« Sie wandte sich um und konnte kaum die Erleichterung verbergen, Nicks starrenden Blicken zu entkommen.

Nick streckte eine Hand aus und hielt Bryony am Arm fest. »Sie gehen nirgendwo hin.«

»Lassen Sie mich los!«, schrie Bryony ihn an und versuchte, sich loszureißen. Sie schien völlig verwirrt zu sein, dass er es wagen konnte, sie anzurühren. »Was nehmen Sie sich heraus?«

»Ich werde Ihnen eine persönliche Demonstration geben«, sagte Nick. Er hielt Bryony mit beiden Händen an den Oberarmen fest und zog sie an sich. Durch die ruckartige Bewegung wurde ihr Kopf in den

Nacken geworfen. Nick presste seinen Mund auf ihre Lippen und küsste sie, womit er ihre Proteste unterdrückte. Kate schlug die Hände vor den Mund, verblüfft und verängstigt: Bryony war nicht die Frau, mit der man auf diese Weise umsprang. Es war leicht, sich vorzustellen, dass Nick wegen dieser Frechheit gefeuert wurde, dafür würde Bryony sorgen. Und dann würde sie ihn noch wegen Nötigung anzeigen. Kate wartete bibbernd darauf, dass Nick von Bryony abließ und dann auf die Flut der ätzenden Beschimpfungen, die Bryony ausstoßen würde.

Nichts dergleichen geschah. Zuerst protestierte Bryony vehement, sie sträubte sich gegen seine Hände und gegen seine Küsse. Aber er hielt sie fest und drückte die Lippen noch fester auf ihren Mund. Seine kräftige Zunge bohrte sich forschend in die feuchte Höhle. Nach einer kurzen Weile gingen ihre gedämpften Schreie in ein leises Wimmern über, in dem die Lust herauszuhören war, und ihre Fäuste öffneten sich.

Nick zog sie noch näher an sich heran, presste sie an seinen Körper. Sein harter Penis, an dem Sophies Speichel noch glänzte, drückte gegen sie und verschmierte Bryonys Kostümrock. Sie schüttelte sich und entspannte sich plötzlich in seinen Händen, und aus ihrem Mund drang ein leises, langgezogenes Stöhnen.

Er löste sich von ihr, hielt sie aber noch mit den Händen gepackt. »Sehen Sie, wie überzeugend so etwas sein kann?«, sagte er. »Wir werden Ihnen jetzt alle eine Demonstration überzeugenden Verhaltens geben.« Er schaute sich nach den anderen um.

Wie auf einen geheimen Befehl stiegen Edmond, Sophie und Christopher aus dem Jacuzzi und traten zu Nick und Bryony. Nick entging nicht das Leuchten in Sophies großen Augen.

Bryony sträubte sich wieder in Nicks Händen, aber

es half ihr nicht. Sie öffnete den Mund, um zu schreien, doch im gleichen Augenblick küsste Nick sie wieder und brachte sie mit seinen Lippen zum Verstummen. Während er sie ruhig hielt, begann er, ihre Kostümjacke auszuziehen. Sophie half ihm mit dem Rock. Bryony stand in einem engen Body und Strümpfen vor ihnen, die mit Spitze gesäumt waren.

Christopher hob sie in seine Arme, eine große Hand über ihrem Mund, und trug sie zu eine der Ruheliegen. Sophie wartete dort schon. Mit Feuereifer war sie dabei, Bryony vom Body zu befreien, dann streifte sie ihr auch das spitzenbesetzte Höschen ab.

Kate kam langsam auf die Füße und schlenderte zu der Liege. Bryony wollte etwas sagen, aber Christophers Hand lag sofort wieder über ihrem Mund. Sie hatte einen kleinen, zierlichen Körper, die Haut war weiß. Am meisten überraschte Kate die Fülle von Bryonys Brüsten. Bryony starrte sie mit ihren grünen Augen wütend an. Kate konnte kaum glauben, dass ihre kaltherzige, egoistische Chefin hilflos vor ihr lag, eine Gefangene quasi, deren Schicksal in ihrer Hand lag.

»Verdammt«, murmelte Kate, »ich weiß nicht, was ich sagen soll.

»Zeig ihr die Dinge, die du uns gezeigt hast«, schlug Edmond vor.

Nick stand neben Bryonys Kopf. Er legte eine Hand auf ihre Wange. Sie ruckte heftig zur Seite, aber seine Hand folgte und streichelte über ihr Gesicht, dann über ihren Körper. »Sie ist schön«, murmelte Nick und schaute die anderen an. »Hat jemand was dagegen, wenn ich mich ein wenig um sie kümmere?«, fragte er mit heiserer Stimme.

»Nein«, antwortete Sophie. »Sie hat unsere Stimmung gekippt. Versuch doch mal, uns wieder in Stimmung zu bringen, Nick.«

Er leckte sich über die Lippen. »Wir müssen uns alle bemühen, Bryony auf unsere Seite zu ziehen«, sagte er ernst. »Schon wegen Kate ...«

»Das wird ...«

Bryony kam nicht weit. Christopher hatte die Hand wieder auf ihren Mund gedrückt, so dass niemand erfuhr, welche Drohung sie ausstoßen wollte.

Nick beugte sich über sie und fuhr mit den Händen über ihre Brüste. Er zupfte an einer Warze und sah fasziniert zu, wie sie sich versteifte und hart wurde. »Wehr dich nicht«, raunte er, »es wird dir gefallen, das verspreche ich.« Er schaute rasch zu den anderen. »Edmond, Sophie«, sagte er, »kommt her und beugt euch über sie. Nehmt euch ihre Brüste vor.«

Edmond und Sophie gehorchten. Sie knieten sich an die Seiten der Liege, beugten sich über Bryony und senkten den Kopf mit offenen Lippen über die vollen Brüste. Bryonys Körper versteifte sich. Sie stieß einen scharfen Schrei aus, aber diesmal verzichtete Christopher darauf, eine Hand auf ihren Mund zu pressen. Offenbar hatte er das Gefühl, dass sich Bryony nicht mehr ernsthaft gegen die Liebkosungen zur Wehr setzen würde.

Nick streichelte über ihren Körper, tastete über die glatte, weiße Haut und schob die Fingerspitzen in die rotgoldenen Löckchen ihrer Schamhaare. Jetzt kniete auch er sich und fuhr mit beiden Händen über die samtenen Innenseiten ihrer Schenkel. Er streichelte bis zum Rand der Strümpfe, dann hoch bis zum Dreieck.

Er beugte sich über sie und bedeckte die Haut mit feuchten Küssen. Langsam bewegte er sich auf die zuckende Öffnung zu. Die Labien waren geschwollen, und oben zwischen den feuchten Lippen lugte eine kleine pinkfarbene Perle hervor.

Kate spürte Christophers breiten Körper hinter sich.

Er drückte sich an sie. Sie zuckte leicht zusammen und drehte sich zu ihm um.

»Lass sie«, raunte Christopher. »Wir selbst haben ein bisschen überstürzt aufhören müssen.«

»Oh, ja, es war entsetzlich«, jammerte Kate. Sie schmiegte sich in seine Arme und kuschelte sich an ihn. Sie stellte sich auf die Zehenspitzen, schlang die Arme um seinen Nacken und zog seinen Kopf herunter. Ihre Lippen berührten sich. Kate gab sich voller Sehnsucht seinen Küssen hin. Wohlige Schauer liefen über ihren Rücken. Langsam sanken sie zu Boden und tauschten brennende Küsse. Ihre Hände erforschten seinen Körper, und seine Hände streichelten Rücken und Bauch.

Christopher war erregt, sie konnte es an seinem zuckenden Schaft spüren. Kate schwang sich herum, denn sie wollte ihn noch einmal im Mund spüren, als wollte sie dort beginnen, wo sie eben so abrupt hatten aufhören müssen. Sie wollte noch einmal die seidene Härte seines Stabs spüren, und entschlossen nahm sie ihn zwischen die Lippen und saugte ihn tief in sich hinein. Er verhielt sich eine Weile still und atmete schwer, während sie ihn mit dem weichen, feuchten Mund bediente. Eine Hand ruhte auf ihrem Kopf. Dann fasste er sie an den Schultern an und zog Kate zu sich hoch.

»Schau dir das mal an«, sagte er. Kate drückte sich gegen seinen muskulösen Körper und folgte der Richtung seiner Blicke.

Sophie und Edmond hatten aufgehört, Bryonys Brüste zu kosen. Sie lagen auf einem Stapel dicker Badetücher, seitlich, verkehrt herum, und stießen kleine lustvolle Stöhnlaute aus, während sie sich mit dem Mund verwöhnten. Ihre Körper lagen so dicht beieinander, dass sie fast zwei Hälften eines Geschöpfs zu sein schienen. Während Kate zuschaute, begann Sophie im einsetzenden Orgasmus zu zittern, sie rollte sich herum und wälzte sich auf den Rücken, während Edmond ihre weißen Hüften packte, ihren ruckenden Bewegungen folgte und die Zunge tief in ihre Vagina hineinstieß. Er setzte das Spiel seiner Zunge fort, bis Sophies Stöhnen abklang, dann richtete er sich auf, kniete sich zwischen ihre gespreizten Schenkel und ließ den speichelnassen Stab in sie hineingleiten.

Sophies Schrei ließ Kate glücklich lächeln, und mit glänzenden Augen verfolgte sie, wie Edmond ihr einen weiteren Höhepunkt besorgte, ehe er selbst ächzend und grollend in ihr entlud. Als hätte Nick nur darauf gewartet, dass ihm jetzt volle Aufmerksamkeit sicher war, rutschte er zwischen Bryonys Schenkeln in Position. Die zierliche Frau hatte Sophie und Edmond ebenso gebannt verfolgt wie Kate und Christopher, und jetzt wartete sie auf Nick.

Bryony hatte sich ihm ganz ausgeliefert, sie hatte die Unterschenkel um seinen Rücken geklammert, und der Kopf lag über dem Rand der Liege. Nick penetrierte sie mit seinem stattlichen Schaft, und Bryony stieß einen langen Schrei der Lust aus. Nick begann rhythmische Stöße, scheinbar ohne die geringste Anstrengung.

»Mir scheint«, raunte Christopher in Kates Ohr, »dass wir uns auf dieselbe Art beschäftigen könnten.« Er stand auf, zog Kate mit sich, legte einen Arm unter ihren Po und hob sie in seine Arme. Sie legte eine Hand um seinen Hals und fragte sich, wohin er sie bringen würde.

Mit raschen Schritten brachte er sie zu einer der glänzenden Kraftmaschinen, die direkt vor der Spiegelwand standen. Er ließ Kate hinunter und setzte sich auf eine der gepolsterten Bänke, dann lehnte er sich mit dem Rücken gegen die Maschine.

Sein gewaltiger Penis hob sich ihr entgegen. »Du siehst«, flüsterte er, »dass er auf dich wartet, Kate.«

Es würde geschehen. Endlich. Kate stand vor Christopher und schaute hinunter auf seinen großartigen Körper. Jeder Nerv in ihr kribbelte vor Erregung und dem Wissen, dass sie bald diesen wunderbaren Penis in sich aufnehmen, dass sie seine Bewegungen in sich spüren und ihn mit den inneren Muskeln zum Orgasmus bringen würde.

Rasch grätschte sie über ihn. Sie beugte sich vor, damit er ihre schmerzenden Nippel in den Mund nehmen und saugen konnte. Er schloss die Zähne um eine pinkfarbene Knospe , und Kate warf in einem plötzlichen Anfall von Schmerz und Lust den Kopf in den Nacken. Dann ließ sie sich langsam auf ihn hinab.

Der pralle, glänzende Kopf seines Schafts teilte die nassen Lippen ihrer Vulva. Sie zögerte, hielt inne, kostete die Spannung voll aus. Er saugte an dem anderen Nippel, und sie spürte so etwas wie einen elektrischen Stromstoß, der von der Brust in ihren Schoß fuhr und die Klitoris zum Vibrieren brachte. Ganz, ganz langsam verleibte sie sich den massiven Schaft ein. Sie spürte, wie er sie ausfüllte, und einen Augenblick war ihr, als müsste sie platzen. Die Empfindungen waren unglaublich, unbeschreiblich.

Die Wärme ihres Geschlechts loderte zu einer Flamme auf, die ihren ganzen Körper erfasste. Sie hatte keine Kontrolle mehr und ließ sich den Rest des Weges einfach fallen, und dann war Christopher in ihr drinnen, steckte bis zum Anschlag in ihrer Scheide und füllte sie bis zum Äußersten.

Sie hatten es nicht eilig. Die Lust würde dauern, solange sie wollte. Kate hob die Hüften und beschrieb leichte, kreisende Bewegungen. Sie drückte den Kitzler gegen die harte Wurzel seines Schafts, schlang die Arme um seinen Hals und küsste ihn fiebrig.

Er legte die Hände über ihre Brüste und rieb die harten, steifen Nippel.

Lange Momente verharrte sie, genoss die Gefühle, von ihm gepfählt zu sein, und die Hitze breitete sich weiter in ihr aus, während ihre Zungen sich berührten und seine Finger ihre Nippel zwickten und zupften. Dann, mit einem ekstatischen Stöhnen, begann sie sich zu bewegen.

Sie war so nass vor Verlangen, dass sein dicker Schaft mühelos durch den engen Tunnel glitt. Sie schraubte sich hoch und liess sich wieder langsam herab, und jedes genüssliche Eindringen begleitete sie mit einem immer lauter werdenden Wimmern.

Sie öffnete die Augen und sah, dass er über ihre Schulter schaute. Sie wandte den Kopf und wusste, was seine Aufmerksamkeit erregte – er konnte im Spiegel sehen, wie sie sich mahlend auf und ab bewegte, wie der glänzende Stab zwischen den vollen weißen Backen auftauchte, um dann wieder in ihrem Innern zu verschwinden, wenn sie sich langsam sinken ließ. Er drückte ihre Brüste mit seinen kräftigen Händen, und dann beugte er sich über ihren Hals und grub seine Zähne in die empfindliche Stelle im Nacken. Sie erschauerte.

Widersprüchliches Verlangen erfüllte sie. Sie wollte sich immer schneller auf ihm bewegen, wollte ihn zum stürmischen Höhepunkt führen, aber sie wollte auch, dass dieser Akt nie enden würde.

Sie verdrehte jetzt leicht die Lenden, wenn sie sich hob und wieder sinken ließ, und sie spürte seinen Schaft an Stellen, die noch nie berührt worden waren.

Christophers Keuchen verstärkte sich, seine Atemzüge wurden kürzer und hektischer, und dann begann er, die Hüften zu bewegen, von unten gegenzuhalten. Er pumpte in sie hinein und beobachtete sich selbst in der Spiegelwand.

Ein Schrei ließ sie herumfahren. Sie schauten hinüber zu Bryony, die auf dem Boden lag, fast verdeckt von Nicks heftig pumpendem Körper. Er zog den Schaft immer weit heraus, ehe er ihn wieder tief versenkte, und Bryony warf den Kopf von einer Seite zur anderen. »Oh, das tut so gut, Nick, ja, komm, mach weiter, hör nicht auf. Härter, Nick, noch härter!« Sie schlang die Beine um seinen Rücken.

Es dauerte höchstens noch drei oder vier Stöße, dann schrie sie ihren Orgasmus heraus. Ihre Fersen trommelten gegen seinen Rücken.

Nick stieß ein letztes Mal tief in sie hinein, verharrte keuchend und verströmte sich zuckend in ihr. Sein athletischer Körper bäumte sich auf und wurde wie von einem Sturmwind geschüttelt.

»Kate«, flüsterte Christopher, »jetzt.« Er setzte sich ein wenig aufrechter hin und zog sie dicht an sich heran. Er packte ihre Hüften mit den Händen und stieß rhythmisch zu. Kate begann zu keuchen, als sie spürte, wie der Orgasmus in ihr anschwoll, sie beugte sich vor und suchte mit blinden Augen den Mund des Geliebten. Sie begannen sich im Gleichklang zu bewegen. Kate schlang die Arme um seinen Nacken und zog ihn noch näher an sich heran, während sie gleichzeitig den Schoß ihm entgegen trieb. Sein dunkles Gesicht wurde rot vor Lust und Anstrengung. Er fuhr mit den Fingernägeln leicht über ihre aufgerichteten Nippel, und Kate spürte, wie orgiastische Blitze sie durchzuckten.

Sie spürte den Orgasmus kommen, er heizte sich in ihren Eingeweiden auf, wirbelte spiralförmig durch ihren Bauch und schoss wie ein Blitz ihr Rückenmark hoch. Sie rief Christophers Namen, stieß ihn schluchzend aus und rang nach Luft, weil die Ekstase ihr den Atem nahm. Seine Hände verließen ihre Brüste und packten wieder ihre Hüften. Dann richtete er sich langsam auf und trug Kate mit sich. Sie zappelte auf seinen Händen, war schlaff vor Erschöpfung und wrang mit den inneren Muskeln den prallen Schaft, der tief in ihr ruhte.

Christopher legte sie auf die gepolsterte Bank, ohne sich aus ihr herauszuziehen. Er nahm ihre Hände und zog sie weit über ihren Kopf, hielt sie dort fest. Dann begann er wieder mit seinen rhythmischen Stößen, die er mit dumpfen Geräuschen begleitete.

Kate brachte kaum noch einen Laut heraus. Sie konnte sich nicht erinnern, schon einmal so tief von der Lust erfasst worden zu sein. In diesen Momenten des Glücks zählte sonst nichts, nur dieser dicke Schaft, der ein und aus fuhr, während sie noch im Nachglühen des Orgasmus schwelgte. Ihr Körper zuckte, als sie Christophers Glied fieberhaft mit ihren inneren Muskeln umklammerte und molk, und nach weiteren wilden, ungestümen Stößen schrie Christopher auf, er bleckte die Zähne und fand die Erfüllung seiner Lust in Kates bebender, zuckender Höhle.

Er lag keuchend auf ihr, und als er ihre Handgelenke frei gab, legte sie die schwer gewordenen Hände auf seine Schultern. Sie spürte, wie er die Luft einsog und wieder ausstieß, wie sein Herz in der breiten Brust pochte. Ihr Herz war erfüllt von befriedigter Liebe, aber sie sagte nichts.

Heute abend würde sie ihn nach Hause fahren, und wenn alles gut ging, würde sie es ihm dann vielleicht sagen können. Sie überlegte kurz, ob sie damit leben konnte, daß Christopher sich für Männer ebenso interessierte wie für Frauen. Nun, sie würde es erst herausfinden, wenn sie es ausprobiert hatte. Sie schob den Gedanken von sich.

Schließlich zog Christopher sich aus ihr zurück und küsste sie dabei. Er legte seinen Arm um sie und hob ihren Körper an. Sie klammerte sich an ihn.

Sie hörten Nick sprechen.

»Nun, was sagst du, Bryony? Wenn du unser kleines Geheimnis wie deinen Augapfel hütest, lässt Kate dich vielleicht beim Auffrischungskurs dabei sein. Wenn du aber gegen Kate vorgehst, werde ich Bob erzählen, welchen Spaß du bei uns gehabt hast.«

Kate und Christopher schauten hoch. Nick trug Bryony hinüber zum Jacuzzi. Sie lag völlig entspannt in seinen Armen. Sie hatte die Lippen leicht geöffnet, und sie lächelte, als Nick sie im wirbelnden Wasser absetzte. »Das hört sich nach einer Erpressung an«, sagte sie mit heiserer Stimme.

Christopher stand auf und nahm Kate auf die Arme, trug sie ebenfalls zum Jacuzzi. »Das ist gar nicht so falsch«, sagte er und bückte sich, um Kate ins warme, sprudelnde Wasser zu legen.

Kate, deren Körper immer noch von den Orgasmen kribbelte, schüttelte sich, als das Wasser mit ihrer empfindlichen Haut in Berührung kam.

»Kate hat uns gesagt, daß sie darüber nachdenkt, ihre Stelle zu kündigen«, sagte Nick. »Das hat uns überhaupt nicht gefallen.«

Bryony schien ehrlich überrascht zu sein. »Sie will kündigen?« Sie richtete sich im Wasser auf und fuhr sich mit einer nassen Hand durchs Gesicht, strich das rotgoldene Haar zurück. »Kate, stimmt das? Aber warum denn?«

Kate fiel keine plausible Erklärung ein. Sie schmiegte sich an Christophers breite Brust und konzentrierte sich mehr auf den Herzschlag des Geliebten als auf das, was Bryony sagte. Sie schüttelte nur den Kopf.

»Ich glaube, das würde Bob nicht gefallen«, bemerkte Nick. »Ich würde ihm natürlich sagen, dass eine der beliebtesten und erfolgreichsten Trainerinnen gehen will. Und es könnte sein, dass er nach dem Grund fragt.«

»Warte mal.« Bryony musste sich gegen das sprudelnde Wasser und auch gegen Nicks Arme zur Wehr setzen. »Nick, willst du damit sagen, dass ich etwas mit Kates Kündigungsabsichten zu tun habe? Du kannst mir glauben, ich will nicht, dass sie geht. Sie ist ein wertvolles Mitglied des Teams. Wir brauchen sie. Dass sie kündigen will, überrascht mich mehr als euch.«

Sophie und Edmond waren auch aufgestanden und kamen jetzt Hand in Hand zum Jacuzzi. Sophie schaute Bryony verächtlich an und meinte nur: »Vielleicht solltest du dich mehr um deine Leute kümmern, damit du erfährst, was sie denken, was sie bedrückt.«

»Hast du schon mal einen solchen Kurs mitgemacht?«, fragte Edmond. »Ich hielte das für sehr nützlich.«

Kate barg ihren Kopf an Christophers Brust und wartete auf die Explosion. Bryony hatte noch nie Kritik einstecken können. Aber die Sekunden verrannen, und alles blieb still. Schließlich schaute Kate auf und sah Bryony in Nicks Armen liegen. Ihre Lippen bebten vor Lust.

Nick hatte ihren Körper gegen die Strahlen des Jacuzzi gerichtet, und die Wasserdüsen schossen über Bryonys Brüste und zwischen ihre Beine. Es musste ihr vorkommen, als würde sie von tausend Fingern gestreichelt.

Leise raunte Nick in Bryonys Ohr: »In ein paar

Monaten gibt es einen Auffrischungskurs. Ich wette, er würde dir ebenso viel bringen wie mir dieser Kurs gebracht hat. Willst du nicht mitkommen?«

Bryony zuckte in Nicks Händen, als sie versuchte, ihren Schoß noch dichter an die Strahlen zu halten. »Ja«, wimmerte sie, »ich möchte kommen. Bitte.«

»Dann musst du Kate nett bitten«, flüsterte Nick.

Nach ein paar Augenblicken hob Bryony den Kopf. Kate hatte sie noch nie so gesehen wie jetzt, das Gesicht locker und entspannt von der erlebten Lust, die sonst so hart blickenden Augen feucht, die Lippen voll und leicht geöffnet.

Leise fragte sie: »Kate, läßt du mich zum Auffrischungskurs kommen?«

In diesem Augenblick veränderte sich Bryony in Kates Augen vom Drachen zur Teilnehmerin. Bryony war jemand, der sie brauchte. Kate wußte, daß sie Bryony noch viel beibringen konnte, damit sie zu einem glücklicheren Menschen wurde – und auch die Menschen in ihrer Umgebung würden glücklicher sein. Ihre Abneigung gegen den Boss schwand in diesem einen Augenblick. »Natürlich«, sagte sie leise. »Gern, wenn du möchtest.«

Nick strahlte. »Wenn wir beim nächsten Kurs eine weitere Person dabei haben, erhöhen sich meine Möglichkeiten beträchtlich. Drei Männer und drei Frauen – he, Leute, ich kann es kaum erwarten.«

Epilog Kapitel

Der erste Tag zurück im Büro nach einer Zeit der Abwesenheit erweist sich gewöhnlich als Albtraum. Um Viertel nach sieben saß Kate hinter ihrem Schreibtisch und erlebte die erste Überraschung des Tages: Offenbar hatte Bryony Wort gehalten und die dringendsten Aufgaben an andere Kollegen verteilt. Kate dachte, wie leicht es doch war, einen Menschen falsch einzuschätzen, leicht und gefährlich.

Sie las ihre Post und rief die elektronischen Nachrichten auf den Bildschirm. Von den Kursteilnehmern gab es noch keine Resonanz. Kate wusste, dass es noch ein bißchen früh dafür war, aber sie war gespannt, ob sie ihr Versprechen einhalten würden, miteinander in Kontakt zu bleiben.

Nach einer halben Stunde verlangte ihr Körper nach Koffein. Sie schlenderte hinaus in den Flur zur Kaffeemaschine. Da sie die erste Nutzerin an diesem Morgen war, musste sie erst einmal die Filter wechseln. Langsam tröpfelte die Flüssigkeit in die Tasse. Kate lehnte sich an die Wand, schloss die Augen und sog das wunderbar belebende Aroma des frisch gebrauten Kaffees ein. Ihre Gedanken schweiften zu dem Geschehen am gestrigen Nachmittag ab.

Nick hatte sich selbst übertroffen. Er arrangierte immer wieder neue Szenarien und verblüffte sie alle durch seinen erregenden Einfallsreichtum.

Die Zeit verging wie im Fluge, bis er bedauernd sagte: »Wir müssen bald abreisen. Aber ich habe mir noch etwas bis zum Schluss aufgehoben. Kate, das ist für dich. Ein kleines Dankeschön-Arrangement.«

Kate mußte sich auf eine der Ruheliegen neben dem

Pool niederlassen. Bryony und Sophie flankierten sie auf den Knien, und Nick führte ihre Münder zu Kates Brüsten. Sie zögerten nicht lange und begannen, ihre Zungen und Lippen spielen zu lassen, bis Kate tiefe Seufzer ausstieß und glückselig die Augen schloss.

Nick wies Edmond an, sich um Sophie zu kümmern, Christopher kniete sich hinter Bryony in Position, und Nick selbst übernahm es, Kate zu neuen Höhen der Leidenschaft zu treiben.

Kate lächelte, als sie sich an dieses Bild erinnerte. Sie würde es nie aus ihren Gedanken verbannen können, so sehr hatte es sich eingebrannt, zusammen mit den lauten Schreien der Lust, dem erregenden Stöhnen in allen Tonlagen.

»Ich wette, du denkst an was Schönes«, sagte eine Stimme neben ihr.

Kate zuckte erschrocken zusammen und wurde puterrot. Sie schlug die Augen auf und sah Bryony.

»Dreimal kannst du raten«, antwortete sie lächelnd. Der Kaffee war längst durchgelaufen. Sie stellte eine weitere Tasse unter und drückte auf den Knopf. Dann reichte sie Bryony eine Tasse mit dem dampfenden Gebräu.

»Wenn ich gewusst hätte, wieviel Spaß ihr bei diesen Kursen habt«, sagte Bryony nach dem ersten Schluck, »dann hätte ich viel eher begriffen, warum du so gern als Trainerin arbeitest.«

»Das ist nicht . . .«, begann Kate.

». . . nicht fair, ich weiß.« Bryony nippte wieder am Kaffee und schaute Kate mit verengten Augen über den Tassenrand an. »Hör mal, Kate, stimmt das wirklich, was sie gestern gesagt haben? Wolltest du kündigen?«

»Ja«, gestand Kate.

»Dann bin ich froh, dass ich gekommen bin. Ich

meine, mal abgesehen von den anderen Gründen. Vielleicht habe ich nicht deutlich genug gemacht, wie sehr du von allen Kollegen geschätzt wirst. Das gilt für dich und deine Arbeit.«

»Danke«, sagte Kate ein wenig lahm.

»Können wir nächste Woche mal zusammen essen gehen?«, fragte Bryony. »Ich möchte gern erfahren, was ich an den ersten drei Tagen des Kurses verpasst habe. Ich meine, wenn ich beim Auffrischungskurs dabei sein soll, müsste ich mehr darüber wissen, welche Themen zum Umfeld gehören, findest du nicht auch?«

Kate nickte. »Aber der Stoff ist wirklich nicht während einer Mittagspause zu bewältigen.«

»Nun, du kannst über meine Zeit verfügen. Was immer nötig ist, um mich auf den Wissensstand der anderen zu bringen. Du könntest eine Art Crash-Kurs mit mir machen. Findest du nicht auch, daß ich die Grundbegriffe dessen kennen muß, was meine Leute gelernt haben? Kann ich meine Sekretärin bitten, sich mit dir wegen der Zeiten in Verbindung zu setzen?«

Kate zögerte, aber dann sagte sie: »Ja, Bryony, wenn du wirklich willst und Zeit hast ... Ich würde dir gern etwas über die verschiedenen Verhaltensformen erzählen.« Sie meinte es ernst. Bryony hatte sich seit gestern mittag sehr verändert, und Kate spürte, wie die Freude in ihr aufstieg, Bryony auf ihrer Seite zu wissen.

Sie schwiegen eine Weile, ehe Bryony fragte: »Hast du Christopher sicher nach Hause gebracht?«

Kate sah sie verdutzt an. Bryony hatte sich noch nie für ihr Privatleben interessiert. Jetzt sah sie Kate offen und freundlich an, ohne Arglist, ohne Hintergedanken. Kate senkte den Blick und nippte am Kaffee. Sie überlegte, ob sie antworten sollte. Natürlich sollte sie antworten, alles andere wäre eine unhöfliche Zurückweisung. »Oh, ja«, murmelte sie.

»Und?«

»Und nichts. Ich habe ihn nach Hause gebracht, er hat seine Tasche aus meinem Auto geholt, hat sich bedankt und ist in seine Wohnung gegangen.«

»Oh, Kate.« Bryony hörte sich so an, als könnte sie es kaum glauben. Sie schaute Kate traurig und mitfühlend an. »Hat er dich wirklich nicht ins Haus gebeten?« Als Kate den Kopf schüttelte, sagte Bryony: »Das tut mir leid.«

Kate hob die Schultern. »So tragisch ist es nicht. Er ist ein wenig schüchtern. Der Kurs war eine Sache, sein Leben eine ganz andere. Wir haben uns nächste Woche fürs Theater verabredet. Ich glaube, wenn überhaupt aus uns etwas wird, dann müssen wir es langsam angehen lassen.«

»Aber ich habe gesehen, wie er dich geliebt hat. Es war ein wunderschönes Bild. Ihr passt so gut zusammen.« Sie sah Kate von der Seite an und senkte die Stimme. »Warum hältst du dich jetzt zurück? Ich verstehe das nicht.«

»Es ist nicht leicht, Menschen zu beeinflussen«, sagte Kate. »Manchmal ist es ratsam, sich dem Takt des anderen anzupassen, um ihn nicht zu überfordern. Wenn ich Christopher zu sehr bedränge, läuft er mir davon. Deshalb will ich ihm Zeit lassen.«

Bryony schüttelte den Kopf. »Du hast mehr Geduld als ich. Ich treffe mich heute abend mit Nick, und wenn ich nicht das erreiche, was ich erreichen will, kann er was erleben.«

Kate lachte. »Ihr beide zusammen!«, rief sie fröhlich. »Ich werde das Feuerwerk von meinem Balkon aus sehen können!« Dann fügte sie leiser hinzu: »Weißt du, Bryony, er wird nicht leicht zu handhaben sein.«

»Das meinst du«, sagte Bryony und sah Kate grinsend an. Sie wollte noch etwas ergänzen, aber dann bog jemand um die Ecke und blieb hinter ihr stehen, offenbar auf der Suche nach Kaffee. »Nun«, sagte sie geschäftsmäßig, »ich habe noch viel zu tun. Wir sehen uns, Kate.«

Alex sah Bryony nach, die mit weit ausholenden Schritten zu ihrem Büro eilte. »Du verstehst dich plötzlich gut mit Mrs. G«, sagte er verwundert und hob die dunklen Brauen.

Das vertraute Gefühl von Verlangen und Hilflosigkeit äußerte sich durch einen Kloß in Kates Hals. Trotz all ihrer Vorsätze fühlte sie plötzlich, dass etwas tief in ihr sich dagegen sperrte, Alex ihre Empfindungen zu gestehen. Vielleicht hatte es damit zu tun, dass sie seine Vorgesetzte war – er glaubte möglicherweise, gar nicht anders zu können, als sich mit ihr einzulassen. Sie konnte den Gedanken nicht ertragen, dass er gegen seinen Willen ja sagte. Es war unmöglich. Deshalb hatte es keinen Sinn, überhaupt damit anzufangen. Außerdem, tröstete sie sich, war da ja noch Christopher. Sie konnte an ihn denken, wenn sie die Lust nach Alex überfiel.

»Kaffee?« fragte Kate.

»Ja, danke.«

»Du bist heute früh im Büro«, sagte sie und reichte ihm die Kaffeetasse.

»Ja, bin ich.«

Sie bemerkte, dass Alex etwas auf dem Herzen hatte, und als sie ihn jetzt anschaute, sah er aus wie ein ertappter Junge. »Alex«, sagte sie, »ist alles in Ordnung?«

Er schüttelte den Kopf. »Kann ich in deinem Büro mit dir sprechen? Ich bin früher gekommen, weil ich eine Gelegenheit suchte, mit dir zu reden.«

Verdammt, dachte Kate, jetzt ist er es, der kündigen will. Verdammte Scheiße. »Ja, natürlich, komm mit.« Sie ließ die leere Tasse stehen und drehte sich um.

Sie ging voraus, wartete, bis er ins Büro getreten war und schloss dann die Tür hinter sich. »Wo liegt das Problem?«, fragte sie gezwungen munter.

Es verrann fast eine Minute, ehe er etwas sagte. Er stand mitten im Zimmer, schaute in seine Kaffeetasse und schabte einen Schuh über den Teppich. Schließlich räusperte er sich. »Ich wollte, daß du es zuerst weißt. Eh . . . Am Wochenende habe ich mich von Tina getrennt. Am Montag ist sie ausgezogen. Das wollte ich dir sagen.«

»Oh«, sagte Kate, »das tut mir leid.« Sie wusste nie, was sie in solchen Situationen sagen sollte. Der egoistische Teil von ihr war eher froh über diese Neuigkeit, denn jetzt war Alex allein, aber weil der junge Mann so verloren vor ihr stand, musste sie einfach mit ihm fühlen.

»Ach, es braucht dir nicht leid zu tun«, sagte er mit einem Anflug von Tapferkeit. »Der Tag hat sich schon lange angekündigt, eigentlich haben wir beide darauf gewartet. Die Beziehung taugte schon seit langem nicht mehr viel. Es ist nicht so, dass es mir das Herz zerreißt.« Er leckte sich über die Lippen und sah sie an. »Ich wollte, dass du es zuerst und von mir erfährst.«

Kate wollte etwas Tröstendes sagen, aber dann entdeckte sie ein Lächeln in seinen Augen, und sie wartete darauf, dass er fortfuhr.

»Da ist noch etwas. Gestern wurde mir mitgeteilt, dass ich einen Kursus besuchen soll. Es geht um Methoden, wie man seine Ideen durchsetzt. Ich weiß, dass du Trainerin für solche Kurse bist, und nun möchte ich gern wissen, ob du auch meinen Kurs durchführst.«

Kate schüttelte bedauernd den Kopf. »Ich fürchte nein«, sagte sie. »Wir vermeiden es, Kollegen aus der eigenen Abteilung zu unterrichten. Das kann später am Arbeitsplatz zu Komplikationen führen.« Sie schaute in seine hellen Augen und fragte sich: Ob ich es wohl diesmal schaffe?

»Oh.« Seine Enttäuschung schien groß zu sein. »Muss ich denn wirklich hin?«, fragte er dann. »Ich meine, ich kann meine Ideen schon jetzt ganz gut durchsetzen, warum soll ich also diesen Kurs noch brauchen?«

»Es ist ein guter Kurs«, sagte Kate. »Meiner Meinung nach profitiert jeder davon. Bryony und ich sprachen gerade noch darüber.«

»Wirklich?«, sah sie verblüfft an. »Nun, wenn du es sagst ...« Seine Stimme ebbte ab. »In den Unterlagen steht, dass ich mich vor Kursbeginn mit allen Fragen an meinen Vorgesetzten wenden kann ... kann ich?«

»Jederzeit«, sagte Kate. Und du kannst auch noch viel mehr von mir haben, wenn du willst, fügte sie in heißen Gedanken hinzu.

Alex wandte sich um, als wollte er ihr Büro verlassen. Dann schien ihm noch etwas einzufallen. Er richtete sich auf, was Kate an den Schultern sah, die hoch gingen. »Kate«, sagte er zur Tür, »da ist noch etwas ...«

Kate spürte wieder den Kloß in ihrer Kehle, und ihr Herz begann schneller zu schlagen. »Was denn?«, fragte sie leise.

Alex schwang herum, starrte sie an. »Ich wollte dich fragen ...« Seine Stimme brach ab, und wütend stieß er einen Fluch aus. »Also«, begann er noch einmal, »würdest du heute Abend mit mir einen trinken gehen?«

Die Luft wich mit einem unhörbaren Seufzer aus

Kates Lungen. Einen Augenblick glaubte sie, ihren Ohren nicht trauen zu können. Sie runzelte die Stirn, leckte sich die Lippen und sagte: »Alex, entschuldige – was hast du gesagt?«

»Vergiss es«, sagte Alex heftig, stieß einen Arm in die Luft und wandte sich ab. »Ich meine, es spielt auch keine Rolle. Es ist egal.«

»Nein«, rief Kate entsetzt. Sie setzte ihm nach, als er nach dem Türknopf griff und packte seinen Arm. Sie drehte seinen Körper zu sich um. »Nein, Alex, ich . . .«

Er starrte ihr in die Augen. Sein Atem kam hechelnd. Kate bemerkte, dass sie zitterte. Sie konnte immer noch nicht glauben, dass er das gesagt hatte, worauf sie schon so lange wartete.

»Bitte«, brachte sie schließlich heraus, »bitte, geh nicht. Sage mir, was du gesagt hast. Ich . . . ich habe es einfach nicht gehört.«

Alex fuhr sich mit der Zungenspitze über die Lippen. Sie erinnerte sich an diese sinnliche Geste von voraufgegangenen Begegnungen; seine Zunge war spitz und lang. Eine Weile sagte er nichts, und Kate konnte keinen klaren Gedanken fassen.

Was war, wenn mit Christopher alles so verlief, wie sie es sich erträumte? Was dann? Konnte sie jetzt mit Alex etwas anfangen? Oder legte sie zuviel in Alex' Einladung hinein? Wollte er bei einem Glas Wein nur mit seiner Vorgesetzten plaudern?

Sie zitterte auch wegen seiner körperlichen Nähe, und sie wusste, dass sie ihm nicht würde widerstehen können. Aber warum sagte er nichts?

»Ich habe gefragt, ob du Lust hast, heute Abend einen trinken zu gehen«, sagte Alex endlich.

Ja, er fragte sie! Er hatte sich ein Herz gefasst. Das hatte ihn bestimmt eine Menge Überwindung gekostet, schließlich war sie die Chefin. Kate kämpfte gegen ein Schütteln an und lächelte. Sie wusste zwar noch nicht, was er sich unter ›einen trinken gehen‹ vorstellte, aber sie ahnte, dass sie beide dasselbe meinten.

»Ja, sicher, gern«, sagte sie fröhlich. »Es ist Freitag, da braucht keiner morgen früh heraus. Wohin sollen wir gehen? Unten in die Weinbar?«

»Nein.« Er schüttelte entschieden den Kopf. »Nein, ich meine nicht gleich nach der Arbeit. Kate, ich . . .« Er biss sich auf die Unterlippe. »Ich . . . ich möchte mit dir allein sein, Kate, verstehst du?«

Ein Triumphgefühl brauste in Kate auf und peitschte das Blut durch ihre Adern. »Ja, fein«, sagte sie. »Wohin sollen wir gehen? Hast du irgendwas Bestimmtes vor?« Eine feine Röte breitete sich auf Alex' blassen Wangen aus und verriet ihr, was ihm vorschwebte. Wunderbar! Das wollte sie doch auch!

Er stand da und strahlte, als könnte er seinen Erfolg noch gar nicht fassen. Er sah so jung und unerfahren aus, verlockend und verführerisch.

»Wir könnten uns in der Stadt treffen«, schlug er vor. »Oder ich hole dich bei dir zu Hause ab. Ich meine, wenn du willst . . .«, fügte er rasch hinzu.

»Ja, das wäre mir recht«, sagte Kate mit warmer, freundlicher Stimme. »Wann?«

»Wie wär's mit acht Uhr?«

»Ja, prima.«

Sie standen da, nur eine Handbreit Luft zwischen ihnen, und schauten sich in die Augen. Alex machte eine plötzliche Bewegung, als ob er sich vorbeugen und sie küssen wollte, aber dann zog er sich ebenso rasch wieder zurück. »Also dann«, sagte er. »Wir sehen uns heute Abend.« Er sah sie noch einmal strahlend an, drehte sich um und war durch die Tür verschwunden.

Kate verharrte noch eine Weile in der Mitte ihres Büros und starrte auf die geschlossene Tür. Es war wirklich kaum zu glauben, aber es stimmte. Er wollte sich mit ihr treffen. Er hatte sie angesprochen.

Ihre Gedanken sprangen zum Abend. Ob sie wirklich ausgehen würden? Oder würde sie ihn einladen, bei ihr ein Glas Wein zu trinken? Wie würde er sich anstellen? Was würde er mit ihr tun wollen?

Ihre nächsten Gedanken galten Christopher. War es nicht leichtsinnig, Alex' Einladung zu akzeptieren, da sie doch die Einladung Christophers für nächste Woche angenommen hatte? Stirnrunzelnd analysierte sie ihr Verhalten, aber sie wollte zu keiner Entscheidung gelangen. Sie fuhr sich mit beiden Händen durch die Haare und lockerte den Kamm, der die Fülle zu bändigen suchte.

Sie ging langsam hinter ihren Schreibtisch und setzte sich. Sie verschränkte die Hände im Nacken und lächelte zufrieden. Das würde ein aufregender Abend mit Alex werden. Und über Christopher würde sie nachdenken, wenn sie mit ihm zusammen war.

Die helle Morgensonne fiel durch ihr Fenster und wärmte sie. Kate streckte sich im Sessel, hob die Arme und stieß sie in die Luft. Sie stellte sich die Bilder dieses Abends vor und spürte, wie sie nun auch innerlich gewärmt wurde.

»Oh, Alex«, flüsterte sie, »ich hoffe, du freust dich auf diesen Abend ebenso wie ich.«

ENDE

Macht ist verführerisch: Intrigen und
Leidenschaft in hohen Kreisen der Politik

Carrera Devonshire
SPIELE DER MACHT
Erotischer Roman
256 Seiten
ISBN 978-3-404-15608-5

Luke und Cassandra haben nur gemeinsam, dass sie beide für die Regierung arbeiten, er ganz oben, sie ganz unten. Er will die Welt verändern, und sie will Spaß. Sie weiß, was sie will, und Luke gehört nicht dazu. Doch stille Wasser gründen tief. Als Cassandra erfährt, dass ihr Chef so einige Geheimnisse hütet, macht ihn das plötzlich sehr viel interessanter. Cassandra ändert ihre Ziele: Nun will sie ihn haben, ganz egal wie.

Bastei Lübbe Taschenbuch